U0124729

波特诺伊的怨诉

Philip Roth

Portnoy's Complaint

[美]菲利普·罗斯——著　　邹海仑——译　　　　上海译文出版社

波特诺伊的怨诉 专有名词［源于亚历山大·波特诺伊 (1933—)］，一种身心失调的状态，在这种状态下，强烈的道德和利他主义冲动，与极端的、通常为反常性质的性欲持久交战。施皮尔福格尔认为："这种状态呈现出大量的裸露癖、窥淫癖、恋物癖、自发性欲及口交等行为。然而，由于患者的'道德意识'，无论幻想还是行为，其结果并非真正的性满足，而是压倒性的羞耻感和被惩罚的恐惧，特别以去势的形式表现出来。"（见《国际心理分析杂志》第二十四期，欧·施皮尔福格尔《困惑的阴茎》第九〇九页）施皮尔福格尔相信许多症候可追溯至患者的母子关系。

目 录

我平生最难忘的人

　　我母亲的形象如此深刻地烙印在我的脑海中，以致我上小学一年级时似乎还认为每个老师都是她的化身。放学的铃声一响，我会立刻飞奔回家，边跑边想自己能否在她完全变身前赶回我们的公寓。可是毫无例外，每次我到家的时候，她都已经在厨房里，为我准备牛奶和饼干。然而，她这样的成就并没有让我停止妄想，反倒让我对她的本领佩服得五体投地。更何况，没当场逮到她变身反而让我感到如释重负——即使我仍不停地努力。我知道关于母亲的本性，父亲和姐姐则全然不知，要是我在她毫无防备的情况下撞见她，这种自我想象的背叛会压在我的肩头，这可是当时五岁的我所承受不了的。我想我甚至担心过，要是亲眼看见她从学校飞进卧室的窗户，或者看见她从隐形中四肢一点点显形，套着围裙，我大概会被灭口吧。

　　当然，每逢她要求我把白天幼儿园里的一切都告诉她的时候，我总是小心翼翼，乖乖照办。我不会装作理解她那无处不在的暗示，但是这肯定和她要搞清楚我以为她不在场时是个什么样的孩子有关——这一点毫无疑问。这种想象（以这种特殊的形式）一直延续到我上小学一年级，而它所造成的结果之一，就是我成了个诚实的孩子，因为我知道自己别无选择。

啊，还是个非常聪颖的孩子。每次讲到我那位脸色蜡黄、身材过胖的姐姐，母亲都会说（当着汉娜的面也一样——诚实也是她的处世之道）："这孩子没什么天分，不过我们也不指望那种没影儿的事儿。愿上帝保佑她，她还算用功，尽了自己的力，所以拿什么成绩都没关系。"讲到我，她那埃及人长鼻子和能言善辩、喋喋不休的嘴巴的继承者，母亲则会带着她特有的克制说："这个小土匪①？他甚至用不着翻书——门门功课都是 A。简直是爱因斯坦再世！"

那么对这一切，我父亲又是怎么看的？他总是痛饮不止——当然不是像非犹太人那样干掉威士忌，而是喝矿物油和氧化镁乳剂。他嚼泻药，早晚吃全麦维麦片，吞下成磅的袋装混合果蔬干。他很痛苦——那真是活受罪——因为便秘而痛苦。她的无处不在和他的便秘，我的母亲从卧室的窗户飞回家，我的父亲读着

----

① 后文如无特殊说明，楷体字皆表示原文为意第绪语。

晚报、屁眼里塞着栓剂……凡此种种，医生，就是我对我父母、他们的特质、他们的秘密所保有的最初印象。他常用平底锅煮的番泻叶，加上在他直肠里融化于无形的栓剂——这些就是他的法术：煮着脉络分明的脱水绿叶，用勺子搅动着这发出难闻气味的液体，然后小心翼翼地把它倒进滤网，再顺着他那一脸的倦容和苦相，倒进他只进不出的身体。接着，他会弓着身子默默对着那只空玻璃杯，仿佛在等待远方雷声的指引，等待奇迹降临……孩提时的我有时也会坐在厨房里和他一起等。但是奇迹从来没有发生，至少不是按照我们所想象和祈祷的样子进行，好比撤销死刑判决、让鼠疫彻底消失之类的。当广播放送第一颗原子弹爆炸的消息时，我记得他曾大声说道："这也许管用。"但是对这个男人而言，所有的通便法都是徒劳：他的肠子被愤懑和挫败的铁掌紧紧攥住。而他妻子对我的特别宠爱，也加诸了他的不幸。

就连他自己也宠爱我——这真是雪上加霜。连他也看出，我身上蕴藏了使这个家庭变得"跟某人一样有出息"的机运，能让一家人赢得荣誉和尊敬——虽然在我小时候，他向我谈起他的雄心壮志时，绝大多数是就金钱层面来谈的。"可别像你这个蠢老爹——"他会一边这么说，一边和那个坐在他大腿上的小男孩开玩笑，"漂亮的娶不得，心爱的娶不得——要娶就娶个有钱的。"不，不，他一点儿也不喜欢被人瞧不起。他像条狗一样地工作——只为了一个他未注定拥有的未来。从没有人真正带给他满足，回应他适宜的善意——我母亲没有，我没有，甚至我那位可爱的姐姐也没有，他还认定我姐夫是个共产党（即便他现在已经与人合伙开了一家很赚钱的饮料公司，在西奥兰治也有了自己的房子）。而对他敲骨吸髓的，绝不是那个资产十亿的新教企业（或是像他们自己一厢情愿认为的"机构"）。"这是全美最乐善好施的金融机构。"我记得父亲这样声称，那时他第一次带我到他在波士顿与东北人寿保险公司的大办公室，去看属于他的、由一张桌子和一把椅子组成的一小方地盘。是的，在他儿子面前，他说话的时候带着"本公司"的自豪。当众声讨公司来自贬身价可说不通——毕竟在经济大萧条时期，他领的是公司发的工资，公司配给他的专用文具，那艘"五月花"号下面就印了他的名字（所以"五月花"号自然也就成了他的标志，哈哈）；而且，每年春天——适逢公司大发善心的季节——我父母还可以去大西洋城享受一个精彩的周末，不仅全程免费，连下榻之处也是称得上高档的非犹太饭店，在那里领受（连同大西洋中部各州所有突破年销——年度预销数字——的保险代理人一起）柜台人员、侍者、行李员的滋扰威胁，更别提那些一脸茫然的自费旅客了。

此外，他总是激情满怀地相信自己正在推销的东西，而这恰恰是另一个使他痛苦不堪、精疲力竭的原因。晚饭后，当他再度穿上外衣戴上帽子，踏出家门开始工作，他不只是在挽救自己的灵魂——不，他也在挽救某个放任他的保单失效，而连带危及了他家人"在雨天里"的安危的可怜混账。"亚历克斯，"他总会这么向我解释，"一个男人要应付雨天，就得备一把伞。你不能连把伞都没有，任老婆孩子挨雨淋！"对于那时才五六岁的我来说，他的话听起来大有道理，甚至令人动容，不过显然那些缺乏经验的波兰人、逞凶斗狠的爱尔兰人，以及住在贫困街区的黑人文盲们，对他的"雨天论"无法苟同，而"全美最乐善好施的金融机构"却总是派他到那些街区兜揽生意。

那些贫民窟里的人嘲笑他。他们根本不听他那一套。他们一听见他敲门，就把空瓶空罐朝房门扔过去，喊着："滚吧，家里没人。"他们放出狗来咬他不肯罢休的犹太屁股。然而，过了这么多年，他还是设法积累了一些公司表彰他销售能力的徽章、锦旗和勋章，够挂满一整面无窗长廊的墙壁，长廊里有叠放在一箱箱纸盒里的逾越节餐盘，还有用厚厚的防潮纸裹得密不透风的"东方"地毯。既然他都能从石头里榨出血来，公司难道不该奖赏他，视为一个奇迹吗？怎么不让他乘着成就的东风青云直上，"总公司"高高在上的"总裁"怎么就不打听打听他的业绩与成就，在一夜间把他从一个年薪五千美元的保险代理人提拔成一个年薪一万五的地区经理？不，公司让他留在原位。还有谁能在这么贫穷荒凉的地方做出如此惊人的成绩呢？不仅如此，在波士顿与东北人寿保险公司的全部历史上，从来没有过一个犹太经理（这不符合我们的标准做法，亲爱的，正像他们在"五月花"号上所说的），而以他高中二年级的教育水平，确实不适合成为保险界的杰基·罗宾森①。

长廊上还挂着尼·埃弗雷特·林达伯里的照片，他是波士顿与东北人寿保险公司的总裁。这张上了框的照片是对我父亲保险业绩第一次达到百万美元的表彰，或者也许是达到一千万美元。"林达伯里先生"，"总公司"……父亲讲到这些时，像在说华盛顿白宫里的罗斯福……而自始至终，他对公司恨得牙痒痒，特别是林达伯里，他那玉米缨子似的头发、新英格兰式斩钉截铁的言辞，还有他那几个在哈佛就读的儿子、上精修学校②的女儿，哦，他们一家子都聚在马萨诸塞，那些异族男的猎狐！打马球！（有一天晚上我听见他在卧室门口大吼大叫）——使得他，你懂吧，在他妻小的眼里当不成英雄。他怏怏不平！怒不可遏！没人能真正使他得到解脱——除了他自己。"为什么我连自己的肠子都蠕动不了！我受够了那堆李子干了！为什么我老是头疼！我的眼镜

---

① Jackie Robinson（1919—1972），美国职业棒球大联盟史上第一位非裔球员。
② Finishing school，旨在培养年轻女性成为社交名媛的贵族学校。

呢！谁拿了我的帽子！"

我父亲就是以这种粗暴蛮横、自暴自弃的态度（在他那一代犹太男人里，以这种态度对待自己家人的真是屡见不鲜），对待我母亲，我姐姐汉娜，特别是对我。我，将从他昔日被囚禁之处展翅高飞：这就是他的梦想。而我的梦想是它的必然结果：他也会由我的解放中解脱，摆脱愚昧无知、剥削、籍籍无名。时至今日，在我的想象中，我们的命运依然像野草般竞相蔓生，也依然有太多时候，每当我因某本书某个段落中的逻辑或智慧而大为折服时，我立刻不由自主地想到："要是他能读读这个就好了。没错，读一读，并且去理解——"你看，都三十三岁的人了，我还在期待，还在巴望着"要是怎样的话"……在我大一那年，当时的我，不折不扣就是个拼命要让自己父亲理解的儿子——在那个时候，反正最重要的事不是要让他头脑开窍，就是要改变他的生活——我记得刚开始在大学图书馆里找到一些知识性期刊，便将其中一本的订阅表格撕下，在上面填写上他的名字和我们家的地址，还寄出匿名的礼品订购单。但当我闷闷不乐地回家过圣诞假期，准备指责他一番时，却怎么也找不到《党派评论》。《柯利尔健康》杂志和《展望》杂志都在，但是他的《党派评论》呢？还未拆封就把它扔掉了——我浸淫在傲慢与伤心的情绪中想着——这个蠢货、智障，我这个毫无文化涵养、庸俗至极的父亲，把它当成了垃圾邮件，读都不读就扔掉了！

从这段幻灭的历史中再往前推。我记得某个星期天早晨，我将棒球投向父亲，却等不到球高高飞起，从我的头顶上飞掠而过的光景。我八岁了，生日礼物是我人生中的第一副棒球手套和一个硬式棒球，以及一只我还无法全力挥动的标准球棒。父亲一大早就戴了他的帽子、穿着外套、打上领结出门了；他足蹬一双黑皮鞋，胳膊下夹着那本记录谁欠了林达伯里先生多少钱的巨大的黑色账册。每个星期天早晨，他都会跑一趟有色人种的街区，因为——诚如他所说——那是他逮住那些不愿意支付基础保费的赖账家伙的最佳时机。其实那不过是每周一毛或一毛五的小钱。那些丈夫坐在外面晒太阳，他就在附近伺机而动，试图趁他们还没有来得及用成瓶的"摩根·戴维斯"酒把自己灌得烂醉、人事不省之前，从他们身上捞几个钱。他像一颗子弹从小巷里飞身而出，捉住那些往返自家与教堂的虔诚清洁女工、那些白天在别人家干活平日晚上躲着他的女人。"哦——哦，"有人喊道，"那个卖保险的来了！"就连孩子们也逃之夭夭，藏了起来——那些孩子，他厌恶地说道，告诉我，这些想要改变自己命运的黑人还能有什么指望？如果他们连人寿保险有多重要都无法理解，他们又怎么能提升自己？他们死后连一点破铜烂铁都不留给他们心爱的人吗？因为，"他们的一切"也都会随之消亡，你知道——

"哦,"他生气地说道,"'那是当然的呀!'"拜托,那种连把像样的能遮风挡雨的伞都没有,还妄想把孩子留在大雨里的人,还算个人吗!

我们站在学校后面那一大片土操场上。他把账册放在地上,身上一袭外衣和棕色软呢帽,向投手板走来。他戴着方形的钢丝边眼镜,他的头发(就是我现在的发型)有着钢丝棉般的颜色和质地,像一片野生灌木丛;而那整夜静置在浴室玻璃杯里,对着马桶微笑的两排牙齿,现在正大方地向我微笑,向他的挚爱、他的亲骨肉,这个雨水永远不会淋到他头上的小男孩微笑。"好,了不起的棒球手,"他边说边拾起我那支新的标准球棒,往靠近中央处紧握——而使我非常惊讶的是,他的左手搭上了本该右手握住的地方。瞬间一阵伤感向我袭来,我难过得不能自已:我想要告诉他,嘿,你手的位置错了,但是我说不出口。我怕我会哭出来——或者他会哭出来!"来呀,好家伙,投球吧。"他喊着,我照办了——并且,除了之前对父亲的那些怀疑,当然,我又多了一个发现,他绝不是什么"金刚"查理·凯勒[①]。

好一把雨伞。

---

① Charlie Keller (1916—1990),美国著名棒球运动员。

真正无所不能的人得数我母亲，连她自己都不得不承认可能她真的太能干了。而像我这种机灵、善于察言观色的小孩，怎么会怀疑这件千真万确的事呢？比如，她做的果冻里有桃子片悬浮其中，就悬在那里，根本就无视重力法则。她烤的蛋糕吃起来有香蕉的味道。她宁可流着眼泪，受着折磨，自己磨辣根，也不去熟食店买现成的瓶装辣酱。她"仿佛一只鹰隼般"（她是这么说的）盯着肉贩子，以确保他没忘记把她要的碎肉放进符合犹太教规的绞肉机里。她会打电话给我们这栋楼里把衣服晾在屋后晾衣绳上的所有女人——那天她大发慈悲，连住在顶层那个离了婚的非犹太人也通知了——叫她们快，赶紧把洗好的衣服收进去，一滴雨已经落在了我们家的窗玻璃上。这女人身上安了什么雷达探测器！这还是在雷达发明以前的事儿！她身上的精力！使也使不完！她挑出我算数中的错误，检查我袜子有没有破洞，审视我的指甲、脖子，和身上每一处关节、缝隙，以确定我干净无垢。她甚至让冰凉的双氧水流进我的脑袋，只为了清理藏匿在耳朵最深处的垢屑。那玩意噗噗砰砰地鸣响，我的双耳好像浸满了冒泡的干姜水，把那些隐藏的黄色耳垢分解成小碎片，再带到耳面上来，这显然是损害听力的做法。这样的医疗程序（虽然可能挺古怪的）当然耗时，并且耗力——但是，既然事关健康和清洁、细菌和生理上的分泌，她必会尽其所能，以免危害他人。她为死者点亮蜡烛——别人常常忘记，她却总是虔诚地铭记在心，甚至用不着在日历上标示提醒。乐于奉献融在她的血液里。去扫墓时，她说，自己好像是唯一保有"常识"、遵守"一般礼节"的人，记得去清除亲戚们墓边的野草。春日初霁，她就已将樟脑丸放在屋内所有毛呢制品边上，避免虫蛀之害，也把卷起来捆好的地毯拖到我父亲的奖章室里。她从不以她的房子为耻：让陌生人走进屋内，随便打开哪个柜橱、抽屉，她没有什么可丢脸的。必要的话，在浴室地板上吃东西也没问题。当她输了麻将，她便把它当作一项运动，而不是像某些她认识但她才不会将她们的名字说出来即使是蒂莉·霍克曼也太琐碎不值得一提就让我们忘掉她吧事情就此打住。她做针线，打毛活儿，缝缝补补——她衣服熨得甚至比那个黑鬼还棒。那是个笑嘻嘻、十分孩子气的黑人老太太，母亲的朋友们都爱占她的便宜，只有母亲对她以礼相待。"只有我对她好。只有我会在午饭时把整罐金枪鱼给她，我说的可不是便宜货。那可是美人鱼牌，亚历克斯。我很抱歉，我无法当个小气鬼。对不起，但是我无法那样生活，就算那两罐得花上四毛九。多萝西来的时候，埃丝特·瓦塞尔贝格总会在家里四处丢下一些两毛五的镍币，事后再数算，确认一毛不少。可能我太善良了。"她悄声对我耳语，同时把滚烫的水浇到清洁女工方才用来吃午饭的盘子上，她是个像麻风病人般孤独的女工，"但是我不会做那样的事儿。"一次多萝西碰巧回到厨房，当时我母亲还站在标着"H"的水龙头前，让热水倾注在刚于这个黑鬼粉色厚唇进出的刀叉。"哦，多萝西，现在要弄掉银器上的蛋黄酱有多费劲儿呀，你知道的。"我那位舌灿莲花的母亲这么反应——就这样，她后来告诉我，靠着她的灵机一动，总算没伤害这个黑女人的感受。

我不乖的时候，就被锁在公寓外面不让进家门。我站在大门前面不断地擂门，擂门，直到我发誓我一定洗心革面重新做人为止。但是我究竟干了什么呢？我每天晚上将头一天的晚报小心翼翼地铺平在油毡地毯上，然后才在晚报上擦皮鞋；事后我也从来没有忘记拧紧鞋油罐的盖子，并且把所有用具物归原处。我从底部往上卷牙膏管，以画圆的方式刷牙，从不上下刷；我开口闭口"谢谢""不客气""对不起""可以吗"。在汉娜生病或者晚饭前拿着蓝色铁皮罐，出去为犹太人国家基金募捐的时候，虽然没轮到我摆放餐具，我却主动过去帮忙，谨记餐刀和汤匙永远在右，叉子在左，餐巾要折成三角形放在叉子的左边。我从来不吃肉菜盘子里的奶制品，从不。不过呢，在我生命中有那么一年左右的时光，经常一个月不到我就犯了不可原谅的错误，以至于家里要我收拾东西走人。但我到底干了什么呢？母亲，是我啊，那个在学校开学前花好几个晚上，彻夜用漂亮的古英文字体，在彩色的课程分隔卡上工整地写下科目名称的小男孩啊，他还耐心地给整学期的三孔笔记本的活页孔贴上保护贴，无论是有格子的还是没格子的都一样。我会携带梳子和干净的手帕，从来不让我的高筒袜耷拉到皮鞋鞋缘，我很注重这个；我的家庭作业总在老师吩咐的几周前就做完了——承认吧，妈，我是我们学校有史以来最聪明、最整洁的小男孩！因为我，老师们（正像你知道的，正像她们已经告诉你的）得以高高兴兴回到她们的丈夫身边。那么我干了什么呢？谁能回答这个问题，请起立！我这个坏孩子，她连一分钟也不愿意让我再呆在家里头了。有次我说姐姐是"臭屁大粪"，母亲马上抓了块棕色洗衣皂把我的嘴巴洗了一遍；这我可以理解。但是，把我扫地出门？我究竟做错了什么！

善良的她会为我准备好午餐让我带上，但是，当我穿着外套和高筒雨靴出了门，发生什么事情就与她毫不相干了。

好啊，我说，你想怎么做就怎么做吧！（我也会演——我可不是白呆在这个家里的。）我不需要这包午餐！我什么东西都不需要！

我再也不爱你了，再也不爱一个像你这么顽劣的小男孩了。我会一个人和你爸还有汉娜住在这儿，我母亲说道（她真是个遣词造句的大师啊，能一下子就击中要害，要你的命）。汉娜可以帮星期二晚上来打麻将的女士们设桌摆牌。我们再也不需要你了。

谁在乎啦！我走到门外，走进漫长、昏暗的走廊。谁在乎！我会光着脚丫子在大街上卖报纸。我会搭上运货的卡车到我想到的任何地方去，天地是我家，席地而睡，我想——就在这时候，我看见立在我们家门垫旁的空牛奶罐，仅仅如此，就使我失去的一切刹那间在我的头顶上爆裂了。"我恨你！"我边号叫边用穿着雨靴的脚踢门。"你最坏！"面对这污言秽语，面对这穿过公寓楼道传来的反叛的咚咚响声，我母亲和楼里的另外二十个犹太女人竞相充耳不闻，她没有别的办法，只好把我们家的门加上双重门锁。就在这时，我开始捶门求她让我进去。我跪倒在门垫上，求她饶恕我的罪过（可那又是什么呢？），向她保证，今后我们的生活一定会完美无缺，那时候我相信这一切就会这么没完没了地下去。

接着几个晚上我都不想吃饭。大我四岁的姐姐就提醒我一件事，其实我并没有忘记：如果我拒绝吃饭，母亲绝不会容忍这种任性——以及我这极端愚蠢的行为。为了我好，她是绝不会退让的。都是为了我好，她才要我做这做那的——我还不听她的吗？难道我到现在还不明白，她是省下自己嘴里的给我吃吗？

但我并不想要她嘴里的。我甚至不想要我自己盘子里的——这才是重点。

拜托！我这个潜力无限、成就无限、前景看好的孩子！上帝慷慨地赐予我天赋，让我既有貌又有才，难道会允许我毫无道理绝食而亡吗？

我会希望别人瞧着我一身的皮包骨，一辈子看不起我，还是希望他们把我当成男子汉？

我想要被人推来推去、当成笑柄，想当那种人家打个喷嚏就能撂倒的弱鸡，还是想赢得人们的景仰尊重？

哪种才是我所企盼的大人模样？是强壮有力还是虚弱不堪，是事事成功还是一事无成，是成为一个顶天立地的男子汉还是一介鼠辈？

我就是没有胃口，我回答说。

于是，我母亲在我旁边的椅子上坐下，手里拿着一把长长的面包刀。刀是不锈钢的，刀刃上带有锯齿。我究竟想成为哪一类，是强壮有力还是虚弱不堪，是当男子汉大丈夫还是一介鼠辈？

医生，为什么，为什么哦为什么哦为什么，身为人母，她竟然拿着一把刀对着自己的儿子？我才六七岁，我怎么知道她不会真的使用这把刀呢？我应该怎么做，吓唬她、虚张声势一番吗？我不过才七岁。老天爷，我根本想不出那么复杂的东西——我可能连六十磅还不到呢！要是谁朝着我挥刀子，我会以为那个人蛰伏在某处，想要取我性命！不过，到底是为什么呢？她脑子里究竟盘算着什么？她究竟能有多疯狂？就算让我称心如意——谁又会损失什么呢？为什么要拿着一把刀，为什么要摆出杀人的架势，为什么必须取得如此压倒性、毁灭性的胜利？明明前天她还把熨斗放在熨衣板上，为当时在厨房里天翻地覆地排练着我们三年级制作的《啊，陆地！》中的克里斯托弗·哥伦布一角的我热烈鼓掌。我是我们班的明星演员，少了我，他们没一场戏能上得了。哦，他们确实上过一次，就是我得支气管炎那回，但是我的老师后来私下向母亲透露，那无疑是二流的表演。噢，多少个愉悦的午后，她在厨房里一边擦拭着银器、切碎肝脏，或在我紧身内裤的裤腰上缝制新的松紧带，一边时不时瞟一眼油印剧本为我提词，扮演伊莎贝拉女王，和我这个哥伦布对戏，或是贝齐·罗斯①，和我演的华盛顿对话，抑或念着我路易·巴斯德②的夫人的台词——她怎么能在放学后，在那些天色昏暗的美妙时刻里，在和我一起跃上我天才之路的巅峰后，到了晚上，却拿起面包刀对准我的心脏，只因为我不愿意吃几颗青豆和一块烤马铃薯？

　　我父亲又为什么不出面制止？

---

① Betsy Ross（1752—1836），据说是缝制第一面美国国旗的女裁缝，提议以星条旗作为美国国旗。
② Louis Pasteur（1822—1895），法国著名化学家、微生物学家，发明了巴氏灭菌法。

打飞机

　　然后，青春期来临了——我醒着的生活有一半是在锁上的浴室门后度过的。我把我那团东西射到马桶里，或者射到洗衣篮里的脏衣服中，又或者噗嗤一下射到药品柜的镜子上，如此一来，站在镜子前、内裤褪到脚边的我就会晓得它射出来的样子。再不然，我会弯腰凑向我那飞动的拳头，紧闭着双眼但嘴巴大张，以便品尝我舌头和牙齿上由脱脂牛奶和高乐氏漂白水混合而成的黏稠汁液——虽然在闭目茫然与销魂亢奋之中，那团如同维德罗特牌定型发乳般突然喷射出来的东西会被尽数搞在我的大背头上。皱巴巴的手帕、揉成一团的舒洁卫生纸和弄脏的睡衣，构成了一个世界，通过它，我抽动着我那充血肿胀的阴茎，并且坠入永无止境的恐惧漩涡里，担心在我准备缴械、激动若狂的同时，我这令人作呕的举动会被偷窥我的人发现。然而，一旦那种骚动开始爬上我的下体，我就完全无法制止我那双爪子了。课上到一半，我会举手说要上厕所，然后急匆匆地奔向走廊尽头的洗手间，猛烈地撸动十或十五下，站着把它打出来，让它化作小便池中物。星期六下午看电影的时候，我会跟朋友们说要去转糖果机而独自离开——结果跑到远处二楼的包厢座位上，把精液射进椰子巧克力条的空包装袋内。某次家族到郊外踏青时，我掏空了苹果的果核，看着它被掏空的样子很是吃惊（还借助了我着魔般的念头）。于是立刻跑进树林，扑向这水果的孔穴，妄想这清凉松软的窟窿其实生在哪位神秘女子的两腿之间，当她恳求得到我那东西的时候，总是叫我大人物。在人类整个文明史上，还没有哪位姑娘曾得到过它。"哦，塞满我吧，大人物——"无核苹果喊叫着，而我傻乎乎地向这道野餐发动着进攻。"大人物，大人物，哦，把你所有的都给我吧。"那个被我藏在家里地下室储物箱的空牛奶瓶这么恳求道。放学后，我便用我那抹了凡士林的直挺挺的玩意放纵一番。"来吧，大人物，来吧。"那片肝脏发了狂地尖叫，在我被欲望冲昏了头脑的那个下午，我上肉铺买了它，然后，不管你信不信，在去上成年课①的途中的一个广告板后面，我亵渎了它。

在我高一的学期末——也是开始自慰的那年——我发现在我的阴茎下边，就是在与龟头结合的地方，有一个曾被诊断为某种

---

① Mitzvah lesson，犹太男孩为参加十三岁成年礼前所接受的教育课程。

斑的变色的小点。癌症。我已经让自己得了癌症。我对自己肉体施加的所有拉扯，所有摩擦，已经使我得了不治之症。而我还不到十四岁！夜里我躺在床上，任泪水夺眶而出。"不!"我抽泣着，"我不想死!拜托——不!"但是，随后，因为反正离变成一具尸体已经为期不远，我索性继续像往常一样打飞机，再射进我的袜子里。上床前我会事先准备好一双脏袜子，一只就寝时用，另一只醒来时用。

要是我能把这种手工活儿减少到一天一次，或者控制在最多两次，甚至三次，就好了！但是由于死亡的前景就摆在我面前，我便开始创造自己的新纪录。在一日三餐之前、三餐之后、在进餐的过程中！我迅速地从餐桌前起身，悲惨地紧按住我的腹部——要拉肚子了！我喊道，我得了腹泻！而一旦进了浴室、锁上了门，我就把一条衬裤套在自己头上，这条衬裤是从我姐姐的化妆箱里偷来的，我把它卷在一条手绢里，放在我的兜里带进来。棉织衬裤贴着我的嘴，那效果就像触电一样——"衬裤"这个词儿本身就够刺激了——我的喷射弹道创下了惊人的新高度：它好像一枚从发射架上喷射而出的火箭，直直冲向我头上的电灯泡，而且竟然命中了，竟然吊在那上面，令我既惊奇又恐慌。一开始，我疯狂地抱住脑袋，等着灯泡爆炸，烈焰四射——你瞧，"灾难"这个念头从来没有远离过我的脑海。然后，我尽可能悄无声息地爬上暖气管，用一叠卫生纸把那块嗞嗞作响的黏团擦掉。我开始在浴帘、浴缸、瓷砖地板、四支牙刷上面小心翼翼地搜寻——拜托千万不要！——当我以为已经消灭了所有痕迹、打算打开锁上的浴室门时，却突然看到那东西鼻涕似的挂在我的鞋尖上，我的心不由得为之一沉。我是打着飞机的拉斯柯尔尼科夫——四处都是那黏乎乎的东西，罪证确凿！它是不是也沾到我的袖口上了？沾到我的头发里了？沾到我的耳朵上了？即使回到厨房的餐桌上，我还愁眉不展、惴惴不安地想着这些问题，而当父亲张着满是红色果冻的嘴巴调侃我时，我还自以为是地对他嘟囔了一句。"我不明白你把门锁上干什么。我简直无法理解。这是什么地方，是家还是中央车站？""……我……在这个家……一点隐私都没有，"我回答道，然后把甜点推到一边，大吼着说，"我就是不舒服，你们别管我行不行啊！"

吃完甜点之后——我把它吃完了，即使我憎恶他们，我还是喜欢果冻的——吃完甜点之后，我又回到浴室。我一头钻进这个礼拜要洗的脏衣服里，直到拉出一件姐姐的胸罩。我把其中一条肩带拴在浴室的门把手上，把另一条拴在放毛巾的壁橱把手上：这是牵引出更多幻梦的稻草人啊。"哦，干吧，大人物，干到你过瘾为止——"汉娜胸罩上的小罩杯如此怂恿着我，就在这时，从门上传来一份卷起的报纸的叩击声，使得我和我的手中物从马桶座上抽缩了一下。"——快点儿，要用马桶的又不止你一个，拜托!"我父亲说道，"我已经一个礼拜没有解大便了。"

我用一副受伤的激昂怒吼平复我的思绪——这正是我天生的本事:"我拉肚子拉成这样，你们都觉得无所谓吗!"——与此同时，我又开始撸动我那罹癌的器官甚至加快了速度，因为它又开始神奇地从里到外颤动起来。

接着，汉娜的胸罩自己动了起来，来来回回地摆动!我合上眼——看啊，是莉诺·拉皮德斯!我们班胸最大的女孩!放学后去赶公交车时，她那对硕大而又遥不可及的重负在她的短衫里沉甸甸地晃荡，噢，我敦促它们从那罩杯下挺立起来，以及那顶端，莉诺·拉皮德斯如假包换的乳头!而在这一转眼的工夫，我意识到母亲正用力摇动着门把。这扇门我终于忘了锁上了!我知道这种事情总有一天会发生!被抓住了!这和死没什么两样!

"开门，亚历克斯。我要你马上把门打开!"

门锁着，我并没有被抓住!我从那在我手中活跃着的东西看到我也还没有死呢。那就继续干!继续干吧!"舔我，大人物——用力舔我!我是莉诺·拉皮德斯的又肥又大、热烘烘的胸罩!"

"亚历克斯，你给我说清楚。你放学后去吃了炸薯条对不对?所以你才这么难受对不对?"

"不——嗯嗯……不……"

"亚历克斯，很疼么？要我去叫医生吗？到底疼不疼？我要知道究竟哪里疼。回答我。"

"疼——噢……噢噢噢——"

"亚历克斯，我不准你冲马桶，"我母亲严厉地说道，"我要看看你到底在那儿干什么。我一点也不喜欢你发出的声音。"

"我也是，"我父亲说道，就像他一向被我的成就触动时那样——既担心又嫉妒，"我一个星期没有解大便了。"此时的我正坐在马桶上，突然一阵痉挛，而后仿佛挨了鞭的牲口般呜咽着将三滴稀稀的东西射在了安置我那十八岁平胸姐姐乳房的小块布片里头。那是我当天第四次高潮。什么时候我会开始射出血呢？

"请你到这儿来，"我母亲说道，"我明明告诉你不要冲厕所你为什么还要冲？"

"我忘了。"

"马桶里有什么？你为什么这么急着把它冲掉？"

"就腹泻。"

"主要是稀水儿还是便便？"

"我没看！我没看！甭跟我说什么便便——我都念高中了！"

"哦，你不要冲我喊，亚历克斯。又不是我让你拉肚子的，你放明白点儿。如果你吃的所有东西就是家里给你的，你决不会一天跑五十趟厕所。汉娜已经告诉我你都干了什么，所以你别以为我不知道。"

她的衬裤不见了！我被抓了个现行！哦，让我死吧！我但愿马上就死！

"是吗，我干了什么……"

"你放学后去了哈罗德热狗店和垃圾食品店，你和梅尔文·韦纳一起去吃了薯条。对不对？不要对我也撒谎。放学以后，你有没有在霍桑大道吃下一肚子薯条和番茄酱？杰克，过来这边，你听听这个——"她喊着正在厕所里的父亲。

"瞧，我正努力要大便，"他回答道，"在我努力要大便的时候，能不能别冲我叫让我心烦？"

"你知道你儿子放学后都干了什么吗？这个优等生，连他自己的母亲都不能对他说什么便便，他长大了，翅膀硬啦？你认为你这个长大了的儿子在没人盯着的时候都干了什么？"

"拜托，能让我一个人呆着吗？"我父亲喊道，"能不能让我静一静，让我好好办完事行不行？"

"你就等着你父亲听完你干了什么事吧。你的所作所为跟所有有利于健康的习惯都背道而驰。亚历克斯，回答我的问题。你那么聪明，什么问题都回答得出来，那你就回答我这个问题：你觉得梅尔文·韦纳是怎么得结肠炎的？为什么那孩子把半辈子的时间都耗在医院里了？"

"因为他吃垃圾食品。"

"你还敢跟我开玩笑！"

"那好，"我尖叫道，"你说他怎么得的结肠炎？"

"因为他吃垃圾食品！但这不是开玩笑！因为对他来说，一顿饭就是一条欧·亨利巧克力燕麦棒，再灌下一瓶百事可乐了事。因为他的早餐，你知道他都把什么当早餐了？一天中最重要的一餐——不仅是你老妈这么说，亚历克斯，最高明的营养学家也是这么说的——你知道那孩子吃些什么吗？"

"甜甜圈。"

"没错，甜甜圈，机灵鬼先生，成年人先生。外加咖啡。咖啡和甜甜圈，有人认为靠这些，一个十三岁的孩子就可以肚子半饱地开始一天的生活了。但是你，感谢上帝，可不是用这种方式养大的。你没有那种在城里到处闲逛的母亲，那些女人我都能叫出名儿来，一天到晚从巴姆商店串到哈恩商店，再晃到克雷斯吉百货去。亚历克斯，告诉我吧，别这么神秘兮兮的，可能只是我脑袋不灵光——但你只要告诉我，你明明该回家享用罂粟籽饼干、喝一杯喷香的牛奶，你却选择用垃圾食品填饱自己的肚子。你想要干什么，你试图证明什么？我想要从你这儿听到真话。我不会告诉你父亲，"她说道，她的声音意味深长地低了下去，"但是，我必须从你这儿得到真话。"一阵停顿，同样意味深长，"就是薯条，还有别的吗，亲爱的？……请告诉我，你还把别的什么垃圾放到你嘴巴里了，这样我们好摸清这个腹泻的底！我想要你痛痛快快地回答我，亚历克斯。你在外头吃了汉堡？请你回答我，这就是你刚才冲厕所的原因——那里面有汉堡？"

"我告诉你了——我冲的时候没往马桶里看！我不感兴趣，只有你才对别人的便便感兴趣！"

"噢，噢，噢——十三岁了，他可长了一张嘴了！还是对着问他的健康、为了他好的人！"这种让她完全无法理解的情况，使得她刹那间热泪盈眶。"亚历克斯，为什么你变成这样，你能不能给我解释解释？请告诉我，我们这辈子对你做了什么可怕的事情，让你这么回报我们？"我相信这个问题对她来说，算是前所未有的打击。我相信她认为这个问题是无法回答的。而且最糟糕的是，我也这么认为。他们一辈子都为我做了什么事情呢，除了牺牲？然而我完全不懂他们为我牺牲了什么，这才是真正的可怕呀。而且，医生！直到今天，我依然一头雾水！

我此刻振作精神谛听那耳语声。我能断定那耳语声来自一英里以外。我们就要开始讨论父亲的头疼问题了。

"亚历克斯，他今天没头疼吧？因为头一疼他简直没法睁开眼睛看东西了。"她四下张望,我们在这边讲话,他听不见吧?千万别让他听见他的情况有多么严重,否则他会声称我们夸大其词。"他下周不是要去做一次肿瘤检查吗?"

"他要去吗?"

"'把他带来,'那个大夫说了,'我要给他做一次肿瘤检查。'"

她成功了。我哭了起来。我没有什么好哭的,不过在这个家里,每个成员都为了每天至少要好好哭上一回而努力。我的父亲,你要知道——而且你也一定知道:敲诈勒索者在人类社会占了绝大多数,并且,我是这么想的,你的顾客里也有这种人——几乎是从我记事儿起,我的父亲便一直在"做"这种肿瘤检查。为什么他的头疼始终不断?那当然是因为他一直便秘啊——他又为什么便秘呢?因为他肠道系统的所有权被担忧、恐惧和挫败牢牢掌握着。的确有医生对我母亲说要给她丈夫进行一次肿瘤检查——如果这让她高兴,我相信他是会这么说的。他说,对于一个要把钱花在灌肠袋上的男人而言,那么做更经济,而且可能也更有效。然而,即便我知道这些前因后果,光是想象我父亲由于恶性肿瘤而被开头剖颅,也不会让我感到轻松多少。

是的,只要她需要我,我就会出现,她知道这一点。沉溺在悲伤中的我(那时候是,现在也是)将自己的癌症彻底抛到九霄云外——我想到生活中有多少大大小小的事总是（用他一贯的话来说）超出他的理解范围。超出他的掌握。没有钱，没受过教育，不善表达，不愿学习，缺乏对文化的好奇态度，没有良机却横冲直撞，虽有经验却没有智慧……他各方面的缺陷多么容易触动我，让我怆然落泪。又多么容易让我怒火中烧！

有一个人，父亲把他作为我生活的榜样经常向我提起，此人就是剧院老板比利·罗斯。沃尔特·温切尔①曾说过，比利·罗斯靠他的速记本事使伯纳德·巴鲁克②雇他做了秘书——于是在我就读高中的那些年，父亲不停唠叨我去报名学速记，把我烦得要命。"亚历克斯，当初比利·罗斯要是没有这一身速记本领，他会有今天吗？门儿都没有！所以，你跟我争个什么呢？"更早之前，我们还为学钢琴的事起过争执。对于一个家里既没唱片也没录音带的男人来说，关于乐器的话题倒使他兴味盎然。"我不明白为什么你就不愿意学个乐器，这简直超出我的理解范围。你的小表妹托比都能坐在钢琴前，弹奏任何你叫得出名儿来的曲目。她只要坐在钢琴前弹奏《鸳鸯茶》③，房间里的每个人都成了她的朋友。她永远不缺伙伴，永远受人欢迎。只要你告诉我你愿

---

① Walter Winchell（1897—1972），美籍犹太裔知名报业人士。
② Bernard Baruch（1870—1965），美国金融家、政治家、政治顾问。
③ *Tea for Two*，1920 年代百老汇爵士乐曲，当时蔚为流行。

意弹钢琴，明天早晨我就给你买一台回来。亚历克斯，你在听我说话吗？我在提供给你能改变你下半辈子的东西！"

但是他要给我的东西，我并不想要——而我想要的，他又不必给。不过，那又有什么了不起的？为什么要继续引起这种痛苦？已经这么晚了！医生，告诉我，我应该摆脱的究竟是什么，是仇恨……还是爱？因为我那些愉快的美好记忆——我指的是，令我兴高采烈却有股刺痛失落感的美好记忆——甚至还未被提及！所有那些回忆似乎都和当天的天气与时间绑在一起，带着如此辛酸的悲恸在我胸中一闪而过，顷刻间，我会误以为自己并不是在地铁里、在我的办公室里，也不是在和某位漂亮姑娘共进晚餐，而是回到了童年，和它们在一起。真切而又虚无的回忆——然而它们却似乎是一些历史的片段，对我个人的存在如此重要，就好像我的受孕时刻。我可能会想起他的精子探入了她的卵子，我的感激是那么具有穿透力——是的，我的感激！——而我的爱能横扫千军、包罗万象！我正站在厨房里（也许是我有生以来第一次站着），我母亲指着外面对我说："看外面，小宝贝——"我就看着外面。她说："看见了吗？多美的紫红色！十足秋日的天穹！"这是我所听到的最初的诗行！我记住了它！十足秋日的天穹……那时是凛冽的一月，时值黄昏——哦，这些黄昏的回忆简直会要了我的命。一想到那裸麦面包上的鸡油我便直奔晚餐，厨房窗外月亮已然升起——双颊绯红的、握着铲雪挣的一块钱的我回到屋里。"你真是个勤劳的乖孩子,"我母亲满怀怜爱地对我柔声说道,"你知道今天晚饭会有什么好吃的?你喜欢的冬日大餐。炖羊肉。"时值夜晚,在纽约市的无线电城和唐人街度过了星期天后,我们正驱车穿过乔治华盛顿大桥回家——荷兰隧道是佩尔街和泽西城之间的直路,但是我拜托他们上桥,再加上母亲说这座桥"富有教育意义",父亲便比平时多绕了十多英里送我们回家。这座雄伟而富有教育意义的大桥缆绳就安置在桥柱之上,前座的姐姐大声数出桥柱的数量,而这时在后座上的我则偎着母亲的黑色海豹皮大衣,沉入了梦乡。有年冬天,我们和父母的"金拉米周日晚俱乐部"的成员一起到莱克伍德度周末,我和父亲同睡在一张单人床上,母亲和汉娜则蜷缩在另一张床上。天刚破晓,父亲叫醒我,父子俩像逃犯一样蹑手蹑脚地穿上衣服,溜出房间。"来——"他低声耳语,比了个要我戴上防寒护耳、穿上大衣的手势,"我要让你看看这个。你知道吗,我十六岁的时候在莱克伍德当过服务生。"到了饭店外面,他指着对面那片美丽而寂静的树林。"怎么样?"他问道。我们"以轻快的脚步"一起绕着一片银白色的湖面行走。"深呼吸一下。将充满松香的气息都吸入你的体内。这是世界上最棒的空气,美妙的冬日松香气息。"美妙的冬日松香气息——父亲也是一位诗人!即便我得知自己是威廉·华兹华斯的孩子，大概也不会比这更震惊！……夏天时他会呆在城里，而我们三个会离开那里，到海边带有家具的房子里住上一个月。到最后两周他有假了，他才来和我们会合……不过，有时候，泽西城湿气特别重，那些从沼泽地来的蚊子活跃得要命，好像深水炸弹似的铺天盖地而来，而他在结束了白天的工作后，驱车六十五英里赶过来，走的是奇斯奎克高速路——奇斯奎克高速路！我的上帝！您带来的这家伙！——驱车六十五英里，只为了和我们一起在布拉德利比奇那个四处透风的房间里过上一夜。

　　他赶到时我们已经吃完晚饭了。而当他剥掉身上那套为了借贷工作东奔西跑、因城里的潮气而变得湿重的外衣，再换上泳衣时，他的晚饭还摆在桌上。他鞋带还没绑好就沿着街道朝海滩走去，我则帮他拿着毛巾。我穿着干净的短裤和一尘不染的 Polo 衫，淋浴时已经冲洗掉了身上的盐粒，我的头发——依然是小男孩那种还没转硬的蓬松毛发，柔软而容易梳理——漂亮地从中间分开，顺溜地垂下。有道久经风霜的铁栏杆沿着木板步道一路延伸下去，我就坐在那上面；在我下方，父亲踩着鞋穿过空旷的海滩。我看着他把那条毛巾铺在岸边，动作利落。他把手表放进一只鞋里，把眼镜放进另一只，然后准备走进大海。直到现在，我还是按照他建议的方式下水：先把手腕浸入水中，然后把水泼溅到腋下，再把成捧的海水泼到太阳穴和脖子后面……啊，但是要慢慢来，不管什么时候，都要慢慢来。用这种方法能使你提振精神，同时避免受到强烈刺激。精神饱满、未受刺激的他转身面对我，滑稽地朝他以为我所在的岸上挥手表示他就要下水了，接着双臂大张向后倒去，漂浮了起来。哦，他漂浮得那么平稳——他工作，他工作得那么卖力，不是为了我又是为了谁呢？——然后他翻过身子，肚皮朝下划起来，却仍停留在原地，于是他蹚回岸边。他在水中移动的结实躯干因射入海面的最后一束天光而闪闪发亮；那光自闷热得令人窒息的新泽西内陆而来，越过我的肩膀，将我留在光华之外。

这样的回忆还有很多，医生。还有很多。这就是我口中的我的父亲母亲。

但是——但是——但是——让我先冷静下来吧——我眼前也有他正从浴室走出来的景象：他猛捏着自己的后颈背，硬生生地咽回要打出的饱嗝。"好了，什么事儿这么急，都等不到我出来再告诉我？"

"没事儿，"我母亲说道，"已经解决了。"

他看着我，一脸失望。我是他生活的指望，我清楚得很。"他到底干了什么？"

"他做都做了，我也处理好了，老天保佑。你屎拉出来了吗?"她问他。

"当然没拉出来。"

"杰克，你的肠子要再这样下去，可怎么办才好?"

"那肠子就会变成混凝土，就这样。"

"你是因为吃东西太快了。"

"我吃东西才不快。"

"不然是怎么回事，吃得太慢么?"

"我吃得不快不慢。"

"你吃起东西来就像头猪。也该有人告诉你了。"

"哦，有时候你发表意见的方式真绝，你知道吗?"

"我只是实话实说罢了。"她回道，"我整天站在这厨房里，可你吃起东西来就好像哪儿着火了似的，而这家伙——这家伙认定我做的饭菜不够好吃，宁愿生病并且让我整天担惊受怕的。"

"他干了什么?"

"我不想让你心烦，"她说道，"咱们把这事忘个一干二净吧。"但是她做不到，所以她哭了起来。嗯，她大概也不是这世上最幸福快乐的人。高中时的她曾是个身形修长的高个儿姑娘，学校的男孩们都叫她"红"。我九岁、十岁大的时候，曾一度酷爱她的高中年鉴。有段时间我一直把它和我珍爱的集邮册一起收进我的藏宝抽屉里。

　　索菲·金斯基，男孩们口中的"红"，

　　将以她那褐色的大眼睛、聪慧的头脑展翅高飞。

　　这就是我的母亲！

　　此外，她曾经当过足球教练的秘书，在我们这个时代，担当
那种职务其实没什么好拿出来说的，但显然在第一次世界大战期
间，足球教练秘书就是一个泽西城少女头上的光环。我就是这么
想的。无论如何，当我翻动那本年鉴，她就会指着自己当年的黑
发情人——那男人当时是球队队长，而今日，照索菲的说法，则
是"纽约最成功的芥末制造商"。"如果我没有嫁给你父亲，我应
该就会跟这男人结婚。"她向我吐露这件心事，而且说过不止一
次。从前的我有时会想象，要是真那样，妈和我将会怎样？而只
要父亲领我们去街角的熟食店吃饭，便会开启我对这个问题的想
象。我会看着周围的环境，然后想到："这家店里所有的芥末都
会是我家的产品吧。"我猜她肯定会得出一样的结论。

　　"他吃了薯条。"她说完后，一屁股坐上厨房那张椅子开始掏
心掏肺地哭。"他放学后和梅尔文·韦纳一起吃了一堆薯条。杰
克，你告诉他，我只不过是他的母亲。告诉他再这么下去会有什

么下场。亚历克斯，"她一边情绪激昂地说，一边看着我一点点蹭出那个房间，"亲爱的小宝贝儿，腹泻只是开始，你知道最后会演变成什么情况吗？就凭你这么脆弱敏感的胃，你知道最终会是什么下场吗？你得带着一个塑料袋子去解决你的事情！"

从古至今，谁最受不了女人的眼泪？我父亲。我是第二名。他对我说："你听见你母亲的话了。放学后不要和梅尔文·韦纳去吃薯条了。"

"再也不要。"她恳求道。

"再也不要。"我父亲说道。

"也别再吃外面的汉堡。"她恳求道。

"也别再吃外面的汉堡。"他说道。

"汉堡，"她恶狠狠地说道，就好像在说希特勒，"他们想往里面放什么就放什么——而他就这么吃了下去。杰克，让他保证，趁着他还没给自己惹来大麻烦，不然就太晚了。"

"我保证！"我尖叫道，"我保证！"接着便从厨房跑向——跑去哪里呢？哪里都好。

我扯下我的裤子，狂怒地握住那把垂头丧气的攻城锤，我要解放我青春期的阴茎，甚至连母亲在浴室门外喊叫也不顾了。"这次不要冲了。你听见我说话了吗，亚历克斯？我必须看看马桶里有什么！"

医生，你明白我当时面临的状况了吧？我的肉棒才是真正属于我自己的东西、才是我所拥有的一切。你真该看看她在小儿麻痹症流行期间的模样！她早该获优生优育基金会①的勋章！

把嘴张开。为什么你的喉咙发炎？你是不是头疼却没告诉我？不准你参加任何棒球比赛，亚历克斯，除非我看见你能活动你的脖子。你脖子僵不僵？不然你为什么那样动你的脖子？你吃东西好像要吐出来了，你恶心吗？嗯，好像快吐了。我不准你喝运动场自来水管的水。渴的话，到家再喝。你的喉咙很痛，对不对？我看你咽东西的样子就知道。我认为你——乔·迪马吉奥②先生——现在或许应该把那只手套放到一边，给我好好躺着。我不会允许你这么大热天到外面到处跑，不允许你带着发疼的嗓子跑，我不允许。我要量量你的体温。我可不喜欢你嗓子发出这样的声音。坦白告诉你，你喉咙都发炎了还整天在外面跑，而且还不告诉你妈，真的让我很生气。你为什么把这当秘密、不吭声呢？亚历克斯，小儿麻痹症可不管你什么棒球比赛。它只知道铁肺呼吸机和永久性瘫痪！我不准你到处跑，就这么说定了。在外面吃汉堡也不行。美乃滋也是。还有碎肉肝、金枪鱼。并不是每

---

① The March of Dimes Foundation，美国非营利组织，宗旨为促进母亲和婴儿的健康。
② Joseph DiMaggio（1914—1999），美国职业棒球大联盟有史以来最负盛名的运动员之一。

个人都像你母亲那样留意外面那些脏东西。你在一个整洁干净的家里呆惯了，外头那些乱七八糟饭店里的情况你又知道多少？你知不知道，咱们去中国餐馆吃饭时，你妈为何从来不坐面对厨房的位置？因为我不想看见在那里面究竟是怎么一回事。亚历克斯，不管那是什么，先洗洗再说。那东西干净吗？都要先洗过！天知道那东西在你之前还被谁摸过。

　　你瞧，只要能够四处走动，我就谢天谢地了——你能说我这是在夸大其词吗？所有的歇斯底里和迷信！要当心这个，要小心那个！你千万不能干这个，不能做那个——等一下！不可以！你在违背重要的法则！什么法则？谁的法则？有人戴唇盘、穿鼻环，把自己涂成蓝色，却贡献出人类的智慧！哦，除了奶制品和肉菜，除了他们自身的疯狂，还有所有疯狂的法则和成千上万的规定！这是家里的一个笑话：在我还小的时候，我看着窗外的暴风雪，然后我转过身来，满怀希望地问道："妈妈，我们信奉冬天吗？"你听出来了吗？我是被霍屯督人和祖鲁人带大的呀！光是想象喝牛奶配香肠三明治，我就觉得严重冒犯了全能的上帝。你可以想见，每每我自慰的时候，我的良知又会如何谴责我！罪恶感，恐惧感——恐怖渗入了我的每一根骨髓！在他们的世界里，什么不充斥着危险，滴落着细菌，隐藏着危机？哦，热情在哪里，勇敢和胆量又在哪里？是谁将如此可怕的生存意识灌满我父母的心？对我那现已退休的父亲来说，真正能让他插上嘴、高谈阔论的话题只有一个：新泽西收费高速公路。"即使你付我钱，我也不会在那玩意儿上走的。会在那上面走的人一定是疯啦——那是杀人股份有限公司开的，那些想外出找死的人倒有了合法的途径——"听吧，你就知道他一个礼拜打三通电话给我，说的都是些什么话了——我一拿起电话就只是数数，这还不到每天晚上六点到十点之间电话铃响的全部次数呢。"你卖掉汽车，好不好？就算帮我的忙，卖掉行不行？这样我夜里还能睡个好觉。你在那个城里干吗非得有辆汽车呢，这真超出了我的理解范围。为什么你要为保险、车库和保养花钱，我真的半点也不明白。我更不明白的是，为什么你要自己一个人到弱肉强食的丛林里住呢？又为什么还要为那个蜗居付钱给那些强盗呢？一个月要五十多块钱，你糊涂了吧。你为什么不搬回北泽西来？我真不理解——为什么你宁肯忍受那里的噪音、犯罪活动和乌烟瘴气——"

而我母亲，她依然保持着低语的习惯。索菲式滔滔不绝的低语！我每个月去吃一次饭，那是一场需要付出我的全部诡计、狡猾和力量的战斗，但是这些年来，我总算——即使面对无法预期的困难——将会面的次数压到每月一次：我按响门铃，她打开房门，低语随即展开！"不要问我昨天和他过得怎么样。"那我就不问。"亚历克斯，"依然是压低了声音，"在他过着这种日子的时候，你不知道你的拜访会造成多大的不同。"我点点头。"还有，亚历克斯，"——你知道，一路点着头也少不了我一块肉，而且还可以助我熬过这段时光——"下周是他的生日。母亲节来了又去了，连一张贺卡都没有，还有我的生日，这些事情都不让我心烦。但是他要六十六岁了，亚历克斯。那和刚出世的婴儿不一样，亚历克斯——那是生命中的一个里程碑。所以你要寄张贺卡给他。这不会要了你的命的。"

医生，这些人真是不可思议！令人难以置信！这两个人是我们时代杰出的内疚生产者和包装者！他们从我身上提炼出内疚，就好像从鸡身上提炼出鸡油！"打个电话过来吧，亚历克斯。过来看看我们吧，亚历克斯。亚历克斯，随时和我们保持联系。请你不要不告诉我们一声就走，再也不要那样了。上次你走了没有告诉我们，你父亲都准备打电话报警了。你知道他一天打多少次电话，却得不到任何回应吗？猜猜看，多少次？""妈，"这句话终于从我嘴里说出来，我再也克制不住了，"如果我死了，他们会在七十二小时之内发现我的尸体的，我向你保证！""我不准你说那种话！老天保佑，这可千万别发生！"她喊道。噢，现在她可找到最佳人选了，这个保证会让事情顺利进行的人。而我还能指望些什么呢？我能够为难自己的母亲，要求她去做那些她不可能办到的事吗？"亚历克斯，接电话就只是抬抬手的事儿——我们还能在你身边烦你多久呀？"

　　施皮尔福格尔医生，这就是我的人生，我唯一的人生，我就活在这么个犹太笑话里！我就是这个犹太笑话里的儿子——只有这点不是开玩笑的！请问，是谁让我们成为这样的残废？是谁让我们变得这么病态这么歇斯底里这么孱弱？为什么，为什么他们还在尖叫着："当心！不可以！亚历克斯——不可以！"孤零零的我躺在纽约的床上时，又为什么还要无望地抽动着自己的肉棒？医生，你怎么称呼我得的这种病呢？这就是我从前老是听到的犹太人的苦难吗？这就是从大屠杀和大迫害，从美好的两千年以来，异教徒赠予我们的嘲弄和侮辱那里继承下来的遗产吗？哦，我的秘密，我的耻辱，我的心悸，我的脸红，我的汗水！我对简单的人类生活变迁的反应方式！医生，我再也经受不住这种无端的恐吓了！赐给我男子气概吧！让我勇敢！让我坚强！让我完整！我受够了当个优秀的犹太男孩，在人前讨父母欢喜，背地里却抽动我的老二！我受够了！

犹太布鲁斯

在步入我人生第九年的某段时间里，我有一颗睾丸显然断定它已经在下面的阴囊里呆够久了，于是开始向北挺进。一开始，我能感觉到它就在骨盆的边缘踟蹰不定——然后，好像犹豫不决的阶段过去了，它就像被人从大海里拉上来、拉到救生艇上的幸存者，进入我的体腔。它最后在我的骨骼要塞安营扎寨，安顿下来，把它那个有勇无谋的伙伴单独留在男孩的世界里听天由命。那是一个到处是橄榄球鞋、栅栏、棍棒、石头和袖珍折刀的世界，而这些危险物品简直要把我的母亲逼疯。不祥的预感笼罩着她，我则受到她一而再、再而三的警告。警告、再警告。除了警告，还是警告。

还是警告。

就这样，我左面的睾丸便栖息在腹股沟管附近。在它消失的最初几周里，只要用一根手指按压腹股沟和大腿之间的皱褶，就隐约能感觉到它那果冻般柔软浑圆的曲线；但是，随后一连好几个夜晚，当我按压下腹却感觉不到我的睾丸时，我害怕了，不断向上摸索，一直到我的胸腔处——哎呀，这位航海者已然消失在地图上尚未标示的未知海域。它跑到哪儿去了呢！它要登上多高的巅峰、到达多远的里程才会结束这趟旅行！该不会哪天我在课堂上开口说话的时候，却发现我的左睾丸就在我的舌尖上？在教室里，我们跟着老师一起齐声朗诵："我是命运的舵手，我是灵魂的主人"，而与此同时，在我自己的身体里，一场由我的亲信发动的无政府主义暴动揭开序幕——我却毫无办法把它镇压下去！

大约有六个月的时间，直到在每年一次的身体检查中，在我们的家庭医生发现我左睾丸的缺席之前，我一直反复思考着这个神秘事件，而且不止一次怀疑——因为不可能不为这个问题心烦吧，绝对不可能——这颗睾丸会不会向下潜行，直达肠子，然后在那儿变身鸡蛋，就像我曾观察到的、母亲从一只鸡黑洞洞的肚子里使劲拉出的一串湿乎乎的黄东西——她把鸡的内脏掏出来、扔进垃圾桶。要是我长出一对乳房来怎么办？要是我在撒尿时阴茎干缩变脆、突然在我手中啪地断成两截怎么办？难道说我正在变成一个小姑娘？或者更糟，变成一个我所知道的那种（从运动场边上的葡萄藤里爬出来的）男孩？就是罗伯特·雷普利在《信不信由你》节目中出十万美元"悬赏"的那种男孩。信不信由你，那位新泽西的九岁男孩在各方面都是一个男孩，只不过他还能生孩子。

谁会得到那笔奖金呢？是我，还是出卖我的人？

伊兹医生在指间揉转着我的阴囊，仿佛将它当成西装布料一样边感受着质地，边考虑要不要买下。他告诉我父亲，必须给我接连注射几针男性荷尔蒙。我的一颗睾丸完全没有下降——这很不同寻常，不过倒也不是史无前例……但是如果注射不起作用呢？我父亲惊恐地问道。那要怎么样！就是在这个时候，我被叫去候诊室翻杂志了。

那些注射起了作用。我免去了（再一次！）刀刃之苦。

噢，这位父亲！这位仁慈宽厚、忧心忡忡、理解力差劲又便秘的父亲！命中注定要被这个神圣的新教徒的帝国挡住去路！自信，狡猾，傲慢和各种关系门路，所有这一切，使他这一代人中那些金发碧眼的人能成为领导人物，能获得灵感，能发号施令，如果需要的话，也能欺压他人——而他对这一套一窍不通。他怎么能欺压别人呢？——他是个被欺压者。他怎么能掌握大权呢？——他是个无权者。当他如此蔑视成功者，而且可能还蔑视成功这个概念的时候，他又怎么能享受到成功的喜悦呢？"他们崇拜的是一个犹太人，你知道这个吗，亚历克斯？他们的整个伟大的宗教就是建立在崇拜一个人的基础之上，而那个人在那个时代就是一个公认的犹太人。现在你了解了，你怎么看这种愚行？你怎么看这种蒙骗大众的行为？耶稣基督——他们到处奔走、逢人便说的上帝，竟然是个犹太人！*而全世界没有半个人注意到这一点，真叫我一想到就受不了。他是个像你我一样的犹太人，而他们把这个死掉的犹太人变成了某种神的存在，然后——这点一定能让你彻底抓狂——然后，这些下流的混账东西事后都背过身去，而被他们列在名单上、进行迫害的第一人是谁？两千年来在他们手下被杀戮、仇恨的是谁？是犹太人！是当初给了他们亲爱的耶稣的犹太人！我向你保证，亚历克斯，像基督教这样的疯狂行为，混合着屁话和令人作呕的胡诌，根本是前无古人后无来者。而那就是这些大人物眼中所谓的信仰！"

不幸的是，在战线后方，蔑视这些强敌并非唾手可得的防守策略。因为，随着时间流逝，他自己的爱子越发化身为敌人的姿态。的确，在我以青春期为号召而不断滋长、延烧的怒火中，父亲身上最使我心惊胆战的，并非我所预设、随时可能发生在我身上的暴力，而是每晚在餐桌上我所渴望施加在他那不学无术又粗鄙野蛮的躯体上的暴力。当他用自己的餐叉吃着碗里的饭菜，或是不等汤凉就失礼地舀上一勺在那边嚼饮，或是——天呀，谁来制止他——试图发表什么高见的时候……这些都让我好想把他直接从这人世间扔出去，让他一路哀嚎着消失掉算了……而这个凶残的愿望，特别恐怖之处就在于：如果我真的这么做了，成功的概率会很高！他助我一臂之力的概率也很高！我只需跃过餐桌上那些盘碗，手指瞄准他的气管，他就会立马缩到桌子底下去，舌头耷拉在一边。能叫得出声来就叫吧，想和我大吵一架就吵吧，哦，还有碎碎念，他还会碎碎念！他可是个中高手！但是他会为自己辩护吗？会和我对抗吗？"亚历克斯，继续顶嘴好了，"当我像匈奴人阿提拉一样从闹哄哄的厨房跑开，一边尖叫一边又一次从吃了一半的晚餐旁跑开，我母亲这么警告我，"你再这么忤逆你父亲，你就等着他心脏病发作好了！""好呀！"我一边喊着，一边当着她的面把我的房门重重甩上。"很好呀！"我大声尖叫，然后从我的壁橱里抽出我的运动夹克，翻领穿上（这是她深恶痛绝的下流服饰和穿衣风格）。"好得不得了！"我怒吼着，眼泪夺眶而出，我跑到街角，把愤怒发泄在弹子机上。

天呀，面对我的挑衅——要是我的父亲是我的母亲就好了！要是我的母亲是我的父亲就好了！但是在我们家里，性别错位得多么严重！本该向我发动进攻的人，却撤退了——本该撤退的人，却在发起进攻！本该进行斥责的人，却无助地消沉着，因为有一颗温柔的心变得十足的孱弱！本该消沉的人，却在斥责、纠正、批评，没完没了地找茬、挑错！填满某位家长的空缺！噢，感谢上帝！感谢上帝！至少他还有老二和蛋蛋！当他置身在那些披着金发、舌灿莲花的异教徒的世界里的时候，他自身的男子气概脆弱得不堪一击（说得婉转一点），但他的两腿之间（上帝保佑我的父亲！），就像哪位举足轻重的人物，已搭上两颗能令一国之君骄傲示众的健全大蛋蛋，以及一条又长又粗的巨蟒。而且，这些都是他的：是的，这我可以完全肯定；它们低垂着，它们连在一起，谁也无法把它们从他身上拿走！

当然在家里时，我看见他性器官的次数比起我看见她性感带的次数还要少。有一次我看见了她的经血……看见它就在厨房的水槽前破的亚麻油毡地毯上暗暗地闪耀。正是那两点红色的血滴，越过四分之一个世纪，依然作为她的符号悬挂在我的"疼痛与苦难的现代博物馆"里（和那盒高洁丝卫生巾以及尼龙袜——有那么一瞬间，我想射在那里面——一起），永远闪耀着夺目的光辉。也和这个符号联系在一起的，是一道无穷无尽的血水，正透过沥水板流入洗碗槽。她正把生肉中的血水沥出来，这样一来，这块肉才符合犹太洁食的标准，可以作为烹饪的食材。可能我有点搞混了——所有这些关于血的描述让我听上去好像阿特柔

46

斯家族①之后——但是我看见她站在水槽前，给那块肉抹盐以除去它的血水时，"女人的麻烦"突然来袭，伴随着一声最为紧急的呻吟，她冲出厨房，跑进卧室。那时，我不过四五岁，可是直到今天，我在她厨房地板上看见的那两滴血对我来说依然历历在目……那盒高洁丝也是……那双从她小腿上滑落的长筒袜也是……还有——还需要我说出来吗？——还有那把在我拒绝吃晚饭的时候威胁让我见血的面包刀。那把刀子！那把刀子！她自己竟然完全不认为倚仗它来处理大事也好、小事也罢，是多么可耻的行径，或是必须更加审慎——一想到这我就火大。我躺在床上，依稀听见她向围坐着打麻将的女性牌友们诉说着她的困扰：我的亚历克斯突然之间不好好吃饭了，我不得不拿着一把刀子监督他。她们显然没有一个人注意到她的策略十分极端。我不得不拿着一把刀子监督他！那些女人中没有一个从麻将桌前站起来抗议，愤而离席！因为在她们的世界里，这就是对付不好好吃饭的孩子的办法——你得拿着一把刀监督他们！

　　而她在厕所里喊着"快跑去药店"，则是几年后的事了。带一盒高洁丝回来！快点，现在就去！她的声音中充满了恐慌。我确实是跑着去的！然后又跑回家来，气喘吁吁地把那盒卫生巾递

———————————

① House of Atreus，希腊神话家族，该家族神话多以骨肉相残、冤冤相报为主题。

给她那从厕所的狭窄门缝伸出来的苍白手指……虽然她的例假麻烦最终不得不通过手术解决,对我来说,让我跑腿去完成这项仁慈的使命实在是难以原谅。与其让一个十一岁的男孩为了买卫生巾跑得满身是汗,倒不如让自己的血流在我们家厕所冰冷的地板上算了。我的老天,我姐姐那时在哪儿?她自己储备的应急卫生巾呢?为什么这个女人这么粗心大意,对自己小孩的不情愿居然毫无察觉——换句话说,对我的羞耻感居然那么迟钝,而另一方面,却与我的最深沉的欲望如此契合!

　　……我还那么小,几乎没有什么性别概念,你大概会这么想。那是我四岁那年的春天,才刚中午的时候。在我们楼外面的土地上,花儿在紫色的花梗上绽放。随着一扇扇窗户砰地打开,房间里的空气芬芳馥郁,带着这个季节的柔和——也使我母亲像充了电一样变得活力四射:她刚洗完那个礼拜的衣服,把洗好的衣物挂在晾衣绳上;烤好了一个大理石蛋糕作为我们的饭后甜点,蛋糕上美妙地流淌着血的颜色——又出现了,那血!又出现了,那把刀!——反正她熟练地将香草蛋糕的里里外外饰以巧克力流经的血色,在我看来,这项成就跟让果冻里有桃片悬浮一样,都是奇迹。她已经洗好了衣物,烤好了蛋糕;她已经刷洗干净厨房和浴室的地板,并且在地板上铺上了报纸;她当然也已经掸过灰土,不用说,还吸了地;她已经清洗过我们的午餐盘(一旁的我也机灵地稍作协助），把它们放回到餐具室的橱柜里原来的位置——她整个上午都像一只金丝雀那样轻啭鸣唱，哼着赞颂健康与快乐的不成调旋律，漫不经心，悠然自得。在我用蜡笔为她画画像的当口，她冲了淋浴——现在她正在她卧室的阳光下，为了带我进城而悉心打扮。她穿着有衬垫的胸罩和束腹紧身衣坐在床边，边将袜子卷上大腿边和我闲聊。谁是妈咪的小乖乖呀？谁是妈咪最乖的小男孩呀？妈咪在这个世界上最爱的是谁呀？乐得晕头转向的我，目光同时在她的双腿上不住地游移，看着那双透明长筒袜在这紧身、缓慢而令人纠结难耐的美妙过程中，为她的皮肤镀上一层引人遐思的色调。我侧身挨向她，近得足以闻到她脖子上爽身粉的香气——也更能仔细地欣赏母亲即将用伸缩而交错的吊袜带钩住长筒袜的景致（无疑带着啪的一声震响）。我闻到油味儿，她用那种油来擦拭那闪闪发亮的红木床架上四根床柱，她和男人就睡在这张床上，那人每天晚上、每个星期天下午和我们生活在一起。他们说那人是我的父亲。虽然她已经用温热的湿布把我的每只小猪①擦净了，我的指间仍残留着午餐的食物气味，我的金枪鱼沙拉。啊，我闻到的可能就是阴部的味道呀。可能就是！哦，我想要快乐地嗥叫。在那个当下，四岁的我就感

① 源自英文童谣 *This is Little Piggie*，其中每只小猪代表一个脚趾。本文所指为手指。

觉到我的血液中——啊哈，又出现了，又是血——充满了激情，充满可能。那个留着长头发的胖丫头，就是他们管她叫我姐姐的丫头，在学校不在家。那个男人，我的父亲，在外头尽其所能地挣钱，也不在家。那两位走了，谁知道呢，也许我会很幸运，也许他们永远也不会回来了……与此同时，这是下午，这是春天，有个女人正一边将袜子卷上去，一边为我演唱爱的曲目，只为我而唱。谁会永远永远陪在妈咪身边呢？我。是谁，谁在这大千世界妈咪走到哪儿他就走到哪儿呢？还用问吗，我，当然是我。多么愚蠢的问题啊——不过别误解我的意思了，请继续这个游戏！谁和妈咪一起吃了顿丰盛的午餐，谁像个乖宝宝和妈咪一起搭公交车去市区，谁和妈咪一起进了大商店……以及接下来的种种，种种……所以约莫一周之前，当我从欧洲平安归来的时候，妈咪对我说了这样的话——

"感受一下。"

"什么——"她甚至握着我的手，把我的手拉向她的身体，"妈——"

"生了你之后，"她说道，"我的体重连五磅都没有长到。感受一下。"她说完便抓住我僵硬的手指，将手指挨上她隆起的臀部，那臀部还不赖……

还有那些长筒袜。已经超过二十五个年头了（我以为那个游戏已经结束了！），但是妈咪依然在她的小男孩面前拉起她的长筒袜。但是现在，当那面旗子升上旗杆振身飘扬的时候，他毅然决然地别过头去——这并不仅仅是为了自己的精神健康。我是说真的，我不是为了我自己别过头去的，我是为了那个可怜的男人，我的父亲！然而，父亲真的能有什么选择吗？如果他们已经成年的小男孩突然在他们客厅的地毯上与自己的妈咪扭抱在一起，爹地会怎么做呢？提着一桶烧开的热水往这对几近疯狂的人儿身上浇吗？他会抽出他的刀子，还是会走到另一个房间，呆在里面看电视，直到他们完事儿？"你转头是在看什么？"我母亲抚着她衣服上的皱褶，一脸愉快地问我，"你以为我是个二十一岁的姑娘，你在想这么多年了，我已经很久没帮你擦背，很久没亲你的小屁股蛋了。你看他——"这次是对我父亲说的，生怕他没有把百分之百的注意力放在这正在上演的小型歌舞秀上面，"看他，表现得就好像自己的母亲是某个六十岁的选美王后。"

每个月一次，父亲领我到蒸汽浴室去一趟，在那儿努力除掉（用蒸汽，用使劲搓擦，还有一场长时间的沉睡）他身体里在此前几个星期的工作中积累起来的像金字塔般的疲倦。我们将外衣锁在顶楼的寝室里。一行行帆布铁床与一排小柜橱垂直排列，在那些铁床上，已经洗过蒸汽浴的男人们，躺在白色的被单下，好像是一场剧烈的大灾难的死难者。如果不是突如其来的一声晴天霹雳似的屁响，或者我周围不时响起的机关枪般的鼾声，我会以为我们是在停尸间里，为了某个奇怪的原因在这些死人面前脱光了衣服。我并没看那些身体，而是像只老鼠一样踮着脚尖疯狂乱窜，试图趁任何人窥见我短衬裤的裤裆之前把它弄干净，因为，让我苦恼、让我困惑的是，我总会在最底下的缝隙里，发现一道细微的泛黄的大便痕迹。噢，医生，我擦呀，擦呀，擦呀，我擦屁股的时间和拉屎的时间一样长，甚至还可能比拉屎的时间更长。我用起手纸来就好像它是树上长的——我那位嫉妒的父亲这么说，我直擦得我的小屁眼红得好像树莓一样；虽然我想为讨好我的母亲而在每天晚上把包裹住天使屁眼的内裤扔进洗衣篮，但我给她的总是小男孩臭烘烘的裤衩。（是蓄意的吗，医生先生？——或者只是不可避免的？）

　　但是在这儿，在一个土耳其浴室里，我为什么要绕着圈跳来跳去？这儿没有任何女人。没有女人——也没有异教徒。这可能吗？那就没什么好担心的！

　　我尾随他白屁股底下的一道道折痕走出这间寝室，走下金属台阶，走向那个炼狱。在那里，因为身为保险代理人、一家之主和犹太人所积聚的种种烦恼与痛苦，统统会化成蒸汽，从我父亲的体内驱除。在楼梯平台的尽头，我们绕过一叠白色床单和一堆湿毛巾之后，父亲便用单肩顶开一扇笨重的无窗的门，我们就进入了一个幽暗而安静、弥漫着冬青香气的地方。空气中飘来一阵微弱的声音，似乎是毫无热情的观众对某个悲剧里的死亡场面所发出的鼓掌声：两个男按摩师正猛捶着他们手下祭品的肉身，那是两具下半身裹了布、手脚大张地趴在大理石板上的男体。他们拍打着他们，揉捏着他们，推转着他们的身躯；他们缓慢地扭动他们的四肢，一副要把男体的手脚从关节处抽离、拆卸的样子。我感到恍惚，但还是继续跟着我父亲的屁股，经过一个池子——一小块方形的绿池子，里面的水冰到会让人停止心跳，最后终于来到蒸汽室。

　　他推开那扇门的一瞬间，那个地方似乎在向我讲述着一些史前时代，甚至是比我在学校学到的穴居人和沿湖而居者更早的时代。在那个时代，湿漉漉的沼泽地之上是大地，盘旋升起的白色气体遮蔽了阳光，随着万古流逝，这个星球为了人类开始变干。刹那间，我和那个放学后手里抓着全优成绩单跑回家、爱拍马屁的小鬼失联了，那个过分热衷的小傻瓜，他总是没完没了地寻找着深不可测的秘密的答案，寻找着母亲的称赞。然后，我回到了某个潮湿的充满水汽的时期，我们所知悉的家庭和家人尚未出现，我们所熟稔的厕所马桶和悲剧磨难还没有成形；那是两栖动物的时代，无脑的庞然大物从天而降，它们长着湿乎乎、肉墩墩的肋腹，躯干散发着热气。就好像所有的犹太男人都在这个蒸汽室的角落里，在淋浴间冷冰冰的水滴下缩头躲避着，然后再步履沉重地归来，以获得更多浓重得令人窒息的蒸汽。就好像他们已经乘着时光机回到了某个时代，以某支犹太动物群的身份存在着，只能发出"哦咿，哦咿"的声音……因为这是当他们把自己从淋浴中拖出来，进入沉重的蒸汽流时发出的声音。终于，他们露面了，我父亲和他的那些难兄难弟，回到这个能让他们返璞归真的栖息地：一个没有异教徒和女人的地方。

我站着，在他给我从头到脚都打上厚厚一层肥皂的时候，带着钦佩的目光，注视着他坐的大理石长凳上悬垂而下的袋状体。他的阴囊就好像哪个老头儿满是皱纹的长脸，两侧松弛的脸颊各塞了一颗鸡蛋——而我的则好像一个粉色的小钱包，可以挂在某个小姑娘的玩具娃娃的手腕上。至于他的巨蟒，我母亲在公共场合提到我的"小家伙"时，喜欢竖起指尖来唤它（那是好久以前的事了，但曾经发生的事都会铭刻在我的脑海里）。对我来说，他的巨蟒使我想起学校走廊里卷着的消防水带。巨蟒：这个词儿确实多少带着野性，肉欲，让我心向往之。那漫不经心、重量级、活生生的消防水带自然地悬垂着，输送它犹如绳索般粗壮的水流——而我送出的却是细细的黄线，我那位说话委婉的母亲称之为"嘘嘘"。嘘嘘，我想，无疑就是我姐姐制造出来的，能用来缝东西的道道黄线……"想要嘘嘘吗？"她问我——可那时我想要制造出一道洪流，我想引发一场洪水：我想要像他那样搅动马桶里的潮汐！"杰克，"我母亲冲他喊道，"把厕所的门关上好不好？你可真是某人的好榜样。"但是，要是真是那么回事就好了，母亲！要是某人能在那个姓甚名谁的粗俗中找到些许灵感就好了！要是我能从他的粗俗中得到滋养，而不是让它也变成羞耻的根源就好了。羞耻羞耻羞耻羞耻——不管到哪儿，我都能把别的什么变成某种羞耻。

我们在我内特叔叔家位于纽瓦克斯普林菲尔德大道的服装店里。我想要一件内里有护裆的泳裤。我十一岁了，这是我的一个秘密：我想要一个下体护身。我不知道该怎么开口，我只知道始终把嘴闭着，但是如果你不开口要，你又怎么能得到它呢？我这位衣冠楚楚、嘴上留着小胡子的内特叔叔从他的陈列柜里拿出一条小男孩穿的泳裤，正是我一向穿的样式。他说这件最适合我穿，速干，料子也不扎人。"你喜欢什么颜色的？"内特叔叔问道，"也许你喜欢和你的校服一个颜色的，嗯？"我的脸涨得通红，虽然这并不是我的答案。"我再也不想要那种泳裤了。"而且，哦，我能够嗅得出空气中的屈辱，听见它在远处喧哗——随时都可能撞上我即将进入青春期的脑袋。"为什么？"我父亲问道，"你没有听见你叔叔说的吗，这是最好的——""我想要一个里面带下体护身的!"是的，先生，光这件事就逗得我母亲哈哈大笑。"为了你那个小家伙吗?"她带着一抹愉快的微笑问道。

是的，母亲，想想吧：为了我那个小家伙。

这个家族中的强势男人——在事业上成功，在家里说一不二——是我父亲的大哥海米，他是我父亲这边唯一的兄长，唯一说话带口音的人。海米大伯经营的是"汽髓①"买卖，他是一种名叫 Squeeze 的甜味饮料——被我们放在餐桌上当佐餐酒——的装瓶商和批发商。我大伯和他那位神经衰弱的老婆克拉拉、儿子哈罗德、女儿马西娅住在纽瓦克犹太人口稠密的区域，拥有一栋足够两家子人活动的房子，他们就住在房子的二层。一九四一年，父亲被调到波士顿与东北人寿保险公司的埃塞克斯县分部，于是我们便搬进了那栋房子的一层。

我们从泽西城搬走是因为那里出现了排犹主义浪潮。就在战前，当时德美同盟会②风头正健，纳粹分子经常在离我们家只有几个街区的露天啤酒屋聚会野餐。我们星期天开着汽车从旁边经过时，我父亲会用足以让我听清楚但又不会让他们听见的音量咒

---

① Soda-vater，实为"汽水"，鉴于口音，故作此处理。
② The Bund，1930 年代于美国设立的亲纳粹组织。

骂他们。后来，有天晚上，我们公寓大楼的楼面被漆上了一个纳粹的标志符号。再后来，这个符号出现在了犹太学校，它就被刻在汉娜同班同学的课桌上。而汉娜自己某天下午则被一帮男孩儿追赶着，从学校跑回家，大概那帮男孩儿是一群狂热的排犹分子。我父母气得火冒三丈。但是当海米大伯听说了这些事之后，他却大笑起来："这有什么好吃惊的？你们生活的周遭都是异教徒，有什么好吃惊的？"对犹太人来说，唯一能够安身立命的处所就是跟其他犹太人在一起，特别是，他强调说（他这句话对我的影响至深），特别是当孩子们和一些异性一起长大的时候。海米大伯喜欢在我父亲面前逞威风，不无得意地指出，在整个泽西城只有我们住的那栋楼全是犹太人，而在纽瓦克，他依然居住的地方，则和整个威夸依克地区的情况一样。在威夸依克高级中学，我堂姐马西娅那一届两百五十名毕业生中，只有十一个异教徒和一个黑人。你自己好好想想吧，海米大伯说……就这样，我父亲在经过深思熟虑之后，递交了调回故乡的申请书，尽管他的顶头上司很不情愿失去这么一个兢兢业业努力工作的下属（自然也搁置了他的请求），但是在我母亲最终亲自打了一个长途电话给远在波士顿的总公司，还引发了一阵混乱——其中的细节我连提都懒得提——之后，请求批准了。因此，一九四一年我们全家搬到了纽瓦克。

我堂哥哈罗德，个子矮矮的，身体却壮得像头牛——像我们家族的所有男人一样，除了我之外——而且样子长得很像演员约翰·加菲尔德①。我母亲很喜欢他，并且总是使他害臊得满脸通红（这女人特有的本事），她当着他的面对他说："要是哪个姑娘有海希尔②的黑睫毛，相信我，她会在好莱坞得到一份百万美元的合同。"正对着海米大伯把一箱箱的 Squeeze 堆到天花板的某个地下室角落，放了一套海希的约克牌哑铃。在田径赛季开始之前，他每天下午都会举哑铃健身。他是队里的体育明星之一，保持着本城的一项标枪纪录；他参加的项目有铁饼、射击和标枪，不过有回在校运动会上，因为队友生病，教练就派他上场跑低栏障碍赛，他在跨越最后一道低栏时摔了一跤，倒了下来并且摔断了手腕。那个时候——还是始终都是那样？——我那经历过无数次"神经性发作"的克拉拉伯母又发作了一回（与克拉拉伯母相比，我这位活蹦乱跳的妈妈简直就是加里·库珀③）。那天傍晚，海希架着他上了石膏的胳膊走进家门的时候，她顿感天旋地转，一下倒在了厨房地板上。大家后来将海希的石膏称为"压垮骆驼的最后一根稻草"，天知道那是什么意思。

---

① John Garfield（1913—1952），美国电影演员。
② Heshele，同后文的 Heshie（海希）一样，皆为对哈罗德的昵称。
③ Gary Cooper（1901—1961），美国著名演员，其表演以低调含蓄为特色。

对我来说，海希代表了一切——在我与他相识的短短时间里。我曾梦想有一天我也会成为田径队的队员，穿着短小的白色短裤，左右两侧的裤脚各开一道口子，容纳我大腿紧绷而鼓胀的肌肉。

一九四三年，就在海希被征召入伍之前，他决定和一个名叫艾丽斯·多姆波斯基的少女订婚，她是高中鼓乐队的女指挥。那真是艾丽斯的本事，她能够同时旋转两个而不是一个银光闪闪的指挥棒——让它们掠过她的肩膀，像蛇一样从她两腿中间滑过，再将它们抛到十五到二十英尺高的空中，然后一先一后，在自己的背后接住它们。只有极少时候，指挥棒会掉到草地上，这时候她会习惯性地发脾气，摇着头小声喊道："噢，艾丽斯!"而这只会使海希对她更加痴迷，对我当然也产生了同样的效果。哦艾丽斯，她那一头在她背上和脸蛋周围跳动的金色长发! 带着如此的生气与活力纵情地活跃于半个操场! 哦艾丽斯，她身上那件白色缎面的蓬蓬裙，以及不高不低、刚到她那修长结实的小腿肚中间的白色靴子! 哦老天呀，"美腿"多姆波斯基，沉默寡言、金发碧眼的异教徒美女! 我的另一个偶像!

大家一眼就看出艾丽斯是个异族女人，这在海希家引发了永无止境的悲哀，甚至还殃及我们家。至于整个社区，我相信，这位身处十个师生里有九个半是犹太人的高中，却能取得如此不凡地位的异教徒，实际上还是激发了他们身为犹太人的归属感与使命。另一方面，当扩音喇叭道出艾丽斯即将表演"压轴好戏"时——将两端裹着事先浸了油的碎布的指挥棒先旋转，再点燃——尽管威夸依克的崇拜者们对这个少女的胆识和专注报以隆重的掌声，尽管我们的大鼓发出威严的砰砰声，以及当她似乎要在她那令人倾慕的双乳上点火的时候，观众发出倒抽一口气的声音和尖叫声——或许出于发自内心的钦佩和关切，但我认为在我们这边的操场上，还是有人带着看笑话的抽离情绪观看表演。他们根深蒂固地认为，一开始就培养这种天分，不是只有非犹太人才会搞的把戏吗？

对于一般的体育活动——特别是橄榄球——街区的父母们多半抱着这种心态：那是异教徒才会干的事。让他们为了"荣誉"，为了球赛的胜利撞得头破血流吧！就像克拉拉伯母用她那教训人的、小提琴弦音似的声音说的那样："海希！够了！我可不需要那些异教徒的娱乐！"不需要，也不想要这种荒唐可笑的快乐和满足，用不着像那些异教徒那样找乐子……在橄榄球上，我们犹太高中是出了名的差劲儿（虽然我们的乐队，请容我说一句，总是赢得数不清的褒奖）；无论父母们作何感想，我们可悲的比赛纪录当然令年轻人失望，不过，即使毛头小子也能够理解，对于我们来说，橄榄球场上的失败不全然是一场终极的灾难。在这里，当威夸依克高级中学再次在比赛中遭遇那种表面上的灾难时，事实上，看台上我堂哥和他的伙伴们，都会为即将进入尾声的比赛欢呼嚎叫。而我也会随着他们应和：

艾基，麦基，杰克和萨姆，

我们不吃火腿的男孩组成队伍，

我们玩橄榄球，我们踢足球——

我们的储物柜里有逾越节薄饼！

唉，唉，唉，威夸依克高中！

所以，即使我们输掉了比赛又怎样？事实证明，我们还有别的事儿可以骄傲。我们不吃火腿。我们的储物柜里有逾越节薄饼。当然，这并不是事实，但如果我们想要那么干，我们就能那么干，并且也不羞于说出我们真的那么干了！我们是犹太人——我们并不为说出这一点而感到羞耻！我们是犹太人——我们并不比那些在橄榄球上打败我们的异教徒们低一等，我们比他们强，因为我们不会把心思放在赢得那野蛮的比赛上！我们是犹太人——我们比他们强！

白面包，黑面包，

裸麦粗面包，安息日面包，

统统献给威夸侬克学校，

站起来呀，齐叫好！

这是另一段我从海希堂哥那儿学的欢呼词，这另外四行诗加深了我对我们遭受的不公正对待的理解……那些非犹太教徒在我父母心中激起的义愤和反感，开始产生某种意义：那些异教徒假装与众不同，而实际上，在道德上我们却强于他们。而使我们强于他们的原因，恰恰在于他们乐于对我们滥施仇恨与蔑视。

不过，我们对他们滥施的仇恨与蔑视又该怎么说呢？

还有海希和艾丽斯？那又意味着什么呢？

当所有人的努力都以失败告终，他们便请沃肖拉比星期天下午到家里来，力劝我们的海希，不要把自己年轻的生命交给最危险的敌人。穿着黑色大衣的拉比大步跨上前门的台阶，他的身姿令人印象深刻，而我就在客厅的阴暗处从后面观察着。他给海希上过成年课，我浑身颤抖地想，总有一天他也会给我上课的。他和这个反叛的小伙子以及这个希望破灭的家庭一起商谈了一个多小时。"花了他一个多小时。"后来他们都说了这种话，好像就凭这一条海希就该回心转意了。可是拉比前脚才走，头顶上的天花板上又有石灰薄片开始往下掉。一扇门猛地打开了——我跑到这栋房子的后部，蹲在我父母卧室的阴影后面。海希扯着自己的黑发走进了院子。随后走出来的是秃头的海米大伯，他的一个拳头猛烈地在空中晃动着！然后是姑姑叔叔堂哥堂姐一群人，他们挤在那两人之间，好像这样就能避免他们把对方碾磨成灰。

在五月初的一个星期六，海希在新不伦瑞克比完州立的田径全天赛之后，回到学校大概也黄昏了。他立刻跑到附近常呆的小店，打电话给艾丽斯，告诉她，他在州里取得了标枪投掷第三名的成绩。她告诉他，她这辈子再也不会见他了，然后挂了电话。

在家里，海米大伯已经做好了准备，蓄势待发。他先前所做的一切——他说——都是海希迫使他这么干的；而既然他都干了当父亲的不得不干的事儿，哈罗德自己也该把那个倔强而愚蠢的脑袋瓜低下来了。就好像一颗高爆炸弹终于落在了纽瓦克，楼梯上爆发出震耳欲聋的吓人声音：海希从他父母的房间里冲出来，跑下楼梯，从我们门前经过，冲进了地窖，随后便是一阵连续的轰隆声。我们后来看见，他把地下室门从最上面的合叶上撞下来了，一点不假，那可是全州第三个最有力气的肩膀。在我们的地板下面，几乎立刻传来玻璃破裂的声音，因为他正在那间刷得雪白的地下室，将一瓶瓶 Squeeze 从阴暗的一角，接二连三地掷向另一角。

当我大伯出现在地下室台阶最上面一级时，海希把一瓶饮料举过头顶，威胁他父亲，如果他再前进一步，他就把那瓶饮料扔到他脸上。海米大伯根本不理会这个警告，迈开步子朝他走去。海希开始在几个炉子之间跑来跑去，在洗衣机之间兜着圈子——依旧挥舞着手中那瓶 Squeeze。但是大伯把他逼到一个角落里，还把他摔在地板上，按在那里，直到海希不再叫骂脏话为止——把他按在那里（波特诺伊家族传说里是这么记载的）十五分钟，直到投降的眼泪终于出现在海希那长长的好莱坞式的黑睫毛上。对于反叛行为，我们这个家族绝不宽待。

那天早晨，海米大伯曾给艾丽斯·多姆波斯基打了通电话（电话是打到金匠大道的一栋公寓楼的底层，她父亲是那儿的警卫），告诉她，他想跟她约中午在威夸依克公园的湖边碰面；是与哈罗德的健康有关的急事——他不能在电话上详谈，因为就连波特诺伊太太也不了解所有情况。在公园，他把那个戴着头巾的瘦瘦的金发姑娘拉进汽车的前座，把车窗摇上去，告诉她说，他儿子得了一种无法治愈的血液病，而这件事就连那个可怜的小伙子本人都不知道。败血症，这就是他要告诉她的。你觉得应该怎么做呢……他不应该结婚，这辈子都不该——这可是医生的命令。没有人真的知道哈罗德还有多长时间好活，但是仅就波特诺伊先生来说，他不想把即将降临的折磨强加到像她这样单纯的年轻人身上。为了减轻打击，他想要给姑娘一个礼物，一个她可以依照自己心意去使用的小东西，也许甚至会帮助她找到新对象。他从兜里掏出一个装着五张二十美元钞票的信封。而一言不发、完全吓傻了的艾丽斯·多姆波斯基收下了。这就证明了除了海希（和我），所有人打一开始对这个波兰人的臆测有多正确：她的计划就是把海希弄到手，以便得到他父亲的钱，然后再毁了他的生活。

海希在战争中阵亡以后，人们唯一能够想到对我克拉拉伯母和海米大伯说的安慰话（为了多少减轻悲剧的可怖，为了多少抚慰他们的悲痛）就是："至少他没给你们留下一个异族妻子。至少他没给你们留下异教徒的孩子。"

海希和他的故事到此结束。

即使我认为自己是个大人物，用不着进犹太会堂呆上十五分钟——这是他的全部要求——至少我应该有足够的尊敬，为这一天换上体面的衣服，不让我自己、我的家族和我的信仰成为他人的笑柄。

"抱歉，"我含糊地嘟囔着，并且在我说话的时候只给他看我的后背（就跟平时一样），"那是你个人的信仰，不代表我必须跟随你的信仰。"

"你说什么？转过身来，先生，我想要你亲口做出礼貌的回答。"

"我不信教。"我说，勉强朝着他的方向偏了偏。

"你不信教，嗯？"

"我办不到。"

"什么叫你办不到？你有什么与众不同的地方吗？看着我！你是有多特别吗？"

"我不信上帝。"

"把你身上那条粗布裤子脱下来，亚历克斯，换上体面点的衣服。"

"这不是粗布裤子，这是李维斯，名牌。"

"今天是犹太新年，亚历克斯，在我看来你穿的就是工装裤！到屋里去，系上领带，穿上夹克，换上西装裤和干净衬衫，出来要看上去像个人样儿。还有鞋，先生，去穿双硬底鞋。"

"我的衬衫是干净的——"

"哦，你太冒失了，大人物先生。你才十四岁，相信我，你对该懂的一切还只是一知半解。把脚上的软皮鞋脱掉！你以为你谁呀，你要当印第安人还是怎么着？"

"听着，我不信上帝，我也不信犹太教——或任何宗教。那些都是谎言。"

"哦，那些都是谎言，这样啊？"

"明明这些节日什么意义都没有，却得装得像那么回事，我可不想那么干！我要说的就这些！"

"说这些什么意义都没有，也许是因为你对它们一无所知，大人物先生。你对犹太新年的历史都知道些什么？一点事实？也许两点事实？对犹太民族的历史呢，你又知道些什么，你还有权评判他们的信仰，这两千年来令所有比你年长的人都折服信奉的信仰——你能说所有这些苦难和辛酸都是谎言吗！"

"根本就没有上帝这么个东西，从来没有，我很抱歉，但是在我的词典里那就是谎言。"

"那么，亚历克斯，谁创造了世界？"他轻蔑地问道，"我想，照你的逻辑，它不过碰巧发生了吧？"

"亚历克斯，"我姐姐说道，"爸爸的意思是即使你不想和他一起去，如果你能把身上那套衣服换下来——"

"可为了什么呀？"我尖叫道，"为了某种根本不存在的东西？为什么你们不告诉我要出去、要换衣服是为了胡同里的一只猫或者一棵树——因为它们至少是存在的呀！"

"但是你没有回答我的问题，聪明的知识分子，"我父亲说道，"不要试图转移话题。是谁创造了这个世界和世界上的人？难道没人么？"

"对！没人！"

"哦，当然了，"我父亲说道，"真了不起呀。看看高中教育把你培养得这么了不起，我还真庆幸自己没读高中。"

"亚历克斯，"我姐姐轻声细语地说道——这是她一贯的说话方式，轻声细语，因为她也有一点难过了——"也许你只要换好鞋子——"

"可你和他一样坏，汉娜！既然根本没有上帝，还关鞋子什么鸟事！"

"一年到头才有一天你要求他为你干点什么，而他已经长大了，不愿意去干了。就是这么回事，汉娜，你弟弟，他的尊重和关爱都……"

"爸爸，他是个好男孩。他是尊重您的，他是爱您的——"

"那么他对其他犹太人呢？"现在的他一边叫嚷，一边挥动着两只胳膊，希望这样做能止住夺眶而出的眼泪——因为在我们家里，只要小声说出爱这个词，所有的眼泪就开始泛滥。"他尊敬他们么？就像他尊重我一样，也就是那么多……"他突然充满了辩论的热情——他带着一个新的绝妙念头转向我。"告诉我，你知道《塔木德》吧，我的有文化的儿子？你知道历史吧？你上的成年课才刚刚入门，可那对你来说，你的宗教教育就已经完事大吉了。你知道吗，人们花一辈子的时间去研读犹太人的宗教，可到临死前都无法学透彻？你告诉我，你一个十四岁的犹太孩子，既然已经学完了一切，你对自己民族的辉煌历史和遗留下来的传统可知道一星半点？"

然而眼泪已经流到了他的脸颊上，还有更多的泪水夺眶而出。"在校成绩优异，"他说道，"在生活中依然像刚刚出世的娃娃那样无知。"

好了，看来机会终于来了——于是我就说了出来。那是我不久前才领略到的一句话。"无知的人是你！是你！"

"亚历克斯！"我姐姐喊道，同时紧紧握住我的一只手，好像担心我可能真的举起那只手来反抗他。

"但是他就是！他和他那些愚蠢的狗屁传说！"

"住嘴！别再说了！够了！"汉娜喊道，"回你的房间里去——"

——而这时，我父亲脚步沉重地走回厨房的桌前，他的头向前耷拉着，身体弯成弓形，好像他的胃刚消化了一颗手榴弹。他的体内是埋藏着一颗手榴弹。这我知道。"尽管去穿你那些破烂衣裳吧，尽管穿得像个街头小贩好了。你可以让我丢脸让我难堪，你愿意怎么干就怎么干，咒骂我吧，亚历山大，看不起我吧，打我吧，恨我吧——"

通常是这样的：我母亲在厨房里哭，我父亲在客厅里哭——

用《纽瓦克新闻报》遮住他的眼睛——汉娜在浴室里哭，而我在从我们家到街角弹子机的路上边走边哭。但是在这个特殊的犹太新年，一切乱了套，为什么是我父亲而不是我母亲在厨房里哭——为什么他抽泣着，却没有拿报纸挡着，并且带着那令人同情的怒火——因为我母亲做了手术，正躺在医院的病床上等着康复：这的确是他在这个犹太新年里孤独难熬的原因，他特别需要我的爱和服从。但是，在我们家族史上的这个时刻，就算他需要这些（你可以安心下注，稳赚不赔的），他也绝不会从我这儿得到。因为我的需求就是决不满足他的需求！哦，是的，我们将扭转对他的局势，是不是？好啊亚历克斯，你这个浑小子！是的，浑小子亚历克斯发现他父亲平日的脆弱多少因为以下事实而加剧：这个男人的妻子（他们大概是这么告诉我的）离死神只差一步，所以浑小子亚历克斯利用这个机会，把自己怨恨的匕首往那颗早已淌血的心上再戳进去几分。了不起的亚历山大！

不！这情况不单纯仅限于青春期的怨恨和恋母情结的怒火——还有我的诚实正直！我不会干海希干过的事情！因为我整个童年都坚信着，只要他愿意，我那强壮的海希堂哥，那位全新泽西排名第三的优秀标枪选手（我始终相信这项荣誉对于正在发育的小伙子来说富有象征意义，穿下体护身的前景在他的头脑中闪现），不费吹灰之力就能对我五十岁的大伯使个过肩摔，将他按在地下室的门上，让他动弹不得。所以那时（我推断），他肯定是故意放水的。但他为什么认输呢？因为他知道——甚至身为小孩的我也明白其中的道理——他父亲已经做了某件见不得光的事情。那么是他害怕获胜么？但是为什么呢，既然他自己的父亲都用了如此卑劣的手段，还以海希的名义！是因为怯懦？恐惧？——或者，也许那就是海希的明智之处？每当人们讲起我大伯是如何被迫做了那件事，好让我已故的堂哥清醒过来，或是每当我自己有了重新反省这整个事件的动机时，我都感到它的核心之处有一个谜，一个深奥的道德真理，只要我能够掌握它，或许就能将我和我自己的父亲从某种终极的、无法想象的对抗中解脱出来。为什么海希屈从了？我是不是也应该这么做？但是我又怎么能一边这么做，一边保持"真实地面对自我"呢！哦，不过，试试又何妨！试试看吧，你这浑小子！就半小时，不要那么真实地面对自我！

是的，我必须屈服，我必须，特别是当我知道父亲经历的一切之后。在医生们进行诊断的几万分钟里，漫长的时间一分一秒地流逝，却将痛苦和不幸都留给了他。他们要确认的有：第一，我母亲的子宫里是否长了异物；第二，他们检查出的异物是不是恶性的……她得的终究不是……哦，那个词儿我们甚至无法当着彼此的面说出口！我们甚至无法将那个可怕的词完整地拼读出来！我们只能用她自己在入院检查前提供给我们的那个委婉的缩略语来暗示：C-A。够了！那个n，那个c，那个e，那个r，用不着听见完整的词就把我们吓得灵魂出窍！而她是多么勇敢啊——我们所有的亲戚都一致认同——能够说出那个词！在那些关起来的门背后，难道没有足够完整的词汇供他们交头接耳吗？有的！有的！在医院走廊的乙醚和酒精的难闻气味中，丑陋而冰冷的小小字眼带着消了毒的外科手术设备的渲染力，像涂片和活检……然后还有某些词；当我独自在家的时候，我曾偷偷摸摸地翻查着词典，只为了看见它们被印在那儿，成为与所有事实遥遥相望的铁证，像阴户、阴道、子宫颈之类的词，它们的定义再也不会给我带来禁忌的愉悦……然后，我们久久等待、想要听到的那个词终于出现了，只要说出它，就会恢复我们家以往的生活——现在在我们看来，那就是最神奇而令人满意的生活。那个词在我的耳朵听来，好像是希伯来语，代表着上帝赐福或上帝保佑——良性的！良性的！上帝保佑，让它是良性的！神圣的主，哦，我们的上帝，让它是良性的！听啊，哦，以色列，上帝之光照耀你的容颜，主至高无上，为你的父亲带来荣光，为你的母亲带来荣光，我会的我会的我保证我会的——只要让它是良性的！

是良性。赛珍珠的《龙种》摊在床边的桌子上，书旁边还有半杯走了气的干姜水。天气很热，我很渴，而我这位能看穿我心事的母亲，说我就把杯子里剩下的饮料喝掉吧，说我比她更需要那东西。但是尽管我口干舌燥，我却不想用任何她嘴唇触碰过的杯子喝什么东西——这是我有生以来，第一次盈满如此嫌恶的念头！"喝吧。""我不渴。""瞧你出了多少汗。""我不渴。""突然之间倒跟我客气起来了？""可是我不喜欢干姜水。""你？不喜欢干姜水？""不喜欢。""从什么时候开始？"哦，上帝呀！她活过来了，所以我们又要开始了——她活过来了，我们的狂欢立刻就要开始了！

她告诉我沃肖拉比来过这里，坐下来跟她谈了整整半个小时，就像她眼下如此绘声绘色地描述她如何在刀子下走了一遭一样。他人真好！他真是周到体贴！（从那场麻醉中醒过来不过二十四小时，你瞧，她就知道我拒绝为了犹太新年换掉我的李维斯牛仔裤！）和她同一间病房的女人用她那充满爱意的眼神热烈地注视着我，我试图缓缓地从她视线之中移开，否则那眼神就要将我吞噬。还有她的看法。就我所记得的，没有人要求她发表看法，她却自己主动表示沃肖拉比是全纽瓦克最受尊崇的人之一。受——尊——崇。三个音节，就像那位拉比本人用他那雄浑有力的、北欧神谕似的风格发音一样。我开始轻弹我的棒球手套上的凹陷处，作为打算离开的信号——如果我能离开的话。"他热爱棒球，要他一年十二个月都去打棒球也没问题。"我母亲告诉那位"受尊崇"太太。我嘟囔着我有一场"联赛"要打。"是场决赛。夺取冠军的决赛。""好啦，"我母亲说道，面色和蔼，"你来也来了，尽了你的职责，现在跑吧——跑去打你的联赛。"从她的声音中，我听得出来当她发现自己在这个美丽的九月午后活过来时，是多么高兴、宽慰……难道这对我来说不也是松了一口气吗？难道这不就是我向上帝祈求的东西吗？虽然我并不相信上帝的存在。假如生活中没有她为我们做饭，为我们打扫，为我们干一切事情，那简直无法想象！这就是我为之祈求和哭泣的东西：她一定要在手术结束以后出来，而且是活着出来。然后回家，再次成为我们的母亲，唯一的母亲。"跑吧，我的宝贝儿子。"母亲向我低吟着，她的言语间充满了爱——噢，她也能对我如此温柔，对我这么好，就像一位慈母！当我像她现在这样卧病在床的时候，她愿意一个小时又一个小时地陪我玩卡纳斯塔牌。想象一下吧，护士为这位刚动完一场大手术的女人端来干姜水，而她把它让给我喝，因为我太热了！是的，她愿意从嘴里把食物给我，这是已经证明的事实！而我甚至不愿意在她的床边呆满五分钟！"跑吧。"我母亲说道，而就在这时，那位"受尊崇"太太，那位马上设法与我为敌，并且在我的余生里都保持着我的敌人身份的

"受尊崇"太太则开口说道:"很快你母亲就会回家了,很快一切都会像原来一样了……不错,跑吧,跑吧,这些日子他们都在跑。"这位既亲切又善解人意的太太说了这样的话——噢,一个个都那么亲切又善解人意,我真想要掐死她们!——"他们从不用走的。上帝保佑他们。"

我就这么跑了。我确实跑了!我已经和她一起度过了心烦意乱的两分钟——我宝贵的两分钟,尽管就在前一天,那些医生们曾伸进她的裙子里(在母亲让我想起"刀子"——我们家那把刀子之前,我是这么想象的),用某种可怕的铲子挖出她体内已经腐烂的部分。他们在她的身体里向上掏着,然后把掏到的东西从她身子里揪出来,就像当初她在那些死鸡肚子里向上掏,然后再揪出来一样。然后把它扔到垃圾桶里。我曾经受孕成胎的地方,现在已是空空如也。一片虚无!可怜的母亲!她刚刚经历了这一切,我怎么能这样急匆匆地离她而去呢?在她给了我一切——给了我这生命之后!——我怎么能如此残酷无情呢?"你会离开我吗,我的宝贝儿子,你会不会离开妈咪?"永远不会,我这么回答,永远永远都不会……然而现在她被掏空了,我甚至无法正视她的眼睛!并且从此以后都闪避着她的目光!哦,我可能再也看不到她那披散在枕头上的缕缕暗红色的长卷发了。她说在她小的时候,她整个脸上都长满了淡淡的雀斑,我可能再也见不到那张脸了。还有那双红褐色的眼睛，那是蜂蜜蛋糕外面一层的颜色，那双眼睛依然大睁着，依然爱着我！还有她的干姜水——焦渴如我，却无法迫使自己把它喝下去！

于是我就这么溜之大吉，跑出医院，跑上运动场，直奔中外野，那是我在垒球队里打的位置。我们球队的队服是一件蓝色与金色相间的丝绸夹克，斗大的白色字母龙飞凤舞地拼出球社的名字：海蜂航空部队。海蜂航空部队呀，感谢上帝！中外野呀，感谢上帝！医生，你无法想象站在那个位置有多光荣，在那个空间里，就我一个人……你懂棒球吗？因为中外野就好像某种观察哨，某种塔台，在那个位置，所有的事所有的人都能尽收眼底，在事情发生的一瞬间，你就明白是怎么一回事了——不只凭着球棒击打的声音，而且凭着球飞向内野手的第一时间掠过他们身体时所擦出的火花。球一旦飞出了他们的接球范围，"我的球，"你会喊道，"我的球，"然后你就去接球。因为在中外野这个位置，如果你接得到球，那就是你的球。噢，在中外野和在我家里多么不同啊，在这里，只要我说那是我的，就没有人会出手！

遗憾的是，身为击球手我稍嫌急躁了点，进不了学校校队。在代表新生班参加选拔赛期间，我一次次挥棒，错过坏球的次数太多了，最终那位爱冷嘲热讽的教练把我叫到一边，对我说：

"喂小子，你确定不戴眼镜行吗?"然后让我滚蛋走人。但是我确实体能状态良好!我有自己的打法!在我垒球队的运动场上，球只是来得慢一些、大一些，而我梦想我可能变成全校的球星。当然，由于我争强好胜的欲望过于热切，我还是经常挥棒击空，但是一旦击中来球，它总是飞得很远。医生，球会飞过围栏，那就是全垒打呀。哦，生活中真的没有什么东西，根本没有，可以与用漂亮、缓慢的动作绕过二垒时的快乐相比，因为那种时候根本用不着慌张了，因为你方才击中的那个球已经飞出了你的视线……而且我也可以打外野啊，需要跑的距离越远，我跑得越好。"让我来!让我来!让我来!"然后舍命奔回二垒，让它落进我手套的网兜之中——只差一英寸就掉到地上了——一个击打得凶狠的低飞球，直接落到场中央，一个安打——大概有人会这么看……或者我走回去，"让我来，让我来——"轻松而优雅地背对着那道铁丝网围栏，以迪马吉奥式绝妙的球感极为缓慢地移动着，然后在肩膀上方擒获这份有如从天而降的礼物……或者，跑!转身!跳起!好像小阿尔·琼弗里多——医生，这位棒球选手曾经干下一件非常了不起的事情……或者只是优雅而平静地站着——没有颤抖，一切是那么静好——就在阳光下站着（好像置身于空旷的田野中央，或者在街角消磨着时光），在阳光下的世界里无忧无虑地站着，我这位王中之王、上帝的主，一如"公爵"① 本人（就是斯奈德，医生，这个名字之后可能还会出现）。如此放松、自在地站着，好像我将永远那么快乐，独自一人在高飞球下面等待（一个冲天的高飞球，雷德·巴伯②在麦克风后面观察着说——击出的球飞向了波特诺伊；亚历克斯就在球下，在球下），就在那里等着球掉进我举起迎接它的手套里，而没错，它啪嗒一声落入了我的掌心，第三人出局（亚历克斯接住了球，第三人出局。各位，现在上场的是 P. 罗瑞拉德公司的老 C. D.）。当老康尼帮老戈尔兹传话给我们的时候，我立马迈步向替补席走去，左手五根赤裸的手指还扒着那颗球。当我再度站上内野——一只脚已经用力踏在二垒垒包上了，当对方的游击手小跑进场时，我用手腕轻轻一挥，将球往他的方向抛出，依旧保持我的步调轻快地跑完全程：肩膀交叉摇摆，垂着头，脚向内弯曲触垒，而我的膝盖缓慢地上下运动，简直是"公爵"化身。噢，这场比赛平静得不起波澜！从我的肌肉组织到我骨间的关节，我对自己的每一个动作都了若指掌。怎么弯腰捡起我的手套，怎么把它甩开，怎么掂量球棒的重量，怎么握着它、拿着它、在打击准备区挥动它，怎么把球棒高举过头，缩起、

---

① The Duke，即后文出现的斯奈德（Edwin Snider, 1926—2011）。斯奈德为大联盟球员，曾入选棒球名人堂。
② Red Barber（1908—1992），美国棒球解说员。

放松我的双肩和脖子，然后走进场，把双脚准确放在击球手的击球区内，还有当我被判了一记好球时（我正有意这么做，如此就能漂亮地抵消对坏球的打击），如何站出来做出表示，也许只需用球棒在地上轻轻一戳，只需用那种程度的力道表达适当的怒气即可……是的，每个小细节我都学习和掌握了，诸如不知道该怎么移动或朝哪儿移动，或者该说什么不说什么等等情况，纯粹是不可能发生的事儿……就是这样，难道不是吗？这令人难以置信，但确实是真的。就是有人在生活中如鱼得水，他们有自信，觉得一切都很简单，认为生活中发生的事情都是顺理成章。而我作为海蜂队的中外野手，有没有过这样的感觉呢？因为你知道，靠想象是当不成最佳中外野的，他得确切知道一个中外野手应该如何行动，包括在最细枝末节的点上。不是有许多这样的人行走在美国的街道上吗？我问你，我怎么就不能成为他们中的一分子呢！为什么我不能像过去为海蜂队在中外野上效力而存在呢！噢，我只要当个中外野手就好，一个中外野手——我别无所求！

　　但是，我还有别的身份。他们这么告诉我。一个犹太人。不！不！一个无神论者，我喊叫着。只要与宗教有关，我就什么也不是，既然分明就不是，我也决不假装是！我不在乎我父亲多么孤独多么需要我，我是怎么样的人就是怎么样的人。我很对不起他，但是他就得把我的变节整个咽下！我也不在乎为我母亲守丧时我们挨得多近——实际上，我现在倒怀疑她切除子宫的整个过程即是癌症从无到有的渲染手法，目的是为了把我吓得屁滚尿流罢了！仅仅是为了要把我再次贬低、吓唬成一个听话而无助的小男孩了！至于上帝的存在、犹太人的善行和美德已毋庸置疑这点，全纽瓦克最"受尊崇"的男人不都来到我母亲的床边，坐上"整整半个小时"了吗？如果他去倒她的尿壶或者喂她吃饭，那也许会成为什么事情的契机，但是他来，在一张床边坐上半个小时，这有什么意义？否则，他还能做些什么事情呢，母亲？对人们大谈华而不实的陈词滥调，把他们吓唬得一愣一愣的——这对于他来说就好像打棒球之于我一样！他爱那一套！谁又不爱呢？母亲，沃肖拉比是个肥不拉几、浮夸、没耐心的骗子，还抱着极为可笑的优越感，他简直就是一个从狄更斯作品中走出来的人物，如果一个不晓得他是那么"受尊崇"的人和他一起搭公交车、站在他的旁边，那人还会说"这家伙身上的烟味臭死了"呢。除此之外，没有第二句话。这家伙不知从何时起，产生了英语中形成意义的基本单位是音节这样的想法。因此他说出口的每个单词，都不少于三个音节，就连"上帝"这个词也不例外。你真该看看他说"以色列"这个词时那连歌带舞的德行。对他来说，这个词就跟"冰箱"一样长啊！[①] 你还记不记得他在我的成年仪式上，我的名字亚历山大·波特诺伊可让他过足了瘾？为什么，母亲，为什么他一直用我的全名称呼我？这还用说吗，除了用所有那些音节来使你们这些听众中的傻瓜印象深刻之外，还有什么目的！而且，它的确达到目的了！它竟然达到目的了！你不明白吗，那个犹太会堂就是他挣吃挣喝的工具，仅此而已。到医院来把人生的道理（用一个个音节）吹得天花乱坠，向那些穿着睡衣睡裤瑟瑟发抖的人大谈死亡——这就是他的工作，就好像卖人寿保险是我父亲的工作一样！那是他们各自讨生活的手段，如果你想要崇拜什么人，就崇拜我父亲吧，天杀的，就用你对那个肥胖的可笑的狗娘养的鞠躬的方式向我父亲鞠躬吧，因为我父亲是真的辛苦得跟条狗一样，而且他从来不在谈生意的时候，把自己当成是上帝的特别助理。而且从来不扣着那些操蛋的音节说话！"我啊、想呃、咿要、嗯欢迎、呢你们嗯、到呜、这哦个、犹太咿教会堂嗯、来咿。"哦，上帝呀，哦上嗯、帝咿、啊啊，如果你在高处照耀，让世人仰望到你的容颜，为什么不把我们从这位拉比这些无比清晰的宣讲中解放出来呢！为什么不让我们免受拉比本身呢！听着，为什么不让我们免除宗教的荼毒，哪怕只

---

① 英文中"以色列"（Israel）为三个音节，"冰箱"（refrigerator）为五个音节。

是为了我们人类本身的尊严！上帝呀，母亲，全世界都已经懂得这个道理了，为什么你们还这么愚昧无知呢？宗教是人民的鸦片！而如果说因为相信这一点使我成了一个十四岁的共产人士，那我现在就是，而且我还为此而骄傲！不管什么时候，我都宁愿成为一个俄国的共产人士而不愿意成为一个犹太会堂里的犹太教徒——就是当着我父亲的面我也这么告诉他。结果就是，这样的发言变成另一枚致命的手榴弹（我这么怀疑），但是很抱歉，我碰巧相信人权，这种权利扩展到所有人身上，不论种族，宗教信仰，还是肤色。我的共产主义信仰，事实上，我的共产主义信仰就是使我每星期一回家吃午饭时，只要看见清洁阿姨在，就坚持和她一起吃饭的原因——我愿意和她一起吃饭，母亲，在同一张桌子上，并且吃同样的食物。这样清楚了吗？如果我吃剩菜锅里加热的炖肉，那么她也吃剩菜锅里加热的炖肉，而不是吃什么放在不会沾上她的细菌的特殊玻璃盘里的明斯特奶酪或金枪鱼！但是，不，不，母亲显然不接受这种想法。那对她而言显然太过离奇了。和那个黑鬼同桌吃饭？我还能说什么呢？我刚从学校回来，她就在玄关悄声对我说："等一下，那女人还有几分钟就吃完了……"但是我不愿意把任何人，（除了我们家以外的）任何人当成次等公民！你就是不懂什么平等原则是不是，见鬼！而且，我告诉你，如果他再当着我的面说出黑鬼这个词，我就会操上一把真正的匕首戳进他偏执的狗屁心脏！这话大家都听明白了吧？我不在乎他去收有色人种的保费之后，回家来时衣服臭得要命，还得把衣服挂在地窖里散味儿。我不在乎他们中止保险几乎把他逼疯。那只是使人心生同情的另一个理由。让他的同情别人、谅解别人见鬼去吧，别再把清洁阿姨当成骡子对待，不许漠视别人的尊严！对异教徒也一样！你知道，并非人人都能有幸生为犹太人。所以，给那些不太幸运的人一些同情，好不好？成天非犹太人这、非犹太人那的，我烦透了！坏事都是异教徒干的，好事都是犹太人的贡献！难道你看不出来，我亲爱的父母（晃动着下身把我生出来），不认为那样的想法有点野蛮吗？不觉得你们所说的一切，只不过表达了你们的恐惧？我从你们那里最初学会区分的，我保证，不是夜与昼，也不是热与冷，而是非犹太人的和犹太人的！但是现在结果变成，我亲爱的父母、亲戚，和为了庆祝完成我的成年仪式而聚集在此的朋友们，结果变成，你们这些傻蛋！你们这些狭隘的傻蛋！——噢，我是多么痛恨你们那种犹太式的狭隘想法！包括你，音节拉比，你还要我最后一次帮你跑腿，到街角再买一包波迈香烟；不知道的话，就让我告诉你吧，你身上的波迈烟味臭得要死——结果变成，生活中被归类为令人讨厌而无用的东西又平添一些罢了！而与其因为这个十四岁的某人拒绝在往后的人生里再次踏入犹太会堂而伤心，与其因为某人对自己民族的传说置之不理而痛哭，何不哀悼自己的可悲呢，你们这群不停吸吮着宗教的酸葡萄的人！犹太人犹太人犹太人犹太人犹太人犹太人！继续滚出我的耳朵吧，那些受苦受难的犹太人传说！我的族人们，请行行好，把你们受苦受难的民族遗产好好塞进你们受苦受难的屁眼里——我也是个人啊！

但你是个犹太人，我姐姐说。你是个犹太男孩，这超出了你的认定，而你现在所干的一切正在使你变得不幸，你正在干的一切都是对风悲鸣无济于事……透过泪水，我看见她站在我床尾那头耐心地向我解释着我的困境。如果我十四岁，那她就十八岁了，正值在纽瓦克师范学院上大一的岁数。这个面色土灰的大脸女孩，浑身的毛孔都渗透着忧郁。有时候她会和另一个高个儿、其貌不扬的姑娘——埃德娜·泰珀（她有着，甭管怎么说，像我脑袋这么大的奶子，倒是挺招人喜欢的）——一起到纽瓦克希伯来青年会去跳民间舞。今年夏天她就要成为犹太社区中心夏令营的专业辅导员了。我曾经看见她在读一本绿色封面的平装书，书名是《一个青年艺术家的画像》。看来我对她的情况知道的就只这么点儿了，当然，她胸罩和内裤的尺寸和气味我摸得一清二楚。多么混乱的岁月呀！这种日子什么时候才会结束？请问，你能给我一个大概的日期吗？我得的这个毛病什么时候才能治好！

　　她问我，你知道么，如果你不是生在美国而是在欧洲，你现在会怎样？

　　这不是我们讨论的问题，汉娜。

　　死了，她说道。

　　这不是我们讨论的问题！

　　死了。被毒气瓦斯害死，或者被人开枪打死，或者被投进焚尸炉活活烧死，或者像牲口一样被屠杀而死，或者被人活埋而死。你知道这些吗？你大可以叫唤你想要的一切就是不当犹太人，就是当一个与那些愚蠢、受苦受难的遗产毫无关系的人，不过你还是会被人抓走，被人处理掉。你就死了，然后我也死了，然后——

　　但是这根本就不是我正在谈的问题！

　　然后你的母亲和父亲也死了。

　　你为什么站在他们一边！

　　我并没有站在任何人一边，她说道，我只是告诉你，他并不是你认为的那样无知。

　　那她也不是咯，我想！我想纳粹分子让她所说的一切，所做的一切看起来又聪明又出色，是吧！我想这个家里发生的大事小事，都可以拿纳粹分子当借口吧！

哦，我不知道，我姐姐说道。可能吧，可能他们就是借口。现在她也开始哭了起来。我觉得自己好残忍：姐姐为了那死去的六百万人而热泪滚滚，这或许是我一厢情愿的想法；而我只是为了我自己掉眼泪。这或许也是我一厢情愿的想法。

女阴迷狂

我提到过那件事儿吧？十五岁的时候，我在从纽约回来的一〇七路公交车上，把我那玩意儿从裤子里掏出来，然后打了一枪。

我姐姐和她的未婚夫莫蒂·费比什招待我度过了完美的一天——先是在埃贝茨球场连看两场比赛，接下来在羊头湾吃了一顿海鲜大餐。绝妙的一天。汉娜和莫蒂要跟莫蒂一家在弗拉特布什过夜，所以我被送上一班大约十点钟去曼哈顿的地铁，并在那儿登上了回新泽西的大巴。在车上，我手握着的可不仅是我的勃起，仔细想想，我的整个生命也操在我的手中。绝大多数乘客在我们还没有从林肯隧道出来之前就睡着了，包括我旁边的那个姑娘。我开始将我的灯芯绒裤管紧紧贴在她的格子呢裙的折痕上，当大巴车驶上普拉斯基高架桥时，我已经把那玩意儿射到我的拳头里了。

你可能以为，既然那天带来了丰富的满足感，晚上回家时我的心中一定充满了兴奋，应该想都没想过我那家伙吧。布鲁斯·爱德华兹，这个从小联盟崭露头角的新人——而且正是我们想看的球员（我们是莫蒂、我和道奇队的经理伯特·肖顿）——已经在他大联盟生涯中的前两轮比赛里，拿下八出击六安打的成绩，啊是他还是弗里洛[1]呢？不管怎么说，那样子抽动肉棒的我是不是疯了！想想，要是我被抓了个现行，会闹出什么结果！（想想，要是我做过头射到那个睡着的异族女人的金色手臂上！）以及，莫蒂在晚餐时为我点了龙虾，那是我平生第一次吃龙虾。

会这样可能都是龙虾害的。那条戒律就是这么轻而易举被打破了，我天性中那污秽与自毁、狄俄尼索斯的一面，可能已经获得了信心。而我得到的教训就是，要打破戒律，你所要做的一切就是——一往无前地去打破它！你所要做的一切，就是停止颤抖和动摇，认识到它并不是遥不可及或力不能及的；你所要做的，就是做！我问你，所有那些从小就要遵守的饮食禁令和规定，除了让我们这些犹太孩子练习压抑自己之外，还有其他意义吗？练习，亲爱的，练习，练习，练习。压抑不是树上长出来的，你知道——那需要耐心，需要专注力，需要有献身和自我牺牲精神的

---

[1] Carl Furillo（1922—1989），道奇队传奇球员。

父母，和勤奋努力、专心致志的小孩，才能在短短几年的时间创造出一个真正拘谨压抑的人。摆放两套餐具有其他原因吗？只能用符合犹太教规的肥皂和盐巴有其他原因吗？我问你，除了照三餐提醒我们生活本身就是条条框框之外，还有其他原因吗？生活有成千上万条小规则，这些正是由生活本身立下的规则，无论看上去多么愚蠢，你要么就毫无异议地遵守（而经由这种遵从，他才会继续眷顾你），要么你就违规了，且很可能是以违反常识的名义违规——而你之所以违规，是因为就算是孩子也不愿自己到哪都像个彻头彻尾的白痴和傻瓜——是的，你违规了，不过很有可能（我父亲向我保证）在即将到来的赎罪日，上帝要在那本大册子里写下那些能够活到明年九月的人的名字（不知为何，这记录的场景总深深烙印在我的想象之中），而那时候，瞧呀，你自己宝贵的姓名不在其中。好啦，这下谁才是傻瓜呢，嗯？而且，无论你打破的那些规则是大是小，这也没有什么不同（对于这位掌管万物的上帝的行为、思考方式，我一开始就知道）：仅仅是"违背"行为本身触怒了他——单纯的不听管教、肆意妄为，仅仅这一点，他就绝对不能容忍，而且他也不会饶恕，于是他怒冲冲地坐下（可能火气直冒，而且肯定伴随着沉重不幸的头痛欲裂，像我父亲严重便秘时那样）开始把那些名字从那本大册子里删除。

当义务、纪律和服从崩溃的时候——啊，这里，这里是我在每年的逾越节里伴着母亲的逾越节薄饼一起得到的信息——接下来要发生的事情，是没有任何预告的。无欲至上——晚餐时我们全家围坐在桌边所吃的牛排（符合犹太教规的洁净、不带血的牛排）如是喊着。自制力，清醒，惩罚——这些是人类生活的关键，所有那些无穷无尽的饮食规定如是说。就让那些异教徒用他们的牙齿啃咬在肮脏的大地上爬行、哼叫的一切低等动物吧，我们决不会这样污染损害我们的人性。让他们（也许你知道我指的是谁）狼吞虎咽地吃下一切会动的东西吧，无论那是多么丑恶卑贱的动物，无论那动物多么怪异，多么肮脏，多么愚笨。让他们吃鳗鱼、青蛙、猪、螃蟹和龙虾吧；让他们吃秃鹫，让他们吃猿猴和臭鼬吧，如果他们喜欢——吃下那些可鄙的动物不正恰如其分地应了他们的身份，他们这群浅薄、愚蠢得无可救药之徒，难怪他们酗酒、离婚、拳脚相向。这些低能、可恶的食客，就会装模作样，就会侮辱人，就会冷嘲热讽，并且迟早要害人。哦，他们还知道怎么带着猎枪到森林里去，这些天才呀，知道怎么猎杀天真无辜的野鹿。那些鹿一向只是自顾自安静地吃着浆果和野草，再自顾自地离开，不打扰任何人。你们这些愚蠢的异教徒！身上散发着恶臭，消耗完了带来的弹药，打道回府吧。你们各自把一头死了的动物（之前明明还活蹦乱跳的）捆在自家汽车的挡泥板上，这样沿路开车的人都能看到你多么强壮，多么有男子气概。接着，回到家后，你们拎着那些死掉的鹿——对你们或整个大自然什么也没做的鹿，没造成过任何伤害的鹿——你们拎着那些鹿，把它们切成碎块，把它们放在锅里煮。在这个世界上没有足够多的吃的吗，他们还得把那些鹿也吃掉！他们什么都吃啊，只要他们非犹太人的大手能够搞到！而恐怖的结论就是，他们什么也都会做。鹿吃鹿该吃的东西，犹太人吃犹太人该吃的东西，但是这些异教徒却不是这样。在地上爬的、在泥里打滚的、在半空中跳的，或是如天使一样善良的动物——对于他们来说并没有什么不同——他们想要吃什么就吃什么，别的动物的感觉让它见鬼去吧（什么仁慈和同情，都让它边上歇着去）。是的，这一切都在历史上写着呢，我们的这些杰出的邻居都干了什么，他们拥有这个世界却对人类边界与局限毫无所知。

……犹太教的饮食教规如是说——至少对当年我这样在索菲和杰克·波特诺伊监护下长大，在纽瓦克某个学区里，班上只有两个小基督徒的小孩如是说。那两个小基督徒的家就在我们社区的边缘地带，我没进去过……犹太教的饮食教规如是说，而我算老几，要争辩说他们是错误的呢？因为看看我们的每个文字所描述的对象，亚历克斯本人——十五岁，某个晚上吸着龙虾的大螯，然后在一个小时之内掏出他的小鸡鸡来，瞄准大巴车上的一个异族女人。而他那优秀的犹太头脑可能也是用逾越节薄饼做成的！

不消说，我们家里从来没有把这样一种动物活生生地放进锅里煮过——我说的是龙虾。而且在我们家也从来没有出现过异族女人，因此，她在什么情况下可能会从我母亲的厨房里出现，也只是猜测。清洁阿姨显然是个异族女人，但她是黑人，所以不算数。

哈哈。我们家之所以没有异族女人出现，是因为我从没带来过，我想要说的是这个。我倒记得我还小时，一天晚上我父亲带一个异族女人回家吃饭。她是他公司里的出纳，有点年纪了，身形瘦削，神情紧张而害羞，为人谦恭说话温和，名字叫安妮·麦卡弗里。

医生，他该不会早就和她私通吧？我简直无法相信！我只是突然想到这一点。我父亲会不会私底下跟这位女士有一腿啊？我还能记得她怎么在沙发上坐在我的旁边，以及她紧张地扯了一堆她名字的正确拼法，并且向我指出她的名字以字母 E 结尾，并不是所有"安妮"都是这样拼的——如此这般，这般如此……而与此同时，虽然她的两条手臂又长又白又细，长着雀斑（我想，这就是人们所谓的爱尔兰人的手臂吧），我却打量着她柔软洁白的衬衫，并看出她有一对美好而又坚挺的乳房——而且我还一直瞄她的腿。我那时只有八九岁，但是她那双腿实在太美了，美得让我无法转移视线，属于某个你看到的在街上闲逛的老处女的腿，她面容消瘦，一双腿却让你惊为天人……就是那种腿呀——这么说，他搞她也是理所当然的吧……不是吗？

他把她带回家的原因，据他说，是"为了一顿地道的犹太晚餐"。一连几个星期，他一直在莫名其妙地说到这位新来的非犹太出纳（"一个很坦白、乏味的人，"他说，"穿得不讲究。"），说她从进波士顿与东北人寿保险公司工作的那天起——他就这样不停地告诉我们他和她之间的事——她就为了一顿地道的犹太晚餐一直缠着他。最后我母亲终于受不了了。"好吧，带她来吧——既然她这么想吃，我就给她做一顿。"他是不是有些出乎意料？永远不会有人知道。

甭管怎么说，她的确是吃了一顿犹太晚餐。我想我这辈子从来没在一个晚上听见有人把"犹太"这个词说这么多遍，而且我得告诉你，我可是个听惯了"犹太"这个词的人。

"来，这是道道地地的犹太碎肝，安妮。你过去吃过道地的犹太碎肝么？嗯，我妻子做得十分地道，我向你保证。来，就着面包一起吃。这是地道的犹太人吃的黑面包，还带裸麦籽呢。就是这样，安妮，你干得不错，索菲，她头一次吃这个，还吃得挺像样吧？就是这样，拿一片地道的犹太人吃的黑面包，再配上地道的犹太碎肝"——就这么来来回回，然后果冻上桌了——"没错，安妮，这果冻也是符合犹太人饮食规定的，当然当然，必须如此——哦不，哦不不，咖啡里不加鲜奶油的，吃了肉食以后不行呀，哈哈，你听见安妮刚跟我要什么了吗，亚历克斯?"

你想怎么唠叨都行，我亲爱的老爸，不过时隔二十五年之后，我忽然想到一个问题（并不是我有了什么证据，并不是我此刻想象出了我父亲能够干出的最轻微的违反家规的事情……而是因为我似乎陶醉在违反这个行为中了）。一个问题已经在观众中产生：世上那么多东西可以带回家，为什么偏要带一个异族女人？难道是因为你无法容忍一个异教徒女人，在没有吃过犹太果冻前就走完人生之路？还是因为你不做犹太告解就不能过日子？不愿与你的妻子当面认罪，否则她可能会控告你，谴责你，羞辱你，惩罚你，终而抽干你那天理不容的淫欲之血！是的，标准的犹太亡命徒，这就是我的父亲。我完全熟悉这种症候。来吧，什么人，任何人，来揭发我，谴责我——我干了你们能想象出的最可怕的事情：我拿了不该拥有的东西！为我自己选择的快乐而抛弃了对心爱之人的责任！拜托，把我抓起来吧，监禁我吧，在我带着这罪彻底逃脱（上帝保佑，千万别发生这样的事）之前——不然我会在外头继续干那些我爱得不得了的事情！

而我母亲妥协了吗？一对乳头加两条腿，这就是铁证了吗？

94

在我看来，似乎要花二十五年才能解出这么高深的计算。哦，这一定是我自己臆造的，真的。我的父亲……和一个异族女人？这不可能。这超出了他的理解范围。我自己的父亲——和异族女人做过？我在别人的强迫之下会承认他和我母亲发生关系……但是说他和异族女人？那无异于让我想象他去抢加油站。

但是，当时她为什么朝他大声叫喊，这种一方控诉、另一方否认的场面，这种谴责、威吓和哭个不停的场面又算什么……如果不是他做了什么非常恶劣甚或无法饶恕的事情，又怎么会出现这种场面？这场面本身就好像一件沉重的家具，压在我的心里，致使我以为，没错，那件事确实发生过。我看见姐姐藏在母亲身后：汉娜紧紧抱住她的腰身抽噎着，而我母亲哭得不能自已，泪水从她脸上直落到铺了亚麻油毡的地板上。她一边流着眼泪一边大声朝他吼叫，脖子上青筋突出。她也朝我吼。因为在深入地探究这件事之后，我发现，在汉娜藏到我母亲背后的同时，我却跑到罪魁祸首的身后寻求庇护。噢，这全都是我的幻想，是教科书里的案例，难道不是吗？不，不是的，这不是别人的父亲，这就是我的父亲，他此刻正用拳头捶着餐桌并朝她吼回去："我没有干过这种事情！那是骗人的，是不对的！"但是，等等，尖叫着"我没有干过！"的人，是我呀！罪魁祸首是我呀！而我母亲之所以哭得那么厉害，是因为我父亲拒绝揍我一顿屁股，可偏偏当他发现我干了那件可怕的事时，她曾保证说他会"好好地"揍我一顿屁股的。

当我在小事上行为不端、表现恶劣的时候，她自己就可以收服我。她只需要，还记得吧——我可记得清清楚楚！她只需要给我穿上外套和橡胶雨靴——噢，多妙的一招啊，妈妈，那双橡胶雨靴！——把我锁在家门外面（把我锁在家门外面！），隔着房门宣布她不会再让我踏进这个家，我最好走得远远的，自己开创自己的新生活。她只需要采取这种简单而迅速的措施，便能即刻让我忏悔，让我悔过自新，以及如果她想要的话，从我这里拿到一份签名保证，从今往后，我会当个百分之百纯洁而乖巧的孩子——只要让我再回到家里，回到那个有我的床、我的衣服和冰箱的地方。但当我真的调皮到了极点，让她讨厌到只能求助于全能的上帝，让他明示自己到底做了什么才生下这么一个孩子时，我父亲往往会被叫进房来公正地评判一番。我母亲自己太敏感太善良，事实证明，她无法成为体罚的施行者。"这让我很痛苦，"我听见她向我的克拉拉伯母解释说，"我比他更痛啊。我就是那种人。我干不了这事儿，就是这么回事。"哦，可怜的母亲。

但是，嘿，到底发生了什么事呢？毫无疑问，医生，我们这两个机灵的犹太男孩自己就可以把这件事理出个头绪……有人做了一件糟糕的事，而做这件事的人不是我父亲就是我。换句话说，做错事的人是这个家中的长了阴茎的两位成员之一。好了，到目前为止都还挺顺利的。那么：究竟他有没有在办公室那非犹太出纳两条性感的大腿之间大干一场？或是我有没有吃掉姐姐的巧克力布丁？你知道，她之所以不想在吃饭的时候吃它，显然是想把它留到上床睡觉之前享用。哎呀，我的老天，汉娜你怎么能指望我知道这种事呢？人在饥肠辘辘的时候，谁还顾得上察言观色呀？我是个八岁的男孩，又碰巧最喜欢吃巧克力布丁。只要看到那深巧克力色的表层在冰箱里闪闪发亮，我的灵魂就飞升啦。再说，我以为它是大家吃剩下的！我是说真的！老天呀，难道这些尖叫声和惊天动地的争执就是为了这个？就算我偷吃了布丁，我也不是故意的呀！我以为它是别的什么！我发誓，我发誓，我不是故意吃掉它的……但是，是我——还是我父亲振振有词地在陪审团面前为自己辩护？没错，就是他——是他干的。好了，好了，索菲，让我一个人静静。是我干的，但我不是故意的！见鬼，接下来他就会对她说，他觉得他应该得到宽恕，因为他也不喜欢这样。你说你不是故意的是什么意思，你这个白痴——你不是插进去了吗，嗯？那么现在就像个男子汉一样为自己硬起来啊！告诉她，你告诉她：“没错，索菲，我是和那个异族女人上床了，这件事你要怎么想或不想，对我来说都无所谓。因为这件事我说了算。我再说一次，这个家当家的人是我，发号施令的人是我!"说完有必要的话,再揍她一拳!揍她呀,杰克!非犹太人不都这么干的吗,是吧?你认为在那些手里操着杆枪的猎鹿好手中,会有人在第七次偷情被逮住时一下子瘫倒在椅子上,开始哭泣并恳求他老婆原谅他吗?——可原谅什么呀?整件事不就是这样而已吗?你把你的那家伙放在什么地方然后来回抽送然后什么东西就从前端射出来了。所以,杰克,这有什么大不了的?这整个事情持续多久,你就得承受多少从她嘴里吐出来的咒骂——承受愧疚,承受互责,然后自我唾弃!爸爸,为什么我们父子俩必须愧疚,必须对女人毕恭毕敬呢——我们明明不需要这样啊!我们不可以这样!该发号施令的人,爸爸,是我们呀!"爸爸干了件非常非常可怕的事。"母亲哭着说——或者这只是我的想象?她所说的,不是更接近"噢,小亚历克斯又干了一件可怕的事,孩子他爸"吗?不管怎样,她抱起了汉娜(竟然是汉娜!)——在这一刻到来之前,我始终不认为汉娜会是谁的挚爱珍宝——把汉娜搂在怀里,把她那没人爱的忧伤脸蛋亲了个遍,一边说道,在这个广大的世界里只有她的这个小女儿是她能够真正信赖的人……但是,如果我当时八岁,汉娜就是十二岁,我保证没有人抱得动十二岁的汉娜,因为那个可怜的孩子的问题就是:她太胖了。"怎么会这么胖啊。"我母亲曾说过。她甚至不该吃巧克力布丁。没错,所以我把它吃掉了!真是遗憾哦汉娜,这是医生的嘱咐，不是我。你又胖又"呆头呆脑的"，我却又瘦又聪明伶俐，这种事我也没办法。我就是这么漂亮，当母亲把我放在婴儿车里推着走的时候，人们会叫住她，好看看我那漂亮脸蛋儿，这我也没办法——你听她讲这件事吧。对这事我无从插手，因为事实便是如此：我生就漂亮而你生得，如果说不丑吧，那也肯定不是人们想要特别看上一眼的样儿。难道这也是我的错？整整早我四年出生的你，生下来就注定这个样子了。这显然是上帝的安排呀，汉娜，那本大册子里就是这么记着的吧！

　　不过，她其实没将任何责任归咎于我，只是继续善待她这个宝贝小老弟，从来没有打过我，也从来没有拿下流的绰号羞辱过我。我吃了她的巧克力布丁，她咽下了我的恶言恶语，没有一句抗议。她只是在我上床睡觉之前亲亲我，在我上学时小心地在我胸前画十字，然后，当我为眉开眼笑的父母模仿《艾伦的小径》① 中各个角色的声音，或者因为出色的成绩被带到北泽西各个亲戚家接受表扬时，她总是谦和地退到墙边（我想她就在那儿），任由自己隐没。我没被惩罚的时候，医生，我就像穿过罗马街道的教皇一般……

　　你知道，在我童年时代早期的记忆中，真正与姐姐有关的回忆最多不会超过十个。直到我进入青春期，她成了我唯一能倾诉

---

① *Allen's Alley*，美国 1940 年代的广播喜剧节目。

的对象（在我们那个疯人院里，她是唯一清醒的）之前，她就像个一年里只见上一两次面的人——有一两个晚上来看望我们，坐在餐桌边和我们一起吃饭，在我们的某张床上睡觉，然后，这个可怜的胖东西，就幸福地消失了。

即使在中国餐馆，在那个上帝为了听话的以色列孩子而解除猪肉禁令的场所，在上帝眼里（而在食物方面，他的地上代言人就是我母亲），吃广式龙虾是想都别想的事。我们在家不能吃猪肉而在佩尔街却可以的原因，就是……坦白说，我还没有把这整件事搞明白，但是在那时候，我相信这与那个餐馆老板大有关系。老板是个上了年纪的老头，我们私下里都称他为"施曼德里克"①，至于他对我们有何看法，我们完全没有理由费心去思量。是的，在我看来，犹太人在这个世界上唯一不害怕的人，应该就是华人了。因为第一，和他们说英语的样子相比，我父亲简直就是切斯特菲尔德勋爵②；第二，他们脑子里想的尽是炒饭；还有第三，对于他们来说，我们不是犹太人而只是白人——搞不好还是盎格鲁-撒克逊人。难以想象吧！无怪乎那些侍者不会吓唬我们。在他们眼里，我们只是些有钱有势的大鼻子，我们是享有特

---

① Shmendrick，在意第绪语中表示"瘦弱的小人物"。
② Lord Chesterfield（1694—1773），英国著名政治家及文人。

权的盎格鲁-撒克逊白人新教徒！好家伙，我们吃得可开心了！突然之间，猪肉也构不成什么威胁了——它以肉碎肉丝的样貌上桌，那些浸满了酱油汤汁的猪肉料理在外观上与猪排、猪腿骨，或是最令人作呕的腊肠（呃呃呃呃！）大相径庭……那为什么我们就不能吃龙虾呢？就如法炮制，把它整得和别的东西一样不就行了吗？请容我母亲做个合乎逻辑的解释。就以索菲·波特诺伊的三段式推论来说吧，医生。准备好了吗？我们为什么不能吃龙虾？"因为那会要了你的命！因为我吃过一回，我差点儿死掉了。"

是的，她也违犯过戒律，并因此遭受过恰当的惩罚。在她放荡不羁的少女时期（事情总在我出生之前发生），她放任自己上当受骗（也就是说，她当时感到既荣幸又丢脸），接受了我父亲在波士顿与东北人寿保险公司同事——那位诡计多端又迷人的保险代理人——的邀约，和他去吃纽堡龙虾。那酒鬼叫道尔（还能有更好的名字吗?）。

那是公司在大西洋城举行的一个大会（喧闹的欢送会）上，道尔诱使我母亲相信虽然闻上去不大一样，可是被侍者推到她胸前的盘子里所盛的不过是乳鸽罢了。纵然她在当时已经发现苗头不对，甚至当喝醉了的英俊的道尔试着用她本人的叉子喂她吃的时候，她就怀疑那场悲剧，就像她说的那样，已经潜伏在侧，但两杯酸威士忌下肚后她早已飘飘欲仙，对于一场下流游戏的真正预感让她轻率地仰起她长长的犹太鼻子，嗤笑自己的预感（她强烈地认为这是场骗局），接着——噢，头脑发热的婊子！放纵的荡妇！毫无远见的女投机者！——忘情地沉醉在那种挥霍放纵的气氛里。很明显地，这种气氛已经主宰了现场整个大厅，而塞满大厅的保险代理人和他们的妻子早已成了它的俘虏。直到水果冰沙送上来，道尔——对这家伙，我母亲还将他描述为"如埃罗尔·弗林①再世，而且不止是长相相似"——才向她透露她咽下去的东西其实是什么。

接下来，她抱着马桶吐了一晚上。"连我的肠子都吐出来了！好个恶作剧大师！这就是我为什么直到今天都告诫你，亚历克斯，千万不要捉弄别人——因为后果可能很严重！当时我可真难受，亚历克斯。"这场天大的灾难过了五年、十年，甚至十五年，她还喜欢对她自己，对我和我父亲提醒着："你父亲，这位大无畏先生，还打电话把睡得正熟的饭店医师叫过来，请他到我房间来。看见我怎么张着我的手指了没？我当时吐得太狠了，连我的手指也变得那么僵硬，我就像瘫痪了一样，你问问你父亲——杰克，告诉他，告诉他你看见我因为吃了纽堡龙虾，手指变成那个样子的时候，你是怎么想的。""什么纽堡龙虾？""就是你朋友道

---

① Errol Flynn（1909—1959），美国好莱坞著名影星、导演。

尔强迫我咽下去的纽堡龙虾。""道尔？哪个道尔？""道尔呀，就是那个异教徒酒鬼。他们后来不得不把他调到南泽西的穷乡僻壤，那个被调来调去到处跑的道尔。道尔呀！看上去像埃罗尔·弗林的道尔！告诉亚历克斯我的手指变成什么样儿了，跟他说你还以为发生了——""你瞧，我甚至不知道你在说什么。"情况可能是这样的：并不是每个人都像我母亲一样，觉得自己的生活充满戏剧张力——再者，这个故事可能幻想成分居多，而非现实（无需说，和那盘禁忌的龙虾比起来，这故事和那位危险的道尔关系更大吧）。而且，当然，我父亲是个每天都有一些忧心事儿的男人，有时候他不得不拒听那些在他周围进行的谈话，才能满足他对焦虑的需求。他极有可能连她说的一个字也没听见。

但是，我母亲的独白继续进行着。当其他孩子听着一年一度的守财奴斯克鲁奇故事，或者每晚睡前听着他们喜欢的故事的时候，我则继续被迫听她那危机四伏的人生中充满悬疑的篇章。事实上，母亲的那些故事就是我童年读到的文学作品——家里除掉学校的教科书外，唯一装订完好的书就是当我父母中的某一个从医院病床上康复时，被别人当成礼物送来的那些书。我们家藏书有三分之一是《龙种》（她的子宫切除手术）（故事寓意：没有什么东西是与讽刺完全绝缘的，笑声总会在什么地方出现），而另外的三分之二是威廉·勒·夏伊勒①的《阿根廷日记》（故事寓意同上）和《卡萨诺瓦回忆录》（他的阑尾切除手术）。我们其他的书都是索菲·波特诺伊的著作，每一本都是对她那了不起作品《你懂吧，事情就是要做过了才知道》的补充。这么看来，推动、影响她作品的思想似乎是她的冒险精神；她是那种充满生气的人，她精力充沛地走进生活去寻找新奇与刺激，却也因为她的开拓精神而受到打压。她似乎真的将自己当作是站在经验前沿的女性，是某种居里夫人、安娜·卡列尼娜与阿米莉亚·埃尔哈特②的集合，注定令人眼花缭乱、感到迷惑。无论如何，这就是她的某种浪漫形象的展现，而小男孩在她为他穿上睡衣、扣好扣子、盖上被子之后，便听着她娓娓道出的故事，带着这种形象进入梦乡，那是关于她如何怀着我姐姐学开车，以及她第一天拿到驾照的故事——"就在那第一个小时，亚历克斯"，"一个疯子"撞上她的后保险杠，因此从那一刻起，她就再也不开车了。或者是她去纽约萨拉托加泉的一个池塘里找金鱼的故事。当时她只有十岁，被带去那儿探望生病的老姨婆，不小心跌进那肮脏的池塘里，并且直接掉到池底，从那以后她再也没有下过水，甚至不到

---

① William L. Shirer（1904—1993），美国新闻工作者、历史学家。
② Amelia Earhart（1897—1939），美国女飞行员，也是第一位独自飞越大西洋的女性。

岸边去，即使是退潮时分，即使旁边有救生员在场。接着便是龙虾的故事：即使她喝醉了，她也知道那不是乳鸽，却只是为了"让那个道尔闭嘴"而强行把龙虾咽下去，随后，近乎惨烈的事情发生了，从那以后，她当然再也不吃任何哪怕有一丁点儿像龙虾的东西。她希望我也不要吃。永远不吃。不要吃，她说道，如果我知道什么对我有益的话。"在这个世界上可吃的好东西多了去了，亚历克斯，不要冒着会半辈子双手麻痹的危险去吃龙虾这种东西。"

唉呦！我的内心是有多少抱怨啊！我确实心怀不知从何而来的怨恨！这是一个必经的过程吗，医生，还是这是我们所谓的"材料"？我所干的一切就是抱怨，厌恶与反感就像个无底洞，而且我开始怀疑也许停不下来了。我听见自己耽溺在那种仪式化的牢骚字句里头，而这正是精神病患者在大众心中背负污名的原因。当我从我是什么——和我不是什么——的立场来检视过去的自己时，我那个时候真的有现在这么厌恶我的童年，这么憎恨我可怜的父母吗？我正在陈述的是事实，或者只是纯粹的发牢骚？或者对我这类的人来说，发牢骚即事实的一种呈现方式？无论如何，在重新开始抱怨之前，我的良知希望能清楚知道那时我的童年并非像现在这样让我感到如此陌生、可憎。尽管回首往事时，我的混乱显得那么巨大，我内心的骚动显得那么深刻，但是我不记得自己属于那种走到哪儿都希望和另外一群人住在另外一个房间的小孩，无论我潜意识中可能多么企盼这类事情的发生。毕竟，我还能在哪儿找到像那两个人一样的人来做我模仿秀的观众呢？我曾经让他们在吃饭时呆在走廊里——我母亲有一次真的尿裤子了，医生，她歇斯底里地笑着跑进厕所，因为我模仿了印象中《杰克·本尼秀》的基泽尔先生①。还有什么？散步。星期天和我父亲在威夸依克公园散步。这些我都没忘。你知道，每当我离开城市到乡下去，在地上发现一颗橡果时，我就会想起他，想起和他一起散步的情景。而近三十年过去了，这并不是无足轻重的琐事。

还有，我曾经讲到过吧，在我还没有长大到能自己上学以前的那些日子里，我和我母亲两个人面对面有说不完的话？在那五年的岁月里，我们每天相依为伴，我相信我们谈到了人们所能想到的一切话题。"跟亚历克斯聊天——"当我父亲晚上拖着疲惫的身躯回家，她总这么告诉他，"我可以熨一下午的衣服，而丝毫不察觉时间都过了那么久了。"要知道，那时我只有四岁。

至于那些大吼大叫、畏缩、哭喊，也甚至因其鲜明生动和激

---

① Mister Kitzel，美国电视广播喜剧节目《杰克·本尼秀》(*The Jack Benny Show*) 里的一个犹太角色。

烈的感觉而自有可取之处；再说，没有什么是纯然无谓的，事情永远是个事儿，一件再普通不过的事都可能在毫无预警的情况下爆发为一场可怕的危机，对于我来说生活就是这样。那位小说家，叫什么名字来着，马克菲尔德，曾在他的一篇故事里提到，在他十四岁之前，他一直相信"激怒"是一个犹太词语。和他一样，我也一直认为"骚动"和"混乱"是犹太人的最佳写照，是我母亲爱用的两个名词。还有"刮刀"。那时我已经成为全一年级的宠儿，大家都认为我会不费吹灰之力赢得每次课堂竞赛。某天老师要我看一张图，然后让我说出那个我再熟悉不过的东西的名称。就是那个我母亲称之为"刮刀"的东西。但是在当时我绞尽脑汁，却怎么也想不出那个东西用英文怎么说。我结结巴巴，满脸通红，沮丧地坐回到座位上，虽然不像老师那样吃惊，但和老师一样非常地不安……我早就在竞赛中明白，这样的命运早已降临，对我来说，处于近乎折磨的心理状态是多么"平常"——在这个特别的例子里，折磨我的就是像厨具这样意义深远的东西。

噢，所有因刮刀而发生的矛盾、争执，妈妈！

可想而知我对你是什么感觉！

眼下这个快乐的时刻使我想起我们住在泽西城的那些日子。

那时候，我还是整天黏着母亲的小宝宝，整天闻她身上的香气，还完全臣服于她的库戈尔①、格里本②和鲁格莱克③——我们楼里发生了一起自杀事件。一个名叫罗纳德·尼姆金，曾被楼里的女人授予"何塞·伊图尔维④再世"封号的十五岁男孩，在浴室里淋浴的莲蓬头上上吊自杀了。"用他那双美妙的手啊！"那些女人们哀叹道，说的当然是他弹得一手好琴，"那么有天分！"接下去便会说，"你再也找不着比罗纳德更深爱母亲的男孩了！"

我向你发誓，这绝不是什么胡编乱造或者记忆屏障⑤，这是那些女人所说的原话。人类苦难与激情的歌剧主题乐章是多么恢弘而阴郁，然而从这些女人嘴巴里唱出来后，却像在议论奥克希多尔洗涤剂和德尔蒙玉米粒罐头的价钱！而我自己的母亲，请允许我提醒你，当我今年夏天从欧洲游历归来时，在电话那头这么问候我："嗯，我的爱人过得还好吗？"她管我叫她的爱人，而这时她的丈夫正拿着另一个分机话筒在听！她从来没有想过，如果我是她的爱人，那他又算什么，和她一起生活的蠢

---

① Kugel，一种犹太甜布丁或咸派。
② Grieben，一种用烤脆的鹅皮做的小点心。
③ Ruggelech，一种新月形犹太烤饼。
④ Jose Iturbi（1895—1980），西班牙指挥家、钢琴家。
⑤ Screen memory，心理学术语，指回忆一段与事件有关却不那么重要的细节，以"取代"防卫机制为保护主体不被十分重要但想起时会感觉非常痛苦的细节所伤害。

货吗？不，这些人的用意大可不必深究——她们当年说的那些话都是无心的！

尼姆金太太在我们家厨房里哭着说："为什么？为什么？他为什么对我们做出这种事？"听见了吗？不是我们可能对他做了什么，哦，不，根本不是那样——是他为什么对我们做出这种事？对我们！谁让我们付出巨大代价，让他过得幸福，让他成为知名的钢琴演奏家！说真的，他们竟然看不出来？这个世界上竟然有如此愚蠢的人？你相信吗？他们该有的东西都有：脑袋、脊髓、四个放耳朵和眼睛的窟窿——装备齐全，尼姆金太太，简直就像一台彩色电视那样令人印象深刻——，却仍过着对自己以外的人的情感和渴求一无所知的日子？尼姆金太太，你这垃圾，我记得你，我那时只有六岁，但是我记得你，是什么害死了你那宝贝罗纳德，断送了那位未来的钢琴演奏家的前程？答案显而易见：就是你该死的自私和愚蠢！"我们让他去上那些课——"尼姆金太太哭泣道……噢，你看我，你看，我为什么要这样继续下去？或许她是出于好意，她当然必须是出于好意——在这悲哀的时刻，对那些头脑简单的人我能指望什么呢？只因为置身于这样的不幸中，她不知道该说点别的什么，她才会说到那可怕的事情，说什么他们让那如今已经成了尸体的"他"上那些课。毕竟这群犹太女人，她们是什么人？把我们拉扯大的人。在卡拉布里亚①的教堂里，你看到和她们一样受苦受难的女人像石头般坐着，吞下所有那些天主教可怕的胡言乱语；在加尔各答，她们在街上乞讨，或者如果幸运的话，则在尘土飞扬的田野上拖犁耕地……戈尔登拉比，只有在美国，这些乡巴佬，我们的母亲们，在六十岁的年纪染了一头白金色发，穿着七分裤和貂皮披肩在佛罗里达的科林斯大道上走来走去——对太阳底下任何话题都抱有五花八门的观点。天生爱说话并不是她们的错——瞧，如果母牛能够说话，它们也会说一些蠢话吧。对啦，对啦，说不定这是个办法：把她们想作一群天生就有嚼舌根、打麻将本领的母牛不就得了。为什么不厚道一点儿去想事情呢，对吧，医生？

关于罗纳德·尼姆金自杀的细节，我欣赏的一点是：即使这位英年早逝的钢琴家都已经在莲蓬头上荡来荡去了，他还事先别了张便条在短袖衬衫上，我对罗纳德印象最深的一点是：这个又瘦又高的少年是个紧张症患者，穿着尺寸过大的运动短衫独自在人间浮游，浆过的翻领和熨过的衣背那么挺括，看上去似乎可以挡下子弹……而罗纳德本人双臂紧贴着脊骨，如果你摸他，他就可能会开始发出哼哼声……当然，还有那些手指，那些修长、白皙而怪异的手指，视线顺着至少七个指关节而上，就会看到被啃

---

① Carabria，意大利南部大区，是最古老的地中海文明发源地。

得整整齐齐的指甲。那是贝拉·鲁格西①的手，我母亲会这么对我说，然后告诉我——告诉我，因为她对这事只字不提，只字不提！——告诉我那是"一双天生的钢琴家的手"。

钢琴家！噢，那就是她们喜爱的词儿之一，喜爱程度和医生这个词不相上下，医生。还有宅邸。还有她们最喜欢的他自己的公司。他在利文斯顿开了一家自己的公司。她会问："你还记得西摩傻瓜吗，亚历克斯？"或是阿伦笨蛋，或者霍华德巨蟒，或是某位我在二十五年前理应认识的呆头鹅小学同学，总之是我一点儿印象也没有的人。"嘿，今天我在大街上碰见他母亲了，她告诉我西摩现在成了整个西半球最了不起的脑外科医生。他在利文斯顿有六栋错层的牧场式住宅，都用散石砌成，且是十一间犹太会堂的委员，那些房子都是全新的，由马克·库戈尔设计。去年他带着妻子和两个小女儿——她们长得真漂亮，还都和大都会唱片公司签了合约，头脑又聪明，以后一定会上大学——他带着全家去欧洲旅游，花了八千万美元，走了七千个国家，有些地方你连听都没听过。他们为了向西摩表示敬意而成立了那些国家。还有，他西摩是这么一个大人物，因此他们造访某座欧洲城市时，当地的市长都会亲自邀请他稍作停留，然后马上为他盖座医

---

① Bela Lugosi（1882—1956），匈牙利演员，以演出吸血鬼德古拉而出名。

院，在那间医院为他展示一个难如登天的脑部手术，还有——你听听这个吧——在手术期间，他们让整间手术室沉浸在《出埃及记》主题曲的乐声之中，这样大家就都知道他信什么教了。你的朋友西摩现在多么了不起！他让他的父母多么高兴！"

言外之意是，那你呢，什么时候你才能结婚呢？在纽瓦克和纽瓦克周围的郊区，这显然是每一个人嘴边的问题：亚历山大·波特诺伊什么时候才能不再那么自私，给他的父母（他们都是那么好的人）生几个孙子孙女？"好啦，"我父亲说道，这时眼泪涌上了他的眼眶，"好啦，"每次我见到他时他都会问，"现在有认真交往的女孩子吗，大人物？请原谅我这么问，我只不过是你的父亲，既然我不会长生不死，又要以防你忘记传宗接代，我在想你是不是可以跟我分享一下这个秘密。"

是的，亚历克斯·波，你该感到羞耻，你是这个毕业班里唯一还没让自己的爸爸妈妈当上爷爷奶奶的家伙。别的人，人人都娶了出色的犹太姑娘，并且有了孩子、买了房子，而且（用我父亲的话说）落地生根，当所有别人的儿子陆陆续续传宗接代时，他一直在干的事情却是——追着女人的那玩意儿到处跑。而且是异族女人的那玩意儿，好去寻求快感！追寻它，嗅闻它，舔舐它，干它，但首要的是，想着它。没日没夜，无论在工作还是在大街上闲晃——三十三岁的人了，却依然瞪着一双突出的眼睛在大街上游荡。照他在午饭时间穿行曼哈顿主干道的样子来看，他居然没被任何一辆出租车撞翻在地、碾轧成肉酱，真是奇迹。三十三岁了，他依然对地铁里每一个在对面跷腿而坐的姑娘挤眉弄眼，做着白日梦！他依然在咒骂自己，因为没向那对单独和他一起乘了二十五层楼电梯的饱满乳房说上一字半句而咒骂自己！然后，又会因为自己对另一个姑娘说起话来滔滔不绝，而再次痛骂自己！这个原因是，他会在大街上拦住那些面目姣好的姑娘，并因此而出了名，而且自从他在晨间节目露脸以来，他的面孔对于部分具有文化涵养的公众已非全然陌生了——尽管有这些事实，他还是可能在去他现任情人家吃饭的路上干出这样的事情——众所周知，有那么一两次，他会低声问对方："嘿，你愿意和我一起回家吗？"而对方当然会说："不愿意。"她当然会尖叫："你给我从这儿滚开，滚！"或者就简短地交代几句："谢谢，不过我自己就有一个很好的家庭，家里还有我丈夫。"他都对自己干了些什么啊，这个傻瓜！这个白痴！这个贼头贼脑的男孩！这个色鬼！他就是不会——也不要——控制他阴茎里的欲火，他脑袋中的胀热，那欲望在他体内烧着无尽的柴薪，为了一个新的、狂野的、想象不到的，还有——要是你能想象出这么一种东西——梦想不到的东西。他活在女阴的世界里，这种状态就像他十五岁那年，如果不用他的三孔笔记本遮住自己勃起的阴茎就无法从座位上起身一样，既没有消退也没有任何明显的改善。他看见的每一个女孩都变成（可别吓到了）那夹在两腿之间的——真实的女阴。惊人吧！令人大跌眼镜了吧！这荒唐的念头挥之不去，因此，当你看着一个女孩，你看着的是这个人身上保证会有的——女阴！她们都有啊！就在她们的衣服底下！还有，医生——法官大人——我该怎么称呼您，这个可怜的混账东西得到多少好处都没有什么不同，因为就在他将今天的份朝那个洞射出的同时，他也在向往着明天的洞了！

　　我夸张了吗？这是聪明地炫耀自己的唯一方式吗？也许我在吹牛也说不定？我真的体验过这种不安，这种欲求，将它视为一种痛苦抑或一种成就？还是二者都有？可能吧。或者那只是一种逃避的手段？瞧，至少我不会有这种想法，觉得自己三十出头就被禁锢在婚姻里，却对对方的身体提不起一点真正的兴趣；至少我不必每天晚上和某个女人同床共枕、和她做爱，大体上是出于义务而不是出于欲望。我的意思是，有些人的床上时光遭受着噩梦般绝望的折磨……另一方面，即便是我也必须承认，从某种观点来看，我的处境可能也有点令人沮丧。当然，人是无法拥有一切的，我大概是这样理解——但是我更愿意面对的问题是：我有什么吗？我还要和这些女人进行多久这样的实验？我还要尝试多少次——首先是这个洞，然后当我腻了，就换成那个洞……就这么下去。什么时候是个头儿？不过为什么它应该有个头儿！为了取悦一位父亲、一位母亲？为了遵守规范？到底为什么在身为曾在多年前被人体面地称为单身汉这点上，我就得采取这般防御的姿态？说白了，这不就是那个吗，你知道的——单身行为。这样何罪之有？性解放么？在今天、在这个时代？为什么我就应该向中产阶级低头？我要求他们向我低头了吗？也许我已经沾染了波希米亚人的一些陋习——这有那么可怕吗？我的欲望又伤害了谁？我没有用武力胁迫那些女士，我没有用言语纠缠她们，将她们哄上床。也许我可以这么说，我是个诚实而富有同情心的男人；让我告诉你，我是一个普普通通的男人……但是我为什么必须自我解释呢！为自己辩解！为什么我必须以我的诚实和同情心来证明自己欲望的正当性！我有欲求——只不过它们是无穷无尽的，无穷无尽！而这，从精神分析的角度来剖析，可能并非什么幸事……不过潜意识所能做的，弗洛伊德这样告诉我们，就是需求。以及需求！还是需求！噢，弗洛伊德，我感同身受啊！这位有着绝妙的屁股，但是她话太多了。从另一方面来说，那位一句话也不说——至少她没有那么爱故弄玄虚——但是，好家伙，她的嘴巴真有一套！这位甜美女孩，她有着最柔软、最粉红、最动人的乳头，不过她不愿意配合我。很奇怪吧？不过——没人懂这其中的道理——当我恰到好处地运用我的食指时，她又感到多么快乐。多么神奇啊！这些孔穴、通道带来的无限魅力！你懂吗，我就是停不下来！无法把我自己和哪一个人绑在一起。我的恋情有的延续一年，有的一年半，月复一月的爱情，有温存也有挑逗，但是最终——像无可避免的死亡一样——随着时间的流逝，欲望也逐渐消退。最终，我就是无法迈出走向婚姻的那一步。但是我为什么应该那样呢？为什么？法律有规定亚历克斯·波特诺伊必须成为某人的丈夫和父亲吗？医生，她们可能会站在窗台上，威胁说自己要朝下面的马路上摔个粉身碎骨、血溅四方，她们可能会把速可眠安眠药直堆到天花板上——到最后，我可能一连几个星期不得不活在恐惧之中，生怕那些一心要结婚的姑娘投身于地铁铁轨，但我就是不能，我就是不要签下那张使自己在余生只能和一个女人睡觉的契约。想象一下吧：假若我和有着诸如可爱乳房之类的某甲结婚了，那么当有着更可爱双峰的某乙出现时，我该怎么办？或者某丙出现了：她知道怎样以一种我从来没有体验过的特殊姿势摇晃她的屁股；或者某丁，某戊，某己呢？我在努力对您坦诚，医生——因为一旦牵扯到性，人类的想象力便会无限奔放，无远弗届！乳房和阴户和腿和双唇和嘴和舌头和屁眼！我怎么能为了一个姑娘——即使这姑娘曾经如此可口如此撩人，但是终有一天，我将无可避免地觉得她就像条面包一样司空见惯——放弃一座我尚未造访的森林？为了爱么？什么爱？将我们认识的那一对对夫妻捆绑、束缚在一起的——那些夫妻甚至讨厌让自己被捆绑——就是这玩意儿吗？难道它不更接近软弱吗？更准确地说，难道它不是某种便利、冷漠、愧疚？更准确地说，难道它不是某种恐惧、疲惫、惯性，某种平淡又普通的怯懦，而远不及那些婚姻顾问、词曲作家和精神治疗师理想中"爱情"的模样？够了，让我们不要彼此再扯什么"爱情"和它的持久了。所以，我才要问：明明自己心里清楚得很，我在五年、六年、七年以后，就会溜到大街上去，追求新欢，我又怎么能和我所"爱"的人结婚呢——我那位忠心的妻子已经给了我一个美好的家以及美好的其他，却得勇敢地承受孤独和被抛弃的命运吗？我要如何面对她可怕的眼泪？我没有办法。我要怎么面对我那惹人怜爱的孩子们？然后，还有离婚，对吧？孩子的抚养。抚养费。探视权。多么妙的前景，真是绝妙。至于哪个因为我不愿意无视未来而自寻短见的女人，要死要活都是她自己的事儿——她活该如此！只因为我明智到足以预见未来的挫败和相互责难就闹自杀，这肯定是毫无必要也毫无道理的举动……宝贝，请不要像那样哭嚎，请不要那样——人家会以为你要被勒死了。噢，宝贝（我听见我恳求着，去年是，今年也是，人生中的每一年都是！），你不会有事的，真的，你会真正好起来的；你会没事的，你会变得时髦漂亮，会过得比现在更好，所以请你回到房间里吧贱女人，放我走吧！"你！你和你肮脏的家伙！"那位最近感到绝望的未来新娘（自封的）这么喊道。我这位身材瘦长又有点疯癫的奇葩朋友，曾几何时，她拍内衣广告赚的时薪和她的文盲父亲在西弗吉尼亚磷坑里挖一个星期的工钱一样多："我还以为你出类拔萃，你这个吃软饭的小白脸，你这个无赖！"这位完全误解了我的美丽女士叫"猴子"。刚遇到我时，因为有过一些性事方面还算变态的行为——后来更变本加厉——她才得了这么个绰号。医生，我从来没有和她这样的人交往过，我青春期最淫荡的幻想因为她而实现了——但是，和她结婚？她是认真的吗？你从她的梳妆打扮和香水味就可以看出她对自己不大看得起，而同时——我跟她之间最大的问题就出在这——却很荒唐地把我看得很高。而与此同时，又很看不起我！她是一只困惑的猴子，而且，恐怕还是只不大聪明的猴子。"一个知识分子！"她尖叫道，"一个有文化、注重精神层面的人！你这个卑鄙、勃起的可怜虫，比起我来，哈莱姆的黑鬼更能引起你的兴趣，那些人你甚至连认都不认识，可我却整整吸了你一年！"她思绪混乱，伤心欲绝，失去了理智。这些话从我们在雅典下榻的旅店房间阳台扑向我，当时我站在门口，手里提着行李箱恳求她，请她回到房间里，好让我去赶一班能带我离开这个地方的飞机。然后，那抹满了橄榄油、蓄着小胡子的小个头经理，怒气冲冲却不乏体面地跑上楼，双臂在半空中挥舞。于是，我深深地呼吸了口气，说："听着，你要跳就跳吧！"说完，我走出去——我听见的最后几个字与这个事实有关：正是出于对我的爱（"爱！"她尖叫着），她才让自己做尽丢脸的事。以上是我逐字引述她所说的话。

但实际的情况并不是这样，医生！根本不是这样！真正的情况应该是这狡猾的贱女人一心要打击我，让我愧疚得无以复加——这样好给她自己弄到一个丈夫。因为二十九岁的她，成天盼望的就是这个，你知道。但是这并不意味着我必须照办吧，你知道的！"到九月份，你这个狗娘养的，我就要三十岁了！"完全正确，猴子，完全正确！这就是为什么要对你的期望和梦想负责的，应该是你而不是我！听清楚了吗？是你！"我要把你的事情告诉全世界，你这个冷心肠的混蛋！我要告诉他们，你是一个下流的变态，还有你让我做的那些肮脏勾当！"

这个臭婊子！我可真幸运，要是能够活着从这桩恋情中抽身——要是我真的抽身了的话！

不过，还是转到我的父母，以及我一直保持单身状态，除了令他们悲伤之外没有别的这件事上吧。妈妈、爸爸，最近我恰巧被市长任命为纽约市人类平等机会委员会的助理委员，无论从成就还是声望上看，这对你们来说显然屁都不是，虽然我知道并不尽然如此。无论什么时候，只要我的名字出现在《时代》杂志的新闻报道中，他们就会把那篇报道剪下来，拿去轰炸我们每一位尚在人世的亲戚。我父亲一半的退休金都花在了邮费上，而我母亲连续好几天不停地打电话，絮絮叨叨地重复着她的亚历克斯的成就，一边靠静脉注射补充体力。事实上，这就是他们一贯的作风：我事业有成，天资聪颖，我的名字上了报，现在成了那位迷人的新市长的同事，立身于真理和正义一方，对抗搜刮敛财的恶房东、顽固分子和欺诈鼠辈（"以促进平等待遇，防止歧视，促进相互理解和尊重"——正如市议会所颁布的法令，这就是我们委员会的人道主义重心）……这些都让他们念兹在兹。但是，尽管如此——你明白我的意思吧——还不够完美。

你相信吗，太阳底下竟然有这种事？他们曾为我牺牲的一切，曾为我付出的一切，以及他们在外面怎样吹捧我进了所有孩子梦想中的最强公关事务所（他们是这么说的），到头来，我还是不够完美。你这辈子听说过这样滑稽的事吗？我就是拒绝当个完美的人。真是个刺儿头，这孩子。

他们会来我家看我："你从哪儿弄来这么个地毯？"我父亲问道，一边做了个鬼脸，"你在二手店买的，还是什么人给你的？"

"我喜欢这块地毯。"

"你在说什么呢，"我父亲说道，"它都磨破了呀。"

我不以为然。"它是有点磨损，但是没有破。好了吧？说够了吗？"

"别这样，亚历克斯，"我母亲说道，"这地毯已经磨损得很厉害了。"

"你会在这东西上绊倒的，"我父亲说道，"然后摔坏膝盖，到时候你麻烦可就大了。"

"膝盖受伤——"我母亲意味深长地说，"可不是什么值得庆祝的事儿。"

照这个架势，他们随时会动手把这东西卷起来——他们俩都会——扔到窗户外面去。然后领我回家！

"地毯没问题。我的膝盖也没问题。"

"当你打了石膏的时候，"我母亲马上提醒我，"还打到屁股边上去的时候，我的宝贝儿子，你的膝盖问题可大了。拖着那东西到处走！多可怜呀！"

"那是我十四岁时候的事了，母亲。"

"是啊，后来石膏拆了，"我父亲说道，"那时候你的腿弯不了，我还以为你下半辈子就这么瘸了呢。我跟他说：'弯腿！弯你的腿！'我真的是一天三顿似的那么求他：'你想要永远当个瘸子吗？把你那条腿弯下去！'"

"你那膝盖真把我们吓得魂不附体。"

"但那是一九四七年的事。现在都一九六六年了，石膏都拆了快二十年了！"

至于我母亲中肯而有力的回应则是："你会明白的。有一天你会为人父母，到时候你就知道那是什么滋味了。到了那一天，你可能再也不会对你的家人嗤之以鼻了。"

刻在犹太人的镍币上的文字和每个犹太孩子身上的文字，不是"我们相信上帝"，而是"有一天你会为人父母，到时候你就知道那是什么滋味了"。

"你认为，"我的那位牙尖嘴利的父亲问道，"这会发生在我们活着的时候吗，亚历克斯？这会发生在我们进棺材前吗？不会的——他宁愿冒险用那块磨破的地毯，碰个运气！"的确是讽刺专家和逻辑大师！"——然后跌破他的脑袋！还是让我请教你点儿别的事情吧，我自立门户的儿子。如果你倒在满是血泊的地板上，有谁会知道你在这儿呢？大多数时候，在你不接电话的时候，我就猜你倒在地上，发生鬼才知道的什么事情，而谁会在你身边照顾你？万一发生了什么可怕的事情——哎哟上帝保佑——就算是给你盛碗热汤也好，又有谁会照顾你呢？"

"我可以自己照顾自己！我不像某些——"这家伙，还是不肯轻易放过他老爹，嗯？"某些成天盼着天降大祸的人！"

"你等着瞧好了，"他说道，一边伤心地点着头，"你会生病的——"接着突然之间，他发出一声愤怒的尖叫，还有对我怨恨的哀嚎！"你会变老的，到那时候你就再也不是什么自立门户的大人物了！"

"亚历克斯，亚历克斯。"我母亲也开口了，此时父亲正走到窗边去平复自己的心情，还顺势带着轻蔑的口吻对"他所住的街区"评论了一番。我为了整个纽约劳心劳力，而他还希望我搬回美丽的纽瓦克！

"妈妈，我已经三十三岁了！我是纽约市人类平等机会委员会的助理委员！我以全班第一名的成绩毕业于法律学校！记起来了吗？从小到大，我在每一个班都是拿第一名的！二十五岁的时候，我就已经当上美国国会里一个小组委员会的特别顾问了，妈妈！美国国会！如果我想要到华尔街去工作，妈妈，我就能站上华尔街的地盘！在我的专业领域里，我是一个极受尊重的人，这应该是显而易见的吧！就在此刻，妈妈，我正着手调查纽约建筑行业存在的非法歧视——也就是种族歧视！妈妈，我正试图让钢铁工会的从业者们向我透露一些他们的秘密！这就是我今天所做的事情！瞧，我还帮助解决了电视问答节目的舞弊案件，你还记得吗？"噢，我为什么要继续说下去呢？为什么要用哽咽的青春期高嗓音继续说下去呢？上帝啊，一个双亲健在的犹太男子只不过是个十五岁的小男孩，而且直到他们两腿一蹬的那天之前，永远都是！

总而言之，索菲这时握起我的手，瞪大眼睛等我气急败坏地数完我所能想到的每一项丰功伟绩、每一桩高尚行为，然后说道："但是在我们眼里，在我们眼里你依然是个孩子呀，亲爱的。"接下来就是一阵耳语，在房间里任何人不费吹灰之力便能清楚听见的有名的索菲式耳语，哦，她是那么体贴："跟他道个歉，亲他一下。你的一个吻就能改变全世界。"

我的一个吻就能改变全世界！医生！医生！我刚是说十五岁吗？对不起，我想说的是十岁！我想说的是五岁！我想说的是不满周岁！一个双亲健在的犹太男子大多数时候只是个孤立无助的婴孩！有谁来帮帮我，有没有人——快来帮帮我吧！把我从这个犹太笑话里快被溺爱而死的儿子角色中解放出来！因为这角色我演了三十三年，终于要开始变得无聊了！而且，那无聊感从大腿内侧渐渐爬上来，你知道，还掺杂了肉体上的疼痛，掺杂了一些人类受苦受难的痛感，如果我可以这么说我自己的话。而这等角色，在萨姆·利文森①的作品里是绝对找不到的！当然咯，那些人会坐在康科德的一间赌场里，女人们披着貂皮，男人们穿着荧光熠熠的西服。他们笑得可真开心，一个个仰天大笑，笑，

---

① Sam Levenson（1911—1980），美国幽默作家、电视主持人、记者。

笑——"救命啊，救命啊，我那医生儿子要淹死了！"——哈哈哈，哈哈哈。但是，痛苦呢？迈伦·科恩[1]！那个真的快要淹死的小伙子究竟会怎么样！他真的快被他父母没日没夜袭来的关怀浪潮所淹没！迈伦·科恩，他——这个人就是我呀——会怎么样！医生，求求你，如果这世界上所有的意义和重量都是哪个庸俗的夜总会小丑或是某位——某位黑色幽默家所赋予的，我真的无法容忍自己存活于世。因为那些黑色幽默家就是——还用说吗！——就是让那群人在枫丹白露大饭店里捧腹大笑的亨尼·扬曼[2]们和弥尔顿·伯利[3]们。他们凭什么？就凭凶杀和残害的故事！"救命啊，"沿着迈阿密海滩的沙滩跑着的女人喊着，"救命啊，我的医生儿子要淹死了！"哈哈，哈哈——应该是我的病人儿子吧，女士！而他要淹死了！医生，拜托把这些人都撵走，请撵走他们！令人毛骨悚然的戏剧固然有趣，但我拒绝活在这种剧情里！所以只要告诉我该怎么干，我就去干！只要告诉我该说什么，我就当着他们的面说出来！嘘，走开，索菲！滚开，杰克！现在就给我滚得远远的！

　　作为参考，我想要给你说个笑话。有三个犹太人在街上走

---

① Myron Cohen（1902—1986），美国喜剧演员、故事大王。
② Henny Youngman（1906—1998），英国出生的美国喜剧演员、小提琴手。
③ Milton Berle（1908—2002），美国喜剧演员，曾获艾美奖。

着：我母亲，我父亲，我。时间是刚过完的那个夏天，就在我快要出发去度假之前。我们已经吃了晚饭。（"你们店里有没有鱼肉？"我父亲问餐厅里的服务生。那是家高级的法国餐厅，为了显示我已经是个大人了，我才带他们到那边用餐。"是的，先生，我们有——""那好，给我来一份鱼。"我父亲说道，"还有，要保证它是热的。"）晚餐之后，我一边嚼着我的抗酸剂药片（为了缓解胃酸过多），一边走在他们中间，直到送他们上了一辆去港务局公共汽车总站的出租车为止。我父亲立刻开始说过去这五个星期我都没去看望他们的事（该话题早在餐厅，当我母亲正悄声嘱咐服务生，她的"大人物"——也就是我，诸位！——的鱼要全熟时，我俩就已经谈论过了），而现在却要出国整整一个月，那么他们到底什么时候才能见到自己的儿子呢？他们也见自己的女儿和女儿的孩子们，而且见面次数还算频繁，但也谈不上多顺利。"有那种女婿，"我父亲经常说道，"如果你对他的孩子说了会影响心理健康的事，如果我对自己的外孙女说话过于直白，他就恨不得把我送到监狱里！我不在乎他管他自己叫什么，她们是我的外孙女啊，我说到的每一句话都得经过他批准，这位审查官大人！"不对，他们的女儿现在成了费比什太太，她的几个小女儿也统统姓费比什。而他梦寐以求的小波特诺伊们在哪儿？在我的蛋蛋里。"瞧，"我声嘶力竭地喊道，"你们现在正看着我！此

126

时此刻，你们不就和我在一起吗!"但是他要从他们身边跑走了。既然他不担心被鱼刺卡到，也就没什么缰绳能把他拴住。西摩和他漂亮的妻子和他们的七千个聪明漂亮的孩子每个星期五晚上都会和笨蛋先生、笨蛋太太聚在一块。"瞧，我是个大忙人! 我公事包里满满都是等着处理的重要事项——""你得了吧，"他回答道，"你总得吃东西吧，你可以一个礼拜过来吃一顿饭，因为你总得吃东西啊好啦总之六点开饭——嗯，怎么，你不用吃饭吗?"在那个当下，马上有个声音插进来——也就是索菲——告诉他，在她还是小姑娘的时候家里的人总是吩咐她要干这干那，而这常常使她感到多么地不快与怨愤，所以我父亲坚持要我陪他们是多么不应该，她总结说："亚历山大是个大小伙子了，杰克，他有权利自己做决定，我一向都这么告诉他的。"你一向什么? 她到底在说什么啊?

　　哦，为什么还要继续? 为什么要这样跟着了魔似的? 为什么这么小题大做? 为什么不像萨姆·利文森那样有气度，对所有的过去一笑置之——对吧?

　　不过，还是让我说完。于是，他们上了出租车。"亲他一下，"我母亲耳语道，"你就要大老远飞去欧洲了。"

　　我父亲当然在偷听——这就是她降低声音的原因，如此一来，我们都会听她说话——他感到惊慌失措。每年，从九月份开始，他便老是追着我问明年八月我有什么计划。而现在，他意识到他被战胜了：我就要搭乘午夜班机飞往另一个大陆已经让他感觉够糟了，而雪上加霜的是，他对我的行程一无所知。我成功了！我办到了！

"欧洲的什么地方？欧洲有大半个地球呢——"他喊着，当时我正站在出租车外替他关上车门。

"我说了，我不知道会到哪儿。"

"你这话什么意思？你肯定知道！你'不知道'的话，自己怎么过去呢——"

"对不起，对不起——"

他一个探身，越过我母亲，朝我探过来——就在我甩上车门的时候——哦，可千万别压到他的手指头，拜托。天啊，这个父亲！这个永远都绕着我打转的父亲！我总是在清晨看见他坐在马桶上睡着，他的下巴耷拉在他的胸前，睡裤褪到他的膝盖。他五点四十五分起床，这样他就能在厕所里呆上足足一个小时，不受人打扰，怀着强烈的希望，希望假使他这么为他腹中的肠子着想，它们就会大发慈悲，就会让步，最后就会说"好了，杰克，你赢了"，然后让这个可怜的家伙费劲地拉出五六块可怜的大便。"上帝呀！"他呻吟着，当我叫醒他，好梳洗上学时，他才意识到都快七点半了，他已经在马桶上睡了一个小时。而在他的屁股下的马桶里，如果幸运的话，会有一粒弹丸大小的咖啡色阴沉屎球，大概就像从小白兔直肠里排出来的东西——而不是从一个现在得挺着一肚子大便出门、在外头奔波十二小时的男人那里。

"七点半了？你怎么不早说！"画面急速拉近，他换好衣服，戴上帽子，穿上大衣，一只手里拿着那本黑色的大收账本，囫囵吞下他焖煮过的李子干和麸糠麦片，然后抓起一大把水果干，对一般人来说，这玩意儿会让他们狂拉肚子。"说真的，我应该把手榴弹塞进我的屁眼。"他私下里悄声对我说道，这时我母亲正占着厕所，而我姐姐正在她的"房间"，也就是布满阳光的客厅，收拾打扮准备上学。"我吃下的全麦维足够推动一艘战舰了。它都堆到我的嗓子眼儿了，看在上帝的分上饶了我吧。"我因为他的话咻咻发笑，他也被自己刻薄式的幽默逗得开怀，张开嘴，用大拇指指着自己的喉咙深处，"你瞧瞧，看到它是从哪儿开始变暗了吗？那不止是变暗——原本是扁桃体的地方，现在都堆了那些李子干。还好我老早把扁桃体摘除了，不然就都满出来啦。"

"说得真好，"我母亲从厕所里喊道，"真是给孩子的金玉良言。"

"什么金玉良言？"他喊道，"这是事实。"紧接着，他一边怒气冲冲地在房子里到处乱窜着，一边号叫着："帽子呢？我要迟到了，我的帽子在哪儿？谁看见了我的帽子？"而这时我母亲走进厨房，用她那无所不包，无所不知的斯芬克司眼神看着我……等待着……没过多久，他就回到了玄关，以气急败坏却语带讨饶的口气哀求道："我的帽子在哪儿？我那顶帽子在哪儿！"直到她温柔地从她那无所不知的灵魂深处回应了他的问题："傻瓜，不就在你的头上吗。"那一瞬间他的眼神似乎变得茫然，失去了对人事所积累的所有智识和理解；他站在那儿，头脑一片空白，变成一个纯粹的物品，一个除了满腹大便再无其他的躯壳。然后，他清醒过来。对，他毕竟得打开这扇门踏入尘世，因为他已经找到了他的帽子，它不在别处就在他的脑袋上。"哦，是吗。"他说道，惊奇地伸手摸摸它，然后走出家门，上了恺撒汽车。超人走了，直到天黑才会回来。

恺撒汽车，现在该讲讲恺撒汽车的故事了。当他在战后带着我用一辆一九三九年的道奇汽车折价换了一辆新车，他是多么自豪啊。那是辆新车，刚出产，最新款，一切皆新——对于一个想要给自己的美国儿子留下深刻印象的美国老爸来说，这是一个多么绝妙的办法！还有，当那个巧舌如簧的马屁精一而再、再而三地向我们推销上千个能装在车上的配件，却被我父亲一句"不要"打发时，他那张不可置信的脸。"嗯，无论如何，我都要跟你分享我的看法。"那个一无是处的狗娘养的说道，"这台车要装上白色的轮胎钢圈，铁定比现在更拉风——你不这么认为吗，小家伙？你不希望你老爸至少买个白色钢圈吗？"至少。啊哈，你这个讨厌的混蛋，你这家伙！就那么把问题丢给我，想要把那东西塞给我老爸——你这个可怜下贱的狗崽子贼坏子！不掂量下自己，敢在我们面前耍花招——不过是个该死的恺撒-弗雷泽汽车推销员！你知道自己的处境吗，爱逞威风的杂种？"不用了，不要白色钢圈。"我父亲低声下气地嘟囔着，而我只是耸耸肩，为他没本事替我和我家人在生活中增添一些美好的东西感到难为情。

不管怎么样，不管怎么样——开着那辆既没有收音机又没有白色钢圈的恺撒汽车去上班，然后走进办公室时跟清洁工打招呼。那么，我想问，为什么他得当那个每天早上拉开办公室百叶窗的人？为什么他的工时在所有保险代理人里长得前无古人、后无来者？为了谁呢？为了我吗？哦，如果是这样，如果真是这样，如果这真是他的理由，那还真见鬼的让人无法忍受地惨。这误会也太大了吧！为了我？帮个忙，别为了我干这种事！请不要为了你的生活成为现在这个样子而到处找理由，然后就归结到亚历克斯身上！因为我不是任何人存在和消亡的方式！我拒绝在我的余生里负担这些包袱！听见我说的话了吗？我拒绝！别再觉得我要飞去千里之外的欧洲有多么超出你的理解范围，觉得你刚过完六十六岁生日，身体随时会垮，就像你每天早上读《时代》杂志那样不可避免。和他同龄的或者比他年轻的人都死了——一分钟前他们还活蹦乱跳的，下一分钟他们就咽气了；很显然，他脑子里想的是，我要飞过的是哈得孙河而不是大西洋就好了……我说，他到底在想什么？只要我在他身边，事情就不会发生了吗？我冲到他的身边，握住他的手，然后就能让他起死回生了吗？难道他真的相信我有毁灭死亡的神力？相信我就是复活和生命的象征？我的老爸，这个虔诚的教徒，却想不通这种事！

他的死。他的死亡和他的肠子。事实上我对这两者的关切并不亚于他。我每在午夜过后收到一封电报，接到一通电话，就觉得胃像洗脸盆一样空，并且大声地说——大声地说！——"他死了。"因为显然我也相信，相信我多少能把他从消亡中解救出来——我有那个能力，而且必须有那个能力！但是，我们这些人怎么会产生这种荒诞不经的念头呢，居然相信我是这么——具有神力，这么可贵，是每个生者不可或缺的必需！这些犹太父母是怎么了——因为我不是一个人在这条船上，我只是这条最大的海上运兵船里的一员……只要透过舷窗朝里看，就能看见里头我们这些伤心难过、泪眼婆娑的犹太儿子们，一个个在靠着舱壁的铺位上躺得整整齐齐，哼哼唧唧地呻吟着自己的悲哀，在波涛汹涌的愧疚之海中载浮载沉而难受得脸色铁青。因此有时候我想象我们，我和我那一起哀悼的伙伴们，那些聪明的忧郁症男孩们，就像我们的先辈们一样在三等舱里，觉得很难受，难受得要命，然后我们之中的谁开始哭喊起来，接着哭喊声此起彼伏："爸爸，你怎么就这么死了？""妈妈，你为什么要死？"当那艘大船上下颠簸着，我们互相争来争去——谁的母亲最凶悍，谁的父亲最愚蠢，我绝对不会输给你的，你个杂种，要论谁受过的屈辱、耻辱，大家还真是旗鼓相当……吃完饭以后就到厕所里吐，在卧铺上发出临终前歇斯底里的狂笑，还有哭——落下一摊悔恨之泪，哭出一池愤怒之水——在眨眼的一瞬间，一个男人的身体（有着男孩的头脑）在阳痿的怒火中起身，对着头顶的床铺猛捶，又立刻倒下去，疯狂地自责。哦，我的犹太男同胞！我满嘴脏话、满心愧疚的同志！我的知己！我的伙伴！这条操蛋的船要颠簸到什么时候才能平静下来？平静下来，让我们停止抱怨我们有多难受，走出舱，走到开阔天地里去，并且活下去！

施皮尔福格尔医生，一味地追究责任并不能缓解什么——指责依然使人痛苦，当然，当然——但是，这些犹太父母到底是怎么了，怎么了？居然能使我们这些犹太小男孩一方面认为自己是天潢贵胄，珍奇得像独角兽，是出类拔萃到无可比拟的神童和人杰，是人类救星，是完人，而另一方面却是连话都讲不清楚、能力欠缺、考虑不周、无助、自私、邪恶的毛头小子，忘恩负义的小无赖！

"欧洲的什么地方——?"当出租车驶离路边,他对着我身后大喊。

"我不知道什么地方。"我也喊回去,一边高兴地向他挥手告别。我三十三岁了,终于摆脱了我的父母!为期一个月。

"那我们要怎么知道你住在哪里?"

喜悦!纯粹的喜悦!"你们不会知道的!"

"那万一在此期间——?"

"什么万一?"我大笑道,"你们现在担心什么万一?"

"万一——?"噢,我的上帝呀,他果真从出租车的窗户喊出了那句话吗?难道他的恐惧,他的贪求,他的需要和他对我的信任是如此强烈,使他真的对着纽约的街道喊出了那句话?"万一我死了呢?"

因为这就是我所听到的,医生。在我飞往欧洲之前听到的最后几个字——还是跟猴子一起去的,他们完全不晓得这个女人的存在。"万一我死了呢?"然后我出发,到国外过我狂欢式的假期去了。

……而现在,我听见的那句话究竟是不是出自他本人之口,还有待商榷。我是因为同情他,或是因为对这件无可避免的惨事——也就是他的死亡——感到苦恼,或是出于对那件惨事的殷切期盼才听见那句话的,这都有待商榷。但这个中原因你一定明白，你毕竟是吃这口饭的。

我之前说到，关于罗纳德·尼姆金自杀的细节之中，最让我感兴趣的是别在那件宽松的约束衣——那件洗熨得干净挺括的运动衫上，留给他母亲的便条。知道上面写了什么吗？猜猜看。罗纳德最后对他妈妈说了什么？猜猜看。

> 布卢门萨尔太太来电。请带麻将牌尺过去，今晚有
> 牌局。
>
> 罗纳德

好，这番作为，也够鞠躬尽瘁，死而后已了吧？怎么样，一个乖巧的男孩，一个体贴周到、善良守礼、听话规矩的男孩，一个好到绝没有人会因为他而感到丢脸的犹太男孩，做出了这种事？说谢谢，亲爱的。说不客气，亲爱的。说对不起，亚历克斯。说对不起！道歉！可以啊，但为什么？我干了什么？嘿，我正窝在我的床底下，背对着墙，拒绝道歉，也拒绝出来承受所有后果。我拒绝！而她拿着一把扫帚赶我，试图把我这坏透了的躯壳扫到外面来。啊，我想到了格里高尔·萨姆沙！哈喽亚历克斯，拜拜弗朗茨！"你最好跟我说对不起，你，要不然等着瞧！

而且我可不是嘴巴上说说!"我当时五岁,也可能六岁,她却说得出"等着瞧""不是嘴巴上说说"这种话,就好像行刑队已经在街道上列队守候,和报社一起等待我的处决。

接着父亲上场。在度过了愉快的一天,千方百计把人寿保险推销给那些连自己是否活着都无法确定的黑人后,他回家面对的却是一个歇斯底里的妻子和一个变了形的孩子。因为我,这个有着善良灵魂的我,干了什么呀?令人无法相信,简直出人意料,反正不是踢了她一脚,就是咬了她一口。我不想听上去好像在吹嘘,但是我确信那两样儿我都干了。

"为什么?"她想要知道。她跪在地板上,好用手电筒照着我的眼睛。"你为什么要干这样的事儿?"噢,很简单,为什么罗纳德·尼姆金会放弃他的灵魂和钢琴?因为我们再也无法忍受了!因为你们这些操蛋的犹太母亲他妈的让人无法忍受!我读过弗洛伊德分析列奥纳多·达·芬奇的文章,医生,请原谅我的傲慢,但是我幻想的画面就是:这只令人窒息的大鸟在我的面孔和嘴巴前疯狂地拍打着那对翅膀,以致我甚至无法呼吸。我们想要什么,我、罗纳德和列奥纳多?让我们独自呆着!哪怕每次只有半个小时!别再割断我们的脚筋,逼我们乖!割断我们的脚筋,逼我们友善!该死的,就让我们独自呆着,让我们可以安心地拽拽我们的小鸡鸡,动动我们自私的小念头——别再将我们的手我们的屁屁我们的嘴收拾得体体面面！去他的维生素和鱼肝油！只要把我们每天的肉体还给我们！还有宽恕我们的罪过——那些从一开始就不是罪过的罪过！

"——你还这么小，就想当个踢自己母亲的人吗——？"我父亲问道……看看他那两条胳膊，看一下。我以前从来没有注意过这个男人手臂的粗细。也许他没有改装白色轮胎钢圈，也没读过高中，但是长在他身上的那对手臂可不是闹着玩的。还有，上帝呀，他可气得。但是为什么呢？你这个笨蛋，我踢她，部分原因是为了你呀！

"——人咬人比狗咬人更恶劣，你知道么？你，给我从床底下滚出来！你听见我的话没有，你对你母亲干的事儿比条狗还不如！"他的咆哮声响彻云霄，又那么有说服力，就连我那一向温顺的姐姐都跑到厨房，发出恐惧的声音，以我们现在所谓的胎儿姿势，蜷缩在冰箱和墙壁之间。在我的记忆里似乎有这幅景象——虽然我想，有人会问我，既然我还窝在床底下，我又怎么会知道厨房里发生了什么事情呢？问得好，这是非常合理的问题。

"那样咬我我可以忍受，踢我我也可以忍受"——她那把扫帚依然在毫不留情地试图把我从我的洞穴里驱赶出来——"但是一个连对不起都不肯说的孩子，我该拿他怎么办？他甚至不肯对自己的母亲说声对不起，说他永远、永远不会再干这种事，永远不会！家里出了个这么淘气的孩子，孩子他爸，我们该怎么办！"

她是在开玩笑吗？还是她是认真的？如果我真的这么不可救药，为什么她不打电话叫警察，把我送到儿童监狱了事？"亚历山大·波特诺伊，年龄五岁，你因为拒绝向你母亲说对不起，在此判处以绞刑，至死方休。"你会认为这个舔着父母的牛奶，带着他的鸭子和小船在父母的浴缸里泡澡的孩子，就是全美头号通缉犯。而那时在那间屋子里进行的游戏，实际上不过是《李尔王》的闹剧版，而扮演科迪莉亚的人就是我！在电话里，她絮絮叨叨地告诉对方她最糟糕的毛病就是做人太善良了，根本不管电话那头是谁、有没有专心听她说话。因为肯定没人在专心听，肯定没人正襟危坐，一边点头一边在自家电话本上记下这种昭然若揭、自说自话的狗屁，这一套就连学龄前的儿童都能看穿。"你知道我最糟糕的毛病是什么吗，罗丝？虽然我不愿意这么说我自己，但是我不得不说，那就是我太善良了。"这是她当时的原话，医生，就像录音带一样录在我脑海里好多年了。而且时至今日，依然令我痛苦万分！这是那些叫罗丝、索菲、戈尔迪、珀尔的女人们每天彼此之间传来传去的原话——每天！"我把我的一切都给了别人，"她叹着气承认说，"可我得到的回报却是人家的又踢又咬，我的毛病就是尽管一次次地让人家巴掌抽在脸上，我还是没办法硬下心肠。"

放屁，索菲，你试试呀，你干吗不试试呀？我们干吗不试试呢！因为要做恶人，母亲，那是真正的斗争；要做恶人，并且享受做恶人！那就是把我们这些男孩塑造成男人的东西，母亲。但是我所谓的道德良知，对我的性欲，我的自发行为，我的勇气做了什么！根本无需介意我这么努力去摆脱的一些东西——因为事实就是，我没有。我好像一张线路图，从头到尾都被压抑标记出；你可以经由那些耻辱、拘谨和恐惧的高速公路，遍历我身体的经纬。看见了吧，我也是太善良了，母亲，我道德标准高到爆——正像你一样！你见过我抽烟吗？我看上去就像贝蒂·戴维斯。如今那些年纪还不到上成年课的男孩和女孩们，像嚼薄荷糖一样抽大麻卷烟，而我却连抽个好彩牌香烟都嫌别扭。没错，我就是这么善良，妈妈。不会抽烟，几乎不喝酒，不碰毒品，不冲别人借钱，也不打牌，一撒谎就像经过赤道似的浑身冒汗。我是太常说"他妈的"没错，但是我向你保证，我能干出的越轨行为也大抵如此了。看看我曾经和猴子都干过什么吧——我放弃了她，因为害怕而逃离了她，她的两腿之间是我梦想要舔一辈子的。为什么一个小小的骚动就搞得我天翻地覆？为什么稍稍背离了可敬的常规与习俗，就会导致我的内心世界堕入地狱？我明明仇恨那些他妈的常规、习俗！我明明知道不该挑战戒律！医生，我的医生，就让我们这群犹太人渣回归本我如何！解放这个优秀犹太男孩的力比多，好吗？如果这样你要提价，那就提吧——我愿意付出任何代价！只要能把那深藏的、暗地里的快乐从表面的畏缩中解放出来就足够了！妈，妈，你到底要把我变成什么人，一个像罗纳德·尼姆金那样的行尸走肉？你从哪里得到的这种想法，认为我这辈子最了不起的成就就是乖巧听话？当个小绅士？人的欲求和渴望种类之多，而你图的偏偏是这两个！"亚历克斯——"当我们离开威夸依克饭店的时候，你说道——别误会了，我把盘子里的食物吃得精光：表扬就是表扬，来者不拒——"亚历克斯——"你对着系着夹式领带、穿着双色休闲外套、打扮齐整的我说，"你切肉的样子！你吃烤土豆没弄得到处都是的样子！我真想亲亲你，我从来没看见过这样的小绅士，大腿上还铺着小餐巾呢！"是水果蛋糕，母亲。你看到的是小小的水果蛋糕——恰恰也是这个训练计划设计出来要达到的目的。当然！当然！真正不可思议的，不是我并没有像罗纳德·尼姆金那样死掉，而是我也不像我看见的那些在星期六早上手拉着手在布卢明代尔百货公司漫步的美好少年。母亲，在纽约火岛的海滩上，到处都是那些置身在比基尼和沙滩椅之间的美好的犹太男孩；我确信，餐厅里也有些小绅士，当星期一晚上有女士到他们家来玩麻将的时候，他们也会帮太太们摆好麻将牌的。我的上帝啊！在摆了那么多年的麻将牌之后——一饼！二条！麻将！——我居然还进得了女性生殖器的世界，真令人匪夷所思。我闭上了双眼，这问题变得不那么深奥难解。我看见自己和一个上了眼妆的男人在海滩上的一间房里，那个男人名叫谢尔登。"噢，去你的，谢利，他们是你的朋友，该你去搞定蒜蓉面包。"母亲，你口中的小绅士们现在都长大了，一个个躺在淡紫色的海滩毛巾上，沉浸在强烈的自我陶醉之中。而且，哦哟我的乖乖，有人正在叫喊——冲着我叫喊！"亚历克斯？亚历山大大帝？宝贝儿，你看见我把龙蒿放在哪儿了吗？"你的小绅士，妈，他正吻着那个叫谢尔登的男人的嘴唇！因为那张嘴上的香草调味汁！"你知道我在那本《时尚》杂志里读到了什么吗？"我母亲冲我父亲说道，"有些女人是同性恋。""哦，拜托，"熊爸爸嘟囔着说道，"那是什么垃圾文章，废话连篇的——""杰克，我跟你说，是真的，不是我在瞎掰，《时尚》上面是这么写的！我去拿来给你看！""我说，他们印那种东西就是为了销量吧。"妈妈！爸爸！更厉害的还在后头呢——有些人操小鸡！有些男人操死尸！你们根本无法想象某些人会对哪个因为"觉得好棒"的事情而被判十五或二十五年有期徒刑的神经病，做出什么反应！所以如果我踢了你的腿，妈，如果我咬了你的手腕一直咬到了骨头，那得算你的福分！因为假如我也把它完全憋在心里，相信我，你到家也可能会发现一具满脸粉刺的少年的尸体，被他父亲的皮带吊着，在浴缸上空荡来荡去。更糟糕的是，这个夏天，你不用大老远跑到欧洲为儿子奔丧，而是会坐在火岛的"甲板"上用餐——你、父亲、我，还有谢尔登。而如果你还记得那盘犹太人禁食的龙虾对你的肠子造成了什么影响，那就请想象一下，吞下谢利的法式伯那西酱又忍不住吐出来，会是怎样的滋味。

所以你瞧瞧吧。

为了遮住我暴露在外的肉棒，我把我的合成纤维外套脱下来盖在大腿上，完成了一场不错的哑剧表演。我这么做完全是为了司机着想：在他身为波兰佬的压力下，我的射程充其量只能到头上的照明，而这十五年来的好记录——整洁的笔记本、好分数、一天刷两次牙以及水果没洗干净就一口不碰的好记录，便这么毁于一旦……哦哦，它在发热！啊啊，好热啊！哦老天，我想我最好脱掉身上的夹克，把它叠整齐放在大腿上……不过，我这是在干什么？我父亲曾经告诉我，一个波兰佬，不拖着他笨重的大脚跨过犹太人的尸体，他的一天就不算完满。所以我为什么要在我的死敌面前冒这种风险？如果我被抓住，会落得什么下场！

公交车驶过半条隧道时，我悄悄地拉下拉链——然后它又来了，它又突然支棱起来了，像往常那样肿胀、充斥着欲望，好像一个畸形愚蠢的大头，因为自己需索无度的愚行，而为他的父母带来不幸。

"快来打打我。"那触感平滑的怪兽对我说。"在这儿？现在？""当然，就在这儿，就现在。不然你指望什么时候再有现在这样的机会？你不知道睡在你旁边的那个姑娘是什么人吧？只要看看那个鼻子。""什么鼻子？""那就是关键——那鼻子小得仿佛不存在。看看那头秀发，好像纺车纺出来的一样。还记得你在学校学过的'亚麻'吗？那就是人类亚麻！蠢货，这可是个货真价实的麦考伊啊。一个异族女人！而且睡着了！或者也很有可能她只是在装睡。假装在睡觉，却压着声音说：'来呀，大家伙，对我干所有你想要干的下流事儿吧。'""真是这样吗？""宝贝儿——"我的大家伙低吟着，"让我列举一下她希望你动手干的那些五花八门的下流事儿吧。比如说，她想要你把她那硬起来的异族女人的小乳头握在手里。""她想吗？""她想要你用手指干她的异族女人的洞洞直到她晕过去。""哦，上帝呀。干到她晕过去！""这种机会可是千载难逢，一辈子能碰上几次呢。""啊，不过这是关键，得看我这一辈子有多长呢？这位司机的名字就叫XY染色体——如果我父亲没有说错，这些波兰佬都是公牛的直系后裔！"

但是那里硬挺挺的家伙辩论时怎么会赢呢？你知道这个著名

的谚语吗？*肉棒直挺挺，头脑埋地里！*①当肉棒高耸，脑袋就和死了没区别！确是如此！它倏地跃起，像跳过铁圈的狗一样，正好跳进我用中指、食指和拇指为这种情况而箍成的环。三个手指头循着断断续续的节奏，从下往上撸动半英寸——这在公交车上最为适用，会让（但愿如此）我的风衣起伏、移动的幅度最小。毫无疑问，这样的技巧意味着放弃那敏感的顶端，但是很多时候生活就是牺牲和自制，这是一个事实，就连性瘾者也无法视而不见。

这三指自慰法，是我专门为了在公共场合打飞机而设计的——曾经在纽瓦克市区的帝国脱衣舞俱乐部派上过用场。一个星期天的早晨——我是学斯莫尔卡的，这人是我的汤姆·索亚——我离开家到学校去，我吹着口哨，拿着棒球手套，趁着没人看见的时候（显然是不大可能发生的状况），跳上一辆空荡荡的十四路公交车，一路上蜷缩在我的座位上。你可以想象一下星期天早上脱衣舞俱乐部外面熙熙攘攘的人群。纽瓦克市区像撒哈拉沙漠一样人声俱寂，唯有帝国脱衣舞俱乐部外面挤得水泄不通，就好像一帮得了坏血病的船员急着要下船。我是疯了吗，要到那儿去？天知道我会从那些座位上染上什么病！"甭管怎么样，

①　原文为德文。

144

就进去好了，去他的病。"那个疯子对着我紧身内裤里的麦克风说道，"你难道不知道在那里面会看见什么吗？女人的洞啊。""女人的……洞？""没错，整个，热乎乎、湿淋淋、准备就绪的洞。""但是光摸一下那张票，我就会染上梅毒的。我的运动鞋底会沾上病菌，我再一路踩着它回家。哪个疯子会发狂，然后为了我皮夹里的特洛伊安全套用匕首要了我的命。要是警察来了怎么办？挥动着手枪——然后那个人跑了——子弹就打到了我身上！因为我还未成年。要是我就这么死了，或者更糟糕，被逮捕了，怎么办？我的父母会怎么办！""我说，你是想看女人的洞还是不想看？""我想看！我想看！""那里头有个妓女，小子，用她光溜溜的洞和窗帘搞。""好，我愿意冒得梅毒的危险！我愿意冒险，哪怕我的脑子被搞坏，今后的日子赔进疯人院，玩自己的尼尼。"不过，要是我的照片上了《纽瓦克晚报》怎么办！当那些警察打开灯，大喊："好呀，变态们，警察临检！"这时候闪光灯不闪了怎么办！接着我就被逮捕——我，在高中第二年就当上国际关系俱乐部主席的我！在文法学校连跳两级的我！为什么？因为一九四六年那一年，他们不让玛丽安·安德森[①]上市政大厅唱歌，所以我领导我们全班拒绝参加美国革命女儿会组织的每年一度的爱

_____

① Marian Anderson（1897—1993），美籍非裔女低音歌唱家。

国散文比赛。我那时是，现在依然是那个十二岁的男孩，因为反对偏见和仇恨的勇敢立场而受邀到纽瓦克的埃塞克斯大厦，参加产业工人联合会政治行动委员会的会议，还上台和弗兰克·金登博士握手，他是著名的专栏作家，我每天都在《帕尔马尔街官报》上读到他的文章。我怎么会考虑走进一家脱衣舞俱乐部，和那些堕落者一起去看一个六十岁的老妇假装和一大块石棉做爱，却又在埃塞克斯大厦的讲台上与弗兰克·金登博士本人握手？当政治行动委员会的全体委员为我反对美国革命女儿会而起立鼓掌，金登博士还对我说："年轻人，今天早上你将在这里见证民主的行动。"我和未来的姐夫莫蒂·费比什一起，参加过美国退伍军人委员会的会议，也在某个分部会议的场合帮身为主席的莫蒂摆放桥牌椅。我读过霍华德·法斯特写的《公民汤姆·潘恩》，我读过贝拉米的《回首前尘》、菲利普·怀利的《芬利·韦恩》。我和我姐姐以及莫蒂一起，听过英勇的红军合唱团的行军唱片。兰金、比尔博、马丁·戴斯、杰拉尔德·L. K. 史密斯和科格林神父，所有那些法西斯狗崽子都是我不共戴天的仇敌。而我却在脱衣舞俱乐部的走道的座位上把精液打到外野手的手套里——我到底在干什么？如果有暴动怎么办！如果被细菌感染怎么办！

　　没错。只不过，要是在演出结束后，那边那个巨乳女人……

如果她……在六十秒内，我（美国第一党①之敌）已经幻想着和西里尔·麦考伊（我给合唱团中看上去最浪荡的放荡女取的名字）在一间铺着雪尼尔材质床单的简陋旅馆房间里度过一个充实又堕落至极的美妙人生。在我们那光溜溜的灯泡下（"旅馆"字样的招牌灯就在我们的窗外闪着），那是怎样的生活呀。她把从德雷克买的鬼脸纸杯蛋糕（巧克力中间带白色奶油）按到我身上，然后一点一点把它们吃掉。她将原木小屋牌枫糖浆倒在我柔软而敏感的器官上，再把它舔得如新生婴儿般干净。她最喜欢的文句堪称一绝："干我吧，硬家伙，直到我昏死。"当我在浴缸里放屁的时候，她会赤身裸体地跪在瓷砖地上，向前探着身子，亲吻着那些水泡。当我在拉屎的时候她坐在我身上，并把碎巧克力曲奇那样大小的乳头塞进我嘴里，在我耳边低语着她所知道的所有猥亵字眼。她把冰块放在自己嘴里，含到她的唇舌都冰冰的，再为我舔，然后再换成含热茶！一切，我曾经想到过的一切，她也都想到，也都实践。她是有史以来最大的妓女（在纽瓦克，这个词和"可怜虫"押韵②）。而且她是我的！"哦，西里尔，我要射了，我要射了，你这个操蛋的妓女。"就这样，我成了唯一在

---

① American First Party，成立于1943年，是一个孤立主义政党，上文提到的杰拉尔德为其领导人。
② 指 whore（妓女）与 poor（可怜虫）押韵。

纽瓦克帝国脱衣舞俱乐部里，朝棒球手套的凹陷处射精的人。也许。在帝国脱衣舞俱乐部，帽子是必不可少的。在我下面的一排，一个比我大五十岁的瘾君子正在把他的弹药泄在他的帽子里。他的帽子，医生！呃，我要吐了。我想要叫出来。不要弄到你的帽子里呀，你这个肉棒，那玩意是给你戴在头上的！你现在就把它戴上，走到外面，你一边在纽瓦克市区转来转去，那玩意儿一边滴到你的前额上。你戴着那顶帽子怎么吃午饭呀！

当最后一滴那玩意儿滴进我的棒球手套时，莫大的痛苦落在了我头上。那种绝望是压倒一切的；甚至我的肉棒也感到了羞耻，不对我说一句话，不搭理我。我从脱衣舞俱乐部离开的时候，狠狠地自责着，大声地呻吟着"哦，不，不"，和一个刚刚感到自己的鞋底踩上了一堆狗屎的男人没有什么两样——是他的鞋底不是灵魂沾上了狗屎，哎，无所谓，只当是双关①好了，我不在乎，谁在乎灵魂啊……呃！恶心！射进了他的帽子里，饶了我吧真是。肉棒直挺挺，头脑埋地里！肉棒直挺挺，头脑埋地里！射进帽子，戴上脑袋！

我突然回忆起我母亲怎样教我站着撒尿！听着，这可能恰恰

---

① 英语的灵魂（soul）和鞋底（sole）发音相近。

148

是我们一直等着想要深挖出来的东西，是决定我性格的关键、导致我活在这种困境中的主因：我总是被与道德良知相排斥的欲望，和与欲望相排斥的道德良知来回拉扯。这会儿要讲的是我怎么学着像个大男人那样把尿撒进马桶里。听听吧！

　　我站着，对着一片圆形的水面，我的小家伙可爱地朝前指着，这时我妈妈坐在马桶旁边的浴缸边缘，一只手控制着浴缸的水龙头（一条涓涓细流正从那里面流出，母亲是希望我会依模画样），另一只手拨弄着我的小家伙底部。我不断重复着：鸡鸡尿尿！我猜她想说这样就会把尿从那东西的前面把出来，让我告诉你，这位女士是对的。"好好嘘嘘，贴心小宝贝儿，好好嘘嘘一次给妈咪看。"妈妈朝我唱着，然而实际上，我在那里站着，和她那拖着我命根子的手缔造出十之八九称作未来的东西！想象一下吧！这种荒唐可笑的事儿！一个男人的性格正在被锻造，一种命运正在形成……哦，也许不然……不管怎样，如果有别的男人在场的话，我是无论如何一滴尿也撒不出来的。直到今天还是这样。我的膀胱可能已经胀得像西瓜了，但在获得释放之前，就会因另一个人的出现而尿意尽失（你要我和盘托出，好吧，这就是全部实情）。这事就发生在罗马，医生，猴子和我在大街上搭识了一个低级妓女，并且领她到我们的床上。好了，总算说出来了。不过这似乎花了我一些时间。

至于公交车呀公交车，在那辆公交车上究竟是什么阻挠我把弹药射遍那条睡着了的异族女人的手臂呢——我不知道。是常识吗，你觉得？是基本的礼貌？还是如他们所言，我的理智起了作用？得了吧，有天下午我放学回家后，发现母亲不在，而冰箱里多了一大块透紫色的生肝，那时候我的理智在哪儿？我想我已经坦承从肉贩子那里买了片生肝，然后在去上成年课的路上，躲到广告牌后面干得热火朝天。这样吧，我就完全坦白好了，教皇陛下。那个——它——不是我的第一片生肝。我的第一片是在我自己家里，在下午三点半的厕所里，偷偷包覆着我阴茎的那一片，然后，在五点半被我那蒙在鼓里的可怜家人叉起来吃了。

就是这样。现在你知道了我所干过的最恶劣的事了。我干了我家人的晚餐。

除非你和猴子一样持相同看法，认为我这辈子干过的最令人发指的事就是把她扔在希腊。十恶不赦排行榜第二名：在罗马时，我带着她搞 3P。照她来看——她可真会看！——我要为这次的"三人行"负全责，因为比较起来，我生性更坚强，品行更端正。"伟大的人道主义者！"她喊道，"你的工作就是保护可怜的穷人不受房东的剥削！让我这么理解美国精神的是你！为了你，我才填了亨特大学的申请表！为了你，我才不要命地努力，不想只当个蠢得要死的泄欲工具！可现在你却这么对我，好像我除了用来打炮之外什么也不是——只是用来满足你那些变态的性癖好，而你就理所当然地做你高高在上的知识分子！然后上他妈的教育类电视节目！"

你瞧，照我们这位猴子的看法，我的任务就是把她从轻浮和荒废的深渊中拉上来，把她从堕落、疯狂和肉欲的深渊中解救出来，而我自己一辈子都徒然地想要成功地沉入其中。我应该帮助她从那些诱惑中解脱，但是这些年来，我可是挣扎着要屈服于那些诱惑之下呀！对她来说，她在床上怎么编织这种幻梦——狂热程度不亚于我——都变成了无关紧要的了。医生，我问你，是谁首先提出这个建议的？又是谁从我们相遇的那个晚上，便开始拿与另一个女人一起在我们床上欢爱的前景来诱惑谁的？相信我，我并没有试图摆脱泥淖——我是试图陷进去啊！但是我们（我和你，和她是说不通了）得把话说得清清楚楚、明明白白，这个无可救药的神经质女人，这个可怜又疯癫的乡下蠢货，哪里称得上是我的受害者？让我为了这个什么狗屁受害者低头？门儿都没有。她现在年届三十，想要结婚生孩子，想要体面地住在一栋里头有丈夫的房子里（特别是当她迷人的高薪职业生涯看来就要结束了的时候），但只因为她幻想自己遭受了迫害、被人剥夺了应得的权利、被利用了，便（从她人生的长远观点来看，甚至还可能）认定我就是罪魁祸首，要我揽下全部的责难。可并不是我使她年届三十还孑然一身。我没有把她从西弗吉尼亚的煤田带到这里来，也没有把她当成我个人的责任——而且我也没有让她和那个站街的上床！事实上，是猴子她自己，说着特时髦的意大利语，从我们租来的车里探出身去，向那个妓女解释说我们想要干什么、愿意为此付多少钱。而我只是单纯地坐在方向盘后面，一只脚踏在油门上，好像个落跑的司机……而且，请相信我，当那个妓女爬上后座时，我还是觉得不妥；而且在饭店，我们设法让她一个人从酒吧过来我们的房间时，我还是觉得不妥。不要！不要这样！

那个妓女长相不赖，属于圆滚矮胖的类型，不过二十出头，有张开朗、坦诚的大脸，和一对令人惊叹的大奶子。这些正是我们挑上她的原因，我们开着车在威尼托大街转来转去，最后从一堆展示品中挑中了她。叫丽娜的妓女脱掉了她的连衣裙，站在房间中央；她身上只留了一件"风流寡妇"的紧身胸衣，从胸衣的一端涌出那丰满的双乳，而从胸衣的另一端荡漾着过于丰满的大腿肉。我为这件胸衣和它的戏剧性效果惊讶不已，但是随后，所有的一切都让我惊讶不已。最重要的是，在谈论了那么多个月后，我们终于迈出了第一步，并且将讨论的内容都付诸实践了。

猴子穿着她的吊带衬裙走出浴室（通常这件乳白色丝质衬裙

包裹着美丽猴子的景象总是使我浑身发热），与此同时，我也脱掉了我的所有衣裳，一丝不挂地坐在床脚。一句英语也不会说的丽娜只是加剧了那种流窜在猴子和我自己之间起伏消长着的欲念，一种克制的虐待狂情愫。我们能够彼此沟通，交流秘密的想法和计划，而那个妓女却全然无知——正如她和猴子用意大利语低声交谈、构思着什么我不知道的秘密……丽娜先开口，然后猴子帮我翻译。"她说你那家伙很粗。""我敢打赌她对所有男人都是这么说的。"然后穿着内衣的两个女人站在那儿望着我——她们在等。我也在等。我的心脏怦怦直跳。总得有人迈出这一步，两个女人或是我……那么，现在是什么情况？你瞧，我还在对着自己说不要这样！

"她想要知道，"在丽娜说了两次之后，猴子说道，"这位先生希望她怎么开始。""这位先生，"我回答说，"希望由她先开始……"噢，多么机智的回答，一派事不关己的漠然。然而，脱得精光的我和我勃起的肉棒无所遁形，只是一动不动地呆在原处。最后，是猴子使我们的欲望化为了行动。她走到丽娜身后，比丽娜高的她（哦，上帝呀，难道有她还不够吗？难道她真的还不够满足我的需求吗？我是有几根肉棒啊？）把手放在了那个妓女的两条大腿之间。我们在事前早就想象过所有可能发生的情况，在离现在好几个月以前就讨论过所有向往的细节，不过当我看见猴子向上爬的中指被丽娜的洞给吞没时，我还是惊得目瞪口呆。

而我后来进入的那种状态，只能用忙到起飞来形容。老天，我那个忙得来！我的意思是，要干的事儿太多了。你来这儿，我到那儿——好了，现在你到这儿来我要到那儿去——好，现在她就那样躺着，而我朝这个方向，然后你往我这里转半圈……我们就这样进行着，医生，直到我第三次，也是当晚最后一次高潮为止。彼时猴子仰躺在床上，我的屁股正对着天花板上的枝形吊灯（以及摄像机啊，那一瞬间我想到了这个），夹在我们中间、把她的乳头喂进我的猴子嘴里的，则是我们的那个妓女。至于我把我最后的存货放在哪个洞、什么样的洞，只能凭猜了。可能在最后结束的时候，我操的是某种潮湿而散发着浓烈气味的组成物，是湿淋淋的意大利耻毛，油腻腻的美国屁股，和绝对恶臭的床单。随后我站起来，走进浴室，接着——所有人都会很庆幸知道这一点——我把我的晚餐全部吐了出来。我的肠子，母亲——把食物统统呕进了马桶。真是个好孩子，对吗？

当我从浴室出来的时候，猴子和丽娜在彼此的怀抱中睡着了。

在丽娜穿好衣服离开之后，猴子立刻感伤地哭泣起来，并且对我发出控诉和谴责。我已经使她堕入邪恶。"我？是你把手指插进去的，让这一切开始的！是你亲了她的下面——！""那是因为，"她尖叫道，"如果我真要做这件事，我就会认真去做！但是那并不意味着我想要做！"然后，医生，她开始嫌弃我对待丽娜那对奶子的方式，说我如何玩那对奶子玩得不够。"你整天想的就是奶子！别人的奶子！我的就是这么小，而世界上其他所有人的奶子在你眼里都是那么大——现在你终于搞到一对硕大的奶子，而你干了什么呢？什么也没干！""说什么也没干也太夸张了，猴子，我又不能一直把你挤一边儿去——""我不是同性恋！你敢说我是同性恋试试！因为如果我真是的话，那也是你一手造成的！""哦，上帝啊，别这样——！""我偏要！我干那事儿还不是为了你，而你现在却为这件事而恨我！""那么我们将再也不要为了我去干那种事了，行了吧？如果这就是干那种事的荒唐结局，我们不干也罢！"

不过，第二天晚上吃晚饭的时候，我们把彼此都搞得气鼓鼓的，就好像在我们刚开始恋爱的那段日子。猴子会一度离席到拉涅利饭店的女洗手间里去，回来的时候手指上已沾了她下体的气味，在服务生端来主菜之前，我会把那手指抓到我的鼻子下面闻了又闻、亲了又亲。在多尼酒吧，几杯白兰地下肚之后，我们又到丽娜站街的地盘和她搭话，带她和我们一起回旅馆进行第二回合。只是这次，我自己动手帮丽娜脱了她的内衣，甚至在猴子还没从厕所回到卧室之前就爬到了丽娜的身上。如果我真要做这件事，我想，我就认真去做！全力以赴！该干什么，就干什么！干完也决不呕吐！你早就从威夸依克毕业了！你早就离新泽西十万八千里了！

当猴子走出浴室，看见这场球赛已经开始了的时候，她不大高兴。她在床边上坐下，她那对小小的乳房显得比我以往看见的更小了，她谢绝了参赛的邀请，默默地旁观着整场赛事，直到我高潮了、丽娜也假装高潮了为止。然后丽娜很殷勤地——真的，而且很温柔地——走向我这位情人两条长腿的中间，但是猴子推开了她，然后走到窗边的椅子坐了下来，绷着脸生气。于是丽娜——她不是一个对于人际关系很敏感的人——躺回到我旁边的枕头上，开始向我们讲述有关她自己的所有情况。一次又一次地堕胎令她痛苦不堪。她现在是一个孩子的母亲，一个男孩；她和那孩子住在位于罗马西北部的马里欧山上（"在一栋漂亮的新大楼里——"猴子翻译道）。不幸的是，以她的处境，抚养一个孩子已经很吃力了——"虽然她很爱孩子"——所以她只能不停地光顾堕胎诊所。杀精灌洗器似乎是她唯一的预防手段，但又不大可靠。我无法相信她竟然从来没有听说过子宫帽或者避孕药。我要猴子向她说明她能用到的现代避孕方法，可能稍微动动脑子就会用了。我从我这位情人那儿得到的却是一副嘲讽的神色。那个妓女听着，但是面露怀疑。这使我十分懊恼，她居然会对攸关健康的大事（在床上，她的手指正随意地拨弄着我潮湿的耻毛）无知到这种程度：去他的天主教教会，我想……

因此，那晚她离开的时候，她的手提包里不仅有我付给她的一万五千里拉，还有猴子一个月量的口服避孕药——那是我给她的。

"呵，你可真是个救世主！"丽娜走后，猴子向我喊道。

"那你要她怎么办——每隔一个礼拜怀孕一次吗？那样有什么意义？"

"我管她发生什么事情呢！"猴子用她尖刻的村妇声调说道，"她就是个妓女！而你真正想干的无非就是操她！你甚至连等我从厕所里出来都等不及了！最后竟然还把我的药给了她！"

"你这又是什么意思，嗯？你到底想要说什么？你知道吗，猴子，有一种东西在你身上永远无法显示出来，那就是思考能力。坦白地说，你会思考吗？你不会！"

"那你滚啊！反正你已经得到了你想要的东西！滚吧！"

"也许我会！"

"说到底，我对你来说也不过是另一个她！你和你那些了不起的说辞，那些了不起的狗屎神圣理念，而我在你眼睛里也不过是一个洞——一个同性恋！一个妓女！"

我们略过这场争斗吧。它无聊至极。星期天，我们从电梯里出来时，遇见了最不可能从旅馆前门走进来的人，我们这位丽娜小姐——带着她约莫七八岁大的孩子，一个由各种皱褶、天鹅绒和漆皮包裹着，用雪花石膏雕塑而成的胖嘟嘟的男孩。丽娜的头发披散着，她的黑色双眸由于刚上了教会而炯炯有神，颇有一种人们熟悉的意式感伤。真是个好看的人。甜美的人（我无法对此视而不见！）她是来展示她的小男孩的！看上去是这样没错。

她一边指着那个小男孩，一边对猴子耳语道："看起来很优雅①，对不对？"紧接着，趁那孩子被门童的制服吸引了注意力，她跟着我们走到我们的车子那，提议我们今天下午到她马里欧山的公寓去，如果我们愿意的话，可以和另一个男人玩四人行。她说，她有一个朋友——提醒你一下，我是通过我的这位翻译弄明白这些的——她确定她这位朋友，她说，会想要上这位女士。我仿佛看见眼泪从猴子的墨镜下滑落，尽管她对我说："怎么样，我要怎么跟她说？是答应还是拒绝？""拒绝，当然拒绝。无条件拒绝。"猴子和丽娜交谈了几句，然后再次转过头来对我说道："她说不会收钱，那只是为了——"

"不要！不要！"

在去阿德里安娜别墅的一路上，她一直在哭："我也想要一个孩子！还有一个家！一个丈夫！我不是同性恋！我不是妓女！"她使我想起去年春天的那个夜晚，当时我带着她到布朗克斯区参

---

① 原文为意大利文。

加我们人类平等机会委员会称之为"机会平等之夜"的活动。

"那些可怜的波多黎各人个个都在超市里被敲竹杠！你说西班牙语时，噢，我深受触动！跟我说说你们恶劣的卫生环境，说说你们那儿老鼠横行、害虫肆虐的惨况，说说你们怎么受到警察的保护！因为种族歧视是违法的！得蹲一年的监狱或缴纳五百美元的罚款！然后可怜的波多黎各人站起来喊道：'是既蹲监狱又罚款！'噢，你这个骗子，亚历克斯！你这个伪君子兼冒牌货！对着一大帮愚蠢的拉美佬满嘴跑火车，但是我知道你的真面目，亚历克斯！你逼女人和妓女上床！"

"我没有逼任何人干他们不想干的事情。"

"人类机会！还人类呢！你是多么喜欢这个词儿呀！但是你真的知道它的意思吗，你这个狗娘养的皮条客！我就来教教你它是什么意思！把车靠路边停下，亚历克斯！"

"抱歉，办不到。"

"停下！停下！因为我要下车！我要打电话！我要给约翰·林赛议员打长途，告诉他你都让我干了什么好事。"

"你他妈最好会这么做。"

"我要揭发你，亚历克斯——我要打给杰米·布雷斯林①！"

---

① Jimmy Breslin（1928—2017），美国专栏作家、小说家。

然后到了雅典，她威胁我要从阳台上跳下去，除非我和她结婚。于是，我离开了她。

异族女人！在冬天，脊髓灰质炎病毒进入冬眠期。直到学期结束，我都可以摆脱呼吸机而活下来，到欧文顿公园的湖上溜冰。在星期五天色将黑的时候，以及在星期六和星期天整个耀眼的白天里，我会跟在那些异族女人的后面，滑了一圈又一圈。她们住在欧文顿，那个镇子坐落在城市边界线的另一端，和我们安全而熟悉的犹太社区的街道和房子不在一块。我从那些母亲们挂在窗户上的窗帘款式就知道里面是不是住着她们的异族女儿。那些异教徒也会在房前的窗户上挂一块白布，上面有一颗星，以纪念他们自己和家里的男孩服役从军的经历。如果家里的儿子还活着，那颗星就会是蓝色的，如果他为国捐躯，那就会是一颗金色的星。"一位金星妈妈。"拉尔夫·爱德华兹①说道。这是他在《实话或挑战》的益智节目上，神情肃穆地介绍一位挑战者——她将在两分钟之内得到一瓶可以拿来喷洗阴部的德国气泡矿泉水，外加一台崭新的厨房用冰箱——时用的措辞……我楼上的克拉拉伯母也是一位"金星妈妈"，不过，不同之处在于——她的

① Ralph Edwards（1913—2005），美国广播及电视节目主持人、电视节目制作人。

窗户上没有金星，因为去世的儿子并没有让她感觉自豪或高尚，或其他别的情绪。恰恰相反，这件事情，用我父亲的话来说，使她终生变得"神经兮兮的"。自从海希在诺曼底登陆战中丧命以来，克拉拉伯母几乎整天躺在床上哭，掏心掏肺地哭，以至于伊基大夫有时候不得不来给她打一针，好使她的那种歇斯底里状态得以缓解……但是那些窗帘——绣上花边或与众不同的式样"花哨"的窗帘，都被我母亲嘲笑为"异教徒的品位"。在圣诞节期间，当我不上学并且能够跑出家门，在夜晚的灯光下溜冰的时候，我看见在那些异教徒的窗帘后面，有圣诞树在闪烁。在我们的街区——上帝保佑——或者在莱斯利街、施莱街，甚至在费比恩广场，看不见一个异教徒。但是当我接近欧文顿区的时候，这儿有一个异教徒，那儿有一个异教徒，而另一边又有一个——一眼望去，简直让人不寒而栗。不仅每一家的客厅里都有一棵圣诞树在发着光，就连房子外也都被彩色的灯泡所环绕，宣告着基督教的精神；《平安夜》的音符随着无数留声机的播放飘散到大街小巷，就好像——好像什么呢？——那才是国歌。在一家家白雪皑皑的草坪上，竖起了一个个展现耶稣在马槽里降生场景的雕刻小模型——真够让人恶心的了。他们怎么能相信这种狗屁呢？小孩子也就算了，连大人也站在积雪的草坪周围，微笑着俯视名为马利亚、约瑟和小耶稣的六英寸木头小人——啊，还有小母牛和小马的雕像，也在微笑！上帝呀！犹太人的愚蠢是年度愚蠢，而非犹太人的愚蠢倒在这些假期里发扬光大了！多了不起的国家呀！我们这些人都是半个疯子，又有什么好大惊小怪的！

但是这些异族女人，啊，这些异族女人就得另当别论了。在那闷热的船库里，在那潮湿的锯末味儿和羊毛味儿中间，看着从她们的围巾和帽子里流泻而出的清新、冰冷的金发，我简直心醉神迷。置身在面孔红扑扑、咯咯嬉笑的少女们当中，我用虚弱无力的颤抖的手指系好我的冰鞋，然后溜到外面的寒冷之中，随着她们移动而移动。我踮起脚尖走下木桥，跟着那群让人怦然心动的少女，来到冰面上——有如花束般的异族女人，由异教徒少女编织而成的花环啊。我敬畏她们，在这种状态下，勃起当然也无法传达我对她们的爱欲。我那根行过割礼的肉棒单纯因为崇拜而皱缩起来。可能它被吓坏了。她们怎么会长得这么漂亮，这么健美，这么耀眼？我再怎么藐视她们的信仰，比起我对她们的长相、她们举手投足之间那些大笑、说话的样子——在那些异教徒窗帘后面形形色色的生活——的倾慕，我的藐视根本无足挂齿！也许这就是异族女人引以为傲的地方，或者该称其为一种异族女人的骄傲？因为她们就是这样的姑娘，她们有魅力十足、个性温和、有自信、爱干净、动作敏捷的哥哥，哥哥们是西北大学或得克萨斯州基督教大学或加州大学洛杉矶分校的橄榄球队队员。她

162

们的父亲都是白发苍苍、嗓音低沉，且说话从来不用双重否定语句的男人。她们的母亲则是些面带和蔼微笑的女士，风姿绰约地说着"我确实相信，玛丽，我们在烘焙拍卖会上卖掉了三十五块蛋糕"和"不要在外面呆得太晚了，亲爱的"，她们对着她们的小郁金香们甜甜地嘱咐道。那些穿着蓬松的塔夫绸裙的小郁金香们，踏着轻盈而愉悦的脚步，和男孩们去参加中学舞会。那些男孩的名字全都出自小学读物，不是阿伦、阿诺、马文，而是强尼、比利、吉米和陶德。不是波特诺伊或平卡斯，而是史密斯、琼斯和布朗！这些人才算得上是美国人，医生——像亨利·奥尔德里奇和霍默，像了不起的吉尔德斯利夫和他的侄子勒罗伊，像克莉丝和维罗尼卡，像《和朱迪约会》里，能在珍·鲍威尔的窗户底下唱歌的"奥吉·普林戈尔"。每年圣诞节期间，"歌王"纳·京·科尔就为这些人而唱着："营火上烤着栗子，霜轻咬着你的鼻子……"营火，在我家？不，不，他说到的是他们的鼻子。不是他黑色的塌鼻子，也不是我起伏不平的长鼻子，而是那些没鼻梁的小小神童，他们的鼻孔打一出生就自动朝向北方了。而且终其一生都保持那个样子！这些人都是从涂色本走进现实生活中的孩子，是我们通过新泽西尤宁郡时，标语上说的孩子，那标语说有孩子在玩耍，小心开车，我们爱我们的孩子。这些孩子就是"住在隔壁的"女孩和男孩，总吵着要台"老爷车"，卡在那堆破铜烂铁里动弹不得，然后又及时脱困，赶上最晚的广告时间。这些孩子，他们的邻居不是西尔弗斯坦家和兰道斯家，而是费伯·麦吉和莫利，奥兹和哈里雅特，埃塞尔和阿尔伯特，洛伦佐·琼斯和他的妻子贝拉，还有杰克·阿姆斯特朗！杰克·阿姆斯特朗，这位典型的美国异教徒，是昵称为"约翰"的杰克，不是像我父亲那样的、作为"雅各"的昵称的杰克……瞧，我们一边吃着晚餐，一边听着震天响的广播节目，直到用完甜点；每天晚上，我都是看着加油站招牌发出的黄色光芒入睡的。所以不要跟我说我们跟别人没什么不同这种话，告诉我我们和他们一样，都是美国人。不，不，这些金黄色头发的基督徒才是这块土地的合法居住者和所有者，他们可以在大街上任意放送他们想听的歌曲，不会有人出来制止他们。哦，美国！美国！对于我的爷爷奶奶，它或许曾是一个遍地黄金的国度，对于我的父母，它或许曾是一个衣食无忧的乐土，只要揭开锅盖，就有鸡肉可以吃！但是对于我这样一个小孩——一个对电影的最早记忆便是安·卢瑟福德①和艾丽丝·费伊②的小孩来说，美国就是一个栖身在你臂膀下，低语着爱爱爱的异族女人！

---

① Ann Rutherford（1920—2012），出生于加拿大的好莱坞女星，曾主演《乱世佳人》等影片。
② Alice Faye（1915—1998），美国著名女星，曾主演《芝加哥大火记》《乐府沧桑》《一代歌后》等影片。

于是，当暮色降临在城市公园结冰的湖面上，我跟在一个戴着蓬蓬的红色耳套、金色长卷发随风扬起的陌生异族女人身后溜冰时，我忽然明白了渴望的意义。对于一个信犹太教的妈妈的十三岁男孩来说，这实在是超出了他能承受的程度。原谅这种奢侈的享受吧，但是我正在谈论的，可能是我人生中感受最强烈的时刻——我学会了"渴望"的意义，学会了什么叫"痛楚"。那头，那些宝贝儿正往堤岸去，她们在常绿灌木间铲出来的小径上边走边聊，所以这头的我，也跟随她们的脚步（我竟然敢这么干!）。夕阳就要没入地平线，万物都变成了紫红色（包括我的文字），我跟在她们的后面，保持着安全的距离，看着穿着冰鞋的她们穿过街道，有说有笑地走进公园旁边的小糖果店。当我忐忑不安地推开门、走进店里时——每一双眼睛都会朝我看的!——她们已经解下围巾、拉开了夹克，正在彼此光滑而又红扑扑的脸颊间高举她们的热巧克力。那些鼻子，真是玄而又玄的奥秘，一个个鼻子都被装满热巧克力和棉花糖的杯子所掩盖，而当她们放下杯子的时候，那些鼻子竟然还是干干净净的，一点儿都没有沾上饮料!上帝呀，看看她们多么肆无忌惮地享受着点心!她们太棒了!在发了狂的冲动下，我也为自己要了杯热巧克力——准备好坏了我晚饭时的胃口。我那位像跳跳玩偶一样手忙脚乱的母亲，总是在五点半就会把晚饭端上桌，好应付一进门就"饿得半死"

的父亲。然后，我跟着那些姑娘回到湖边。然后，我跟着她们绕湖而行。然后，我的快乐时光终于结束——她们回家与她们精通语法的父亲、思绪沉稳的母亲和充满自信的哥哥，在他们的异教徒窗帘后面，和乐融融地过着幸福快乐的生活，而我则动身回到纽瓦克，回到我母亲省吃俭用了好多年，才得以装上铝制百叶窗的那个家，回到令我胆战心惊的家庭生活。

由于有了那几片百叶窗，我们家的社会等级得到了多么大的提升！我母亲似乎不管三七二十一，就认为我们已经一下子跃升至上流社会。现在，为百叶窗的板条除尘除垢、拂干擦净已经成了她生活中的一大内容；在大白天，她站在百叶窗后面悉心擦拭，黄昏时分，她透过百叶窗干净的隔板向外眺望，看着路灯下纷纷扬扬的飘雪，担心的情绪开始滋生蔓延。只消几分钟，她的心情就转变成轻度的狂乱。"他现在是到哪儿了？"每当有车亮着大灯扫上外面的街道，却不是我父亲的车时，她就会如此念叨着。到哪儿了？哦，到哪儿了，我们的奥德修斯！楼上的海米伯父到家了，马路对面的兰道斯到家了，隔壁的西尔弗斯坦到家了，所有人五点四十五分前都到家了，只有我父亲除外，广播里播报说一场从北极刮来的暴风雪正直逼纽瓦克而来。这下好了，事情已经板上钉钉了，我们可以给塔克曼与法伯公司打电话安排葬礼事宜了，可以开始邀请葬礼宾客了。是的，只要路面上的冰晃眼地一闪，就足够让本该十五分钟后来吃晚饭的父亲，一头撞在电线杆上，最后倒在自己的血泊里，死了。我母亲走进了厨房，此刻她的脸简直就和埃尔·格列柯画笔下的人脸一模一样。"我的两个饿肚子的亚美尼亚人，"她用近乎沙哑的声音说道，"吃吧，先吃吧，宝贝们，开始吃吧，再等下去也没什么意义——"然而谁会无动于衷，不被她的悲哀感染呢？想到未来的岁月，她的两个年幼的孩子失去了父亲，她自己失去了丈夫和养家糊口的人，只因一场突如其来的暴风雪，偏偏挑这个可怜的男人要回家的时候开始肆虐。

与此同时，我在想，父亲的去世会不会意味着我不得不在放学后和星期六出去打工，因而不得不放弃在欧文顿公园的溜冰——再也不能和那些异族女人一起溜冰，而我和她们任何一个连一句话都没有说过。我害怕张开嘴巴，因为我害怕张开嘴巴后，什么话都说不出来，或者说错话。"波特诺伊（Portnoy），没错，这是个古老的法国名字，是 porte noire 的讹误，意思是黑色的门或大门。很显然在中世纪的法国，我们家族领地的门被人漆成了……"等等，诸如此类的话。不，不，她们听到后面，会听出 oy 的发音，一切就都会完蛋。那么，就艾尔·波特好了，艾尔·帕森斯怎么样！"你好，麦考伊小姐，一起溜怎么样，我叫艾尔·帕森斯——"不过艾伦听起来，不就跟"亚历山大"一样，像犹太人或者外国人的名字吗？我知道有个人叫艾伦·拉德，但我的朋友艾伦·鲁宾也是一个"艾伦"，他是我们学校垒球队的游击手。再接下来，她会听见我是来自威夸依克的。哦，不管怎样，这些都不算什么吧。我可以谎报我的名字，可以编自己读什么学校，但是对我脸上这个操蛋的鼻子我又能编出什么瞎话呢？"你看起来像个好人，波特-诺瓦先生，但是为什么你要遮住脸中间呢？"因为它突然飞走了，我中间的脸！因为小时候那个惹得众人朝着我的婴儿车里看的可爱小东西不见了，看呀，看呀，我的中间的脸正投入上帝的怀抱！波特-诺瓦和帕森斯个鬼，小子，犹—太—人三个字就写在你那张脸的中间。拜托，看看他脸上那个大鼻子吧！那已经不是鼻子了，是消防管吧！把它拧下来吧，犹太小子！你给我滚出冰场，你给我离这些姑娘远一点！

一点不错。在我把脑袋俯向餐桌，用铅笔在我父亲公司信纸上勾勒出我侧脸的线条时，我发现我的样子太可怕了。这种事情怎么会发生在我身上呢，母亲，当年在婴儿车里的我明明曾经那么漂亮呀！这张脸的最高处直指天穹，然而同时，那软骨蓦地往下断去，开始向我嘴巴方向折去。再过两三年，我甚至连饭都吃不了了，这玩意儿会直接挡了食物的道儿！不！不！不会那样的！我走进浴室，站在镜子前面，用两根手指把鼻孔向上提。从侧面看，那副样子还不算太坏，但是从正面看，原本是我上嘴唇的地方，现在露出了牙齿和牙龈。好个异教徒。看上去活像兔八哥！我把从洗衣店送洗回来、撑在衬衣里的纸板剪成一条条的，再用透明胶带把它粘在我鼻子的两边，这样就恢复了我整个童年时代得以向人炫耀的鼻子弧线，那美丽又高耸的弧线啊……然而现在，它却消失得无影无踪！实际上，我发现脸上这个鹰钩鼻，就是在我发现那些异族女人在欧文顿公园溜冰的那天，才抽生出来的吧。似乎我的鼻骨已经挑起了充当我父母的代理人的重担！想和那些异族女人一起溜冰？你试试看吧，自以为聪明的家伙。记得木偶匹诺曹的故事吧？这个嘛，跟即将发生在你身上的事情相比，那实在是小巫见大巫了。她们会大笑不止，哈哈大笑，歇斯底里地笑个不停——还有更糟的，她们会叫你戈德堡①，最后让你滚蛋，叫你气得发疯、恨得咬牙。不然你以为她们成天嘻嘻哈哈的在笑什么？就是你啊！就是你这个瘦骨伶仃的小犹太佬，每天下午都拖着个大鼻子屁颠屁颠地跟着她们在冰上打转的小犹太佬呀！还是个哑巴！"我请你不要再拨弄你的鼻子了，好不好？"我母亲说道，"亚历克斯，我对那里面在长什么东西不感兴趣，现在是吃饭时

① Goldberg，一种设计过度复杂的机械。

169

间。""可是，它长得太大了。""什么？什么东西太大了？"我父亲问道。"我的鼻子！"我尖叫着。"哦，那是你的特色呀。"我母亲说道，"就由着它去吧！"

但是谁想要什么特色呀？我想要的是西里尔·麦考伊！那位穿着她的蓝色风雪大衣、戴着红色护耳和白色大手套的美国小姐！还穿着冰鞋！她家里的槲寄生和圣诞李子布丁（我管那是什么鬼东西），还有她们全家住的那栋带栅栏有楼梯的房子，她性格沉稳、有耐心又威严的父母，以及知道如何拆解汽车零件的哥哥比利，他把"万分感谢"挂在嘴边，也不畏惧任何身体上的事儿……噢，还有她和我一起窝在沙发上的样子，她身上穿着安哥拉兔毛毛衣，双腿蜷缩在她的格子短裙下面。还有她走到玄关时，转过身对我说的那句："今天晚上我过得非常、非常愉快，万分感谢。"接下来，这么一位令人惊叹的尤物——从以前到现在，从没有人对她说过"住嘴！"或者"我就等着你的孩子终有一天会这么回报你！"——这个十足完美，拥有卡仕达酱般光滑、闪亮皮肤的全然陌生人，会踮起她线条优美的小腿亲吻我，而我的鼻子、我的姓名会变得无关紧要。

瞧，我要的不多——我只是弄不明白，为什么我就应该比诸如奥吉·普林戈尔或亨利·奥尔德里奇这样的傻瓜从生活中得到的要少。我也想得到珍·鲍威尔的爱啊，妈的！还有克莉丝和维罗尼卡。我也想要成为黛比·雷诺兹①的男朋友——我体内的艾迪·费舍尔②挣脱出来，我们这些皮肤黝黑的犹太男孩，对于那些金发碧眼的被我们称为异族女人的渴望越来越强烈……只是在这些狂热的岁月里，我尚未体会到的就是，对于每一个渴望着黛比的艾迪来说，黛比也渴望着自己的艾迪。每一位玛丽莲·梦露都渴望着属于自己的阿瑟·米勒。就连艾丽丝·费伊也在渴望着她的菲尔·哈里斯。③ 就连简·曼斯菲尔德④在一场突如其来的车祸中丧命时，她也快要成为谁的新娘了，记得吗？谁想得到，你知道吧，谁想得到在我们看《玉女神驹》⑤时，那个了不起的紫色眼睛的姑娘，她拥有超群的异族女人的天赋、勇气，有爬上马背、骑着马到四处奔腾（与那些用马拉车的旧货贩子截然不同）的技能，这个穿着马裤、咬字清晰的姑娘，一跨上马背，内心也会像我们对她那一类的女孩激起情欲一样，澎湃着对我们这种人的欲望？因为你知道迈克尔·托德⑥是个什么货色，他只是

---

① Debbie Reynolds（1932—2016），美国电影演员、歌手、舞蹈家，曾主演电影《雨中曲》。
② Eddie Fisher（1928—2010），美国歌手。出身于俄罗斯犹太移民家庭，一生娶过五位妻子，其中最有名的便是伊丽莎白·泰勒。
③ 艾丽丝·费伊与第一任丈夫离婚后，便与戏剧上的搭档菲尔·哈里斯（Phil Harris，1904—1995）结婚。
④ Jayne Mansfield（1933—1967），好莱坞性感女星。
⑤ *National Velvet*，1944年上演的美国影片，由伊丽莎白·泰勒主演。
⑥ Michael Todd（1907—1958），美国电影制片人，伊丽莎白·泰勒的前夫之一。

楼上我海米大伯的一个廉价复制品！而哪个头脑正常的人会相信伊丽莎白·泰勒对海米大伯想入非非呢？谁能想到要俘获一个异族女人的心灵（和小穴）的诀窍，不是要假装成为像她亲生哥哥那种无聊空虚的长着鹰钩鼻的异教徒，而是要成为他自己的伯父、他自己的父亲，要成为他本身；不是像那些卑微的犹太人那样，一味可悲地模仿吉米、强尼或者陶德，那些半死不活冷冰冰，外形、思想、感知、谈吐都像战斗型轰炸机飞行员的异族流氓！

拿猴子来说吧，我的犯罪活动中的老伙伴和老搭档。医生，只要一说到她的名字，只要心里一想到她，我当场就硬得跟什么一样！但是，我知道我不应该再给她打电话或约她见面。因为这女人是条疯狗！是条为了性爱而发狂失控的母狗！一个十足的麻烦！

但是，除了成为她的犹太救星之外，我还能怎么办呢？那些小女孩们总爱幻想有位骑着高头白马的骑士，身披耀眼夺目盔甲，一定会将她们从城堡（小女孩们就爱幻想自己被囚禁在城堡里）中拯救出来。是的，就某一派异族女人来说（猴子就是这一派的绝佳实例），这位骑士原来无非是个聪明透顶、头发日渐稀少、长着大鼻子的犹太人，他有着强烈的社会意识，蛋蛋上长着黑色阴毛，既不喝酒，也不赌博，周围也没有什么莺莺燕燕环绕；这个男人保证会让她们日后有小孩可养、有卡夫卡可读——一个循规蹈矩的居家型弥赛亚！在家里的时候，他可能净说些狗屁的或他妈的——甚至当着孩子的面——以此作为自己青春期叛逆的印记，但是他一定会呆在家里，一个令人窝心的但毋庸置疑的事实。不去酒吧，不去妓院，不赌马，不会整夜在网球俱乐部下西洋双陆棋（这些她已经从她那段时髦的过去了解到了）或者在美国退伍军人委员会通宵达旦地痛饮啤酒（只要她回忆那段卑劣而龌龊的青春，这些就会浮上心头）。不会，的确不会。女士们、先生们，站在我们前面的这位犹太男孩，直接从他不断刷新对他自己家人关注度的纪录来看，他身上的每一个细胞都拼死要善待自己的家人、要对他们负责、要孝顺。且让演出哈里·戈尔登①的《一杯白开水》的原班人马为您带来——亚历山大·波特诺伊秀！如果你喜欢阿瑟·米勒这位异族女人的救星，你也一定会喜欢亚历克斯的！你看，我与猴子南辕北辙的成长背景在各方面都具有影响力。当她在惠灵以南十八英里一个叫做芒兹维尔的煤矿小镇度日如年时，我却在遥远的新泽西忙着无病呻吟（正像猴子会说的，我是懒洋洋地躺在犹太式的"温室"里）。她在西

---

① Harry Golden（1902—1981），美国犹太裔幽默作家、出版家。《一杯白开水》是他 1958 年出版的一部小说。

弗吉尼亚冻得要死（是真的快被冻死了），她什么也不是，只是属于她父亲的一件财产，而她父亲，按她所描述的，只比骡子一类的牲畜好一点，是她母亲眼中某种让人无法理解的需求的合成体。如果你是从阿勒戈尼山脉迁徙而来的那代乡巴佬，你会觉得她母亲真是个善良的女人啊，既不认字也不会写字，数目超过千位数就算不上去了。她目空一切的方法，就是脑袋里什么也不想。猴子的那些故事中，有一个给我留下了深刻的印象（不是说她所有的故事和故事中残暴、无知、受尽剥削的主题都无法吸引我这位神经官能症患者的注意）。在她十一岁那年，她不顾父亲的反对，偷偷在某个星期六溜出去参加当地某位"艺人"（他叫莫里斯先生）主办的一个芭蕾舞训练班。老头子一路拿着一根皮带边抽她的脚脖子，边赶她回家。那天后来剩下的时间，她都是在衣柜里度过的——她被锁了进去，而且脚还被绑了起来。"再让我抓到你去找那个死同性恋，可就不只是把你的两只脚捆起来那么简单了，我得给你来点更厉害的，有你好受的！"

她初来纽约的时候十八岁，一颗臼牙也没有，都被芒兹维尔当地的医生给拔掉了（事到如今，她还摸不着这其中的原因）。这位牙医就像她记忆中的舞蹈家莫里斯先生一样天赋异禀。我和她是一年前相遇的，当时的猴子结了婚又离了婚。她的前夫是个五十岁的法国企业家，到佛罗伦萨用了一个礼拜追求这位在皮蒂宫走秀的模特，然后把她娶回家。婚后，他的性生活包括和这位年轻美貌的新娘上床，以及对着一本从曼哈顿四十二街空运而来的《吊袜带》杂志打飞机。猴子有时候说话喜欢故意带着一种愚蠢、下贱、乡下人式的鼻音，特别是当她叙述身为这位实业大亨的妻子，就得依他的要求守在一旁看他打飞机的放纵行径时，总会不由自主地用这种腔调。她在讲到和他一起度过的那十四个月的时候，能够讲得滑稽搞笑，尽管事实上那可能是一段不是很可怕就是很让人替她捏一把汗的经历。但是在婚后，他曾让她飞到伦敦去，给她花了五千美元植牙，然后再飞回巴黎，在她的脖子上给她戴上价值几十万美元的珠宝。猴子说，这些导致她感觉自己应该对他忠贞不移。正如她所说的（在这之前，我不准她再说什么喜欢啦男人啦公子哥啦疯子啦律动啦）："这样好像才比较道德。"

　　最终导致她逃跑的，是在夫妻俩都感觉对《吊袜带》（或者《细高跟鞋》?）纵欲已经变得无聊之后，他继而安排的小型乱交派对。一个女人，最好是黑人，会被漫天的高价请来脱个精光、蹲在一个玻璃咖啡桌上拉屎，而那位大亨这时就躺在那张桌子的正下方，手中不停地抽动，直到完事为止。而当大便隔着玻璃在离她的爱人鼻子上方六英寸的地方飞溅出来时，猴子，我们可怜的猴子，就照她丈夫的要求，穿戴整齐地坐在红缎子沙发上啜饮着白兰地，观看这场表演。

猴子再回到纽约，已经是两三年之后的事了，我想她这时候大约也有二十四五岁了。猴子试图用剃刀割开自己的手腕，想一死了之，全因她在"摩洛哥"或"禁令"俱乐部里受到她当时的男朋友，世界上最会穿搭的百位男人中的这一个或那一个的折磨。就这样，她发现了著名的莫里斯·弗兰科医生，即那个在她的告解中被称为哈珀的男人。在过去的五年间，猴子陆陆续续去找过哈珀，她在哈珀的躺椅上翻来覆去，等着他告诉她必须干的事就是为人妻母。为什么，"猴子"向哈珀喊道，为什么她总是和可怕、冷酷无情的狗东西搅在一起，就是碰不见真正的男人？为什么？哈珀，说呀！对我说点什么吧！什么都好！"噢，我知道他还活着，"痛苦不堪的猴子一边说，一边皱起她小小的五官，"我就是知道。我的意思是，有人会做死人生意，帮他接电话吗？有这种事吗？"就这样，她有时候会进行这种治疗（如果那称得上是治疗的话）。所谓"有时候"，就是当她受了哪个新的狗东西的气；而当下一位有可能成为骑士的候选人出现时，这种治疗自会告一段落。

我是一个"突破"。哈珀当然没有说行，但是当她告诉他说我可能是她需要的人的时候，他也没有说不行。不过他咳了几声，于是猴子把那几声咳嗽当成了同意的信号。他有时会咳嗽，有时会嘟囔，有时会打嗝，偶尔会放屁，至于这屁究竟是有意的还是无意的，就不得而知了，虽然我个人认为放屁就是他的表达方式，应该被理解成一种负面的情绪反应。"哦，我的突破者，你简直太棒了！"当她像只小猫舔着我、和我做爱时，我是"突破者"，而当她为了自己的生活而战时，我便成了她口中的"犹太婊子，狗东西"，因为她"想要结婚，想要被当成人来看待"。

嗯，我应该成为她的突破……但是，她不也应该成为我的突破吗？还有谁会像猴子那样出现在我的生命中——未来，还会有另一个猴子吗？当然，也不能说我完全不曾这么祈求过。不，你一遍又一遍地祈求，你在马桶座的圣坛上向上帝发出你充满激情的祷告，在你青春期的那段日子里，你向他献祭，奉上你成加仑的活力十足的精子。然后某天夜里，大约是午夜时分，在列克星敦大道和五十二街的街角，当你真正来到对生活失去信念的关卡，一边想象自己可以成为怎样的人——即使你已经三十二岁了——一边对自己存在的方式感到失望透顶时，她出现了，一身黄褐色长裤套装，正打算打车。她双腿修长，一头乌黑的秀发，小小的五官赋予了她的面孔一种任性的表情，还有一个绝对让人遐想无限的屁股。

为什么不干呢？能有什么好损失的？只是，又能得到什么呢？上啊，你这个被脚镣和手铐束缚的孬种，跟她说话啊。她有着丰满的双臀和这世界上最完美的股沟——完美的油桃！说话！

"嗨——"温柔地，再略带一点惊讶，仿佛之前我曾在什么地方见过她……

"你想怎样？"

"想请你喝一杯。"我说道。

"好个公子哥儿。"她说道，一边冷笑着。

冷笑！短短两秒——被羞辱了两次！对这位整个纽约市的人类平等机会委员会的助理委员！"我想舔你的洞，宝贝儿，怎么样？"我的上帝！她要叫警察了！然后警察会把我交给市长！

"好多了。"她回答说。

这时一辆出租车开过来，于是我们去了她的住所，在那儿，她脱光了身上的衣裳，然后说："请吧。"

简直难以置信！我竟然碰上了这等好事！我津津有味地舔起来！事情发生得太快，就好像我做着梦、正要射时，梦境竟然成了现实。自从我第一次把手放在自己的肉棒上，我便在头脑中导演了一部部色情电影，而现在，我终于可以扒着电影女星的双腿，舔着她的私处……"现在我来帮你，"她说道，"——好心有好报嘛。"然后，医生，这个陌生人开始了她的绝技，她那张嘴是不是受过什么特别的训练，不然怎么知道所有美妙、令人愉悦的动作？我真的挖到宝了，我在心里想着，她把整个送进嘴里了！我掉进了一个什么样的嘴里呀！说到机会这种事——而与此同时——射出来！射啊！管这人是什么身份、什么来头！

事后，我们俩进行了一场关于堕落和性变态的漫长、严肃而又非常令人不安的谈话。由她开始提问，她问我过去有没有和男人做过。我说没有。我问（我猜她也希望我问）她有没有和别的女人做过。

"……没。"

"……那你想试试吗?"

"……你想要我试试吗?"

"……想啊，当然想了。"

"……你会想要看吗?"

"……应该会想吧。"

"……那么，也许可以安排一下。"

"……可以安排吗?"

"……可以。"

"……嗯，那应该很不错。"

"哦，"她说道，声音里带着一丝嘲讽和怒意，"我就觉得你会喜欢的。"

随后，她告诉我，就在一个月前，她因为感染病毒而病倒了。一对她认识的夫妇来为她做饭。吃完饭后，他们说希望她看他们俩做。于是她就看了。她发着三十八度八的高烧坐在床上，他们脱掉了身上的衣服，就在卧室的地毯上做了起来。"你知道他们做的时候想要我干什么？"

"不知道。"

"厨房的台子上有一些香蕉，他们要我吃一根。边吃边看。"

"为了某种神秘的象征意义吧，毫无疑问。"

"什么意义？"

"他们为什么想要你吃香蕉？"

"这个嘛，我也不知道。我想他们是想要确定我就在那儿。他们想要，嗯，听到我发出一点声音吧。咀嚼的声音。瞧，你只用嘴吗，还是你也用别的？"

这位才是真正的麦考伊！我的来自帝国脱衣舞俱乐部的荡妇——虽然胸部不大，但是如此美丽！

"会用啊。"

"嗯，我也是。"

"真的好巧，"我说，"会在半路上和你不期而遇。"

那是她第一次笑出声来，然而这个举动，与其说让我松了一口气，不如说它让我突然意识到，某个大块头黑鬼就要从卧室的衣柜里跳出来，用他手中的刀子径直刺向我的心脏。或者她自己就要发狂了，这场大笑就要爆发成失控的歇斯底里，只有上帝才知道接下来会发生什么样的灾难。埃迪·维特库斯①!

她是应召女郎?她是个疯子?她是不是和哪个波多黎各毒贩子合伙,打算从此登上我人生的舞台?上了台再下台,而演出的酬劳就是我皮夹子里的四十美元,和一块在科维特百货公司买的手表?

"你——"我说道,摆出一副精明的样子,"这种事你……你大概是,常做……吗?"

"这算什么问题!你说这话他妈的是什么意思!难道你也是一个没心肝的杂种?你难道不觉得我也是会有感情的吗?"

"对不起,请原谅。"

但是突然之间,刚才还充满愤怒和火气的她,一下子变得只剩下热泪涟涟。说这女人起码有些情绪不稳定,似乎已经是不证自明了。任何一个理智尚存的男人,这时候肯定都会站起来,穿好衣服,全身而退,庆幸自己大难不死。但是你难道不晓得,对我而言,理智只是恐惧的别名!我的理智只不过是从过往那些荒唐事迹所遗留下来的恐惧!我的超我是位暴君,谁来绑住他那双他妈的冲锋靴,把他倒吊起来绞死,直到他咽气!在这条街上,因为害怕而不停颤抖的是谁,我还是这个女人?是我!有胆量、

---

① Eddie Waitkus(1919—1972),美国职业棒球大联盟球员,曾被一名狂热的女球迷开枪击中胸口,几乎死在手术台上。

勇气和魄力的是谁，我还是这个女人？是这个女人！这个他妈的女人！

"听着——"她说道，一边用枕套擦去自己的眼泪，"我先头对你撒谎来着，怕万一你感兴趣，或许你会把这记录下来还是什么的。"

"是吗？关于什么？"好了，他就要现身了，我想，我的那位黑鬼就要从衣柜里出来了——他露出了眼睛、牙齿，手中的刀子反射着光！接着头条新闻就是：断头尸——人类平等机会委员会助理委员陈尸应召女郎公寓！

"我的意思是，我有什么理由对你撒谎？"

"我不知道你在说什么，所以我无法回答。"

"我的意思是，他们没有要我吃香蕉。我那两个朋友没有要我吃任何香蕉。是我想这么做的。"

"猴子"于是诞生。

至于她为什么要对我撒谎，我认为，她是用这种方式告诉自己——在半清醒的状态下，我猜——终于遇见了一个品格比较好的人，尽管他是在大街上搭讪她的，尽管他在她的床上全力以赴地用嘴干活。接下来是令人血脉偾张的吞咽，对性变态的讨论……然而，她依旧不想让我把她当成完全醉心于纵欲和性冒险的女人……显然是因为，光是对我一瞥，她就能跨越想象的藩篱，跃入眼下可能成为她往后生活的现实之中……从此以后再也没有穿着皮尔·卡丹西装、自我陶醉的花花公子；再也没有已婚而绝望的广告业务主管，从康涅狄格来此共度春宵；再也没有穿着英式厚呢双排扣大衣的男同性恋，在奇遇咖啡厅吃着午餐；再没有上了年纪的化妆品制造业的淫棍，晚上到帕威隆饭店对着他们上百美元的晚餐大快朵颐……统统没有了，在漫长的等待之后，终于，这个她梦中的男子（原来就是这副样子），一个会好好对待他的妻子和孩子的男子出现了……一个犹太人。好个犹太人呀！首先他吃了她，紧接着他坐直身子，开始谈论和解释种种事情，大肆发表自己的看法，建议她该读什么书、该投什么票，告诉她人生应该和不应该怎么过。"那种事你怎么知道？"她总是小心翼翼地问道，"我的意思是，那只是你的观点。""观点？你什么意思——那不是我的观点，丫头，事实就是如此。""我的意思是，是人人都知道，还是只有你知道？"一个心系整个纽约城穷苦人民福祉的犹太男子，却舔着她的私处！一个曾经上过教育类电视节目的人，却朝她嘴里射精！在那一瞬之间，医生，她肯定会觉得真不可思议呀，会是那样吗？难道女人们都这么善于算计吗？难道我对她们的阅历真这么浅？难道在列克星敦大道那儿，她就看透了我，然后计划好了这一切？……在我们乡下的房子里，客厅四周是书墙，壁炉里烧着温火，爱尔兰保姆正在给孩子们洗澡，然后母亲把孩子们放到床上，这位身如细柳的前职业模特、乘着私人飞机到处旅行的上流人物，以及性变态者、西弗吉尼亚的矿井和矿厂之女、自命为数十位混账东西的受害者，穿着她的圣罗兰睡衣和皱巴巴的小山羊皮靴，已经预见了未来的自己，正若有所思地翻阅着贝克特的某部小说……她看见自己和丈夫，那位街谈巷议的人物，那位纽约城最具圣徒风范的官员，一起坐在一张皮毛地毯上……她看见他的烟斗和那头日益稀疏的希伯来佬的黑色鬈发，完全沉浸在他那犹太教弥赛亚式的狂热和魅力之中……

　　最终在欧文顿公园发生的是：在一个星期六的黄昏时分，我发现自己正单独和一个十四岁的可爱的异族女孩呆在结冰的湖面上。我观察到，午饭以后她就一直在冰上练习滑 8 字，在我看来，她和玛格丽特·奥布赖恩①一样是个中等魅力的姑娘。在她闪闪发亮的眼睛和布满雀斑的鼻子周围，透露出一种机敏和灵巧、单纯和质朴，看起来平易近人，还留了一头佩吉·安·加纳②式的金色直发。你瞧，对于其他人来说看上去像电影明星的

① Magaret O'Brien (1937—　)，美国电影女星，曾出演《简·爱》《小妇人》等多部电影。
② Peggy Ann Garner (1932—1984)，美国电影女星。

姑娘，对于我来说也只不过是不同类型的异族女人而已。我经常会在电影散场后这么想：假如珍妮·克雷恩①（以及她的乳沟）或者凯瑟琳·格雷森②（以及她的乳沟）和我同年，她们会上纽瓦克的哪所高中呢？还有，我到哪儿才能找到像吉恩·蒂尔尼③那样的异族女人呢？实际上要不是因为她有部分中国血统的话，我还以为她可能是犹太人呢。这时，那位佩吉·安·奥布赖恩终于滑完了她的最后一个 8 字，正慢悠悠地移向船库。而我还没对她出手，也没对她们中任何一个出手，整个冬天什么要紧的事都没成，现在都快三月了——公园里那面红色的溜冰旗即将降下，然后我们就要再次进入小儿麻痹症易感季。说不定不到下个冬天我就死了，既然如此，我还在磨叽什么呢？"现在就行动，否则永远没机会了！"所以我在她身后——当她已经超出了我的视野之外——开始疯狂地滑了起来。"不好意思——"我会说，"我可以护送你回去吗？"我是要说"可以"，还是说"能够"。哪种说法更准确？因为我得说绝对完美的英语。不能让她听出我是犹太人。"也许你愿意来一份热巧克力？我可以跟你要你的电话号码，可以哪天晚上打电话给你吗？我的名字？我叫奥尔顿·彼

---

① Jane Crain（1925—2003），美国电影女星，代表作《红粉佳人》。
② Kathryn Grayson（1922—2010），美国电影女星，歌剧女演员。
③ Gene Tierney（1920—1991），美国电影和舞台剧女演员。

得森"。这是我从埃塞克斯县蒙特克莱区电话簿上挑出来的名字。我非常确定这是个异教徒的名字，而且它听起来还有点汉斯·克里斯蒂安·安徒生的感觉。真是太妙了！整个冬天我都在偷偷练习写"奥尔顿·彼得森"这个名字，写了一张又一张的纸。然后放学后再将那些纸从笔记本上撕下来烧掉，这样就用不着向家里的任何人解释了。我是奥尔顿·彼得森，我是奥尔顿·彼得森，或者奥尔顿·克里斯蒂安·彼得森？这样是不是有点过了？奥尔顿·克·彼得森呢？我是如此心心念念我想要成为的这个姓、这个名，我是如此迫不及待，想趁她还在船库换鞋的时候赶过去。而且还惦记着，当她问到我脸中间的那个大鼻子是怎么回事、出了什么意外时，我该怎么回答（曲棍球的旧伤？或者某个礼拜天上午，教堂做过礼拜后打马球时从马背上摔下来？早饭香肠吃得太多了？哈哈哈！）。我用单脚脚尖着冰滑到了湖边，不过，速度比我预料中更快了一些，结果向前一头栽倒在冻得梆梆硬的土地上，磕碎了一颗门牙，撞碎了胫骨上面没什么肉的突起处。

　　我的右腿打上了石膏，从脚踝一直到髋部，整整六个星期。医生说我这伤就叫作奥斯古德·施拉特尔病①。拆掉石膏以后，我像个伤兵一样拖着腿走路，这时我父亲就会在旁边大吼："弯

---

① Osgood Schlatterer's Disease，一种胫骨结节软骨病。

下去！你想要一辈子就这样走路吗？弯下去！你能不能按正常的走！不要老可怜你那条什么奥斯卡他死了的腿啦，亚历克斯，要不然你就这么瘸完你往后的人生吧！"

我往后的人生都得瘸着腿走路，就因为我以化名追在那些异族女人的后面。

像我这样的人生，医生，有梦想又怎样呢？

"泡泡"吉拉迪，一个之前被希尔赛德高中开除的十八岁姑娘，后来被人发现在奥林匹克公园的游泳池里漂着。发现的那个人就是裁缝的儿子斯莫尔卡，我那位色眯眯的同班同学……

至于我自己，就算你给我钱，我也不会走近那个游泳池——那是个滋生脊髓灰质炎和脑膜炎的地方，和皮肤、头皮、屁眼有关的疾病就更不用说了。甚至有传闻说某个威夸依克的小子，有一次走进更衣室和游泳池之间的泡脚池，结果从另一边儿出来的时候，连脚指甲都没有了。不过在那里出没的女孩，全都人尽可夫。难道你不知道这事？那里的异族女人什么都愿意干！只要你愿意冒险，不怕从游泳池传染上脊髓灰质炎，从泡脚池传染坏疽病，吃热狗时把里面的尸毒也一并吞下去，从肥皂和毛巾上沾染象皮病，就有打炮的机会等着你。

我们坐在厨房里，我们进来的时候"泡泡"正在那儿的熨衣板前忙乎，全身上下只有一件衬裙！曼德尔和我拿起《拳击世界》杂志，快速地从最后一页开始往前翻；此时的斯莫尔卡则在客厅里，努力说服"泡泡"看在他的面子上，就好好服务一下他那两个兄弟。"泡泡"的哥哥以前是个伞兵，不过我们犯不着担心——斯莫尔卡向我们保证——因为他现在还在霍博肯，以强尼·"杰罗尼莫"·吉拉迪之名打入了拳击的主赛。她父亲白天开出租车，晚上就当起了黑社会的司机，现在他不晓得在外面什么地方接送那些流氓匪徒，不到夜里两三点钟不会回家。至于她母亲，我们更不用担心了，因为她已经死了。好极了，斯莫尔卡，好极了，真是万无一失。现在我完全没有任何东西要担心的了，只要想着一直压在我皮夹里的那只特洛伊保险套，只要想着过了这么长的时间，在锡箔包装袋里的套子可能已经被霉菌腐蚀掉一半就好了。只要那么一射，整个套子就会在"泡泡"·吉拉迪的小穴内壁炸成碎片——到那时候我又该怎么办？

为了确保这些特洛伊保险套在压力下也能挺住，我曾经整礼拜呆在我们家的地下室里，把一夸脱一夸脱的水注进去。尽管这么干代价不菲，但是我一直戴着它们打飞机，为的是看看它们是否耐得住这种模拟性交的过程。到目前为止它们的表现还挺棒。但是那只已经在我的皮夹上印下了它难以抹平的形状、前端抹了润滑油、我专门用作打炮的保险套现在情况如何呢？在课堂上，我都一直把它压在我的屁股下面，放在皮夹里揉来搓去几乎有六个月了吧，怎么能指望它还完好如初呢？而且，谁说"杰罗尼莫"会一整夜都呆在霍博肯？而且，要是匪徒们要杀的那个人在他们到达的时候已经吓死了，结果老吉拉迪先生被早早打发回家过夜，那该怎么办？要是这个姑娘有梅毒怎么办！但是那样的话，斯莫尔卡肯定也中招了！斯莫尔卡这家伙总是直接把大家的汽水瓶抢过来喝，用他的手抓你的下面！这些就是我所需要的，因为我的母亲，因为她总是没完没了地念那一套！"亚历克斯，你脚底下藏了什么东西？""什么也没藏。""拜托，亚历克斯，我清楚地听见哐啷一声。什么东西从你裤子里掉出来，你用一只脚把它踩住？是从你的裤子里掉出来的！""什么都没有！只是鞋子而已啊！能不能别管我！""年轻人，你到底在——哦，我的上帝！杰克！快来！快看看——看他脚边有什么！"于是他拉着耷拉在膝盖上的长裤，紧抓着翻回到《纽瓦克新闻报》的讣告版，从厕所冲进了厨房。"现在是怎样？"她尖叫着（这就是她的回答），并且指着我的椅子底下。"那是什么，先生，是高中生无聊的玩笑吗？"我父亲质问着，他处于狂怒之中，"那个黑色的塑胶玩意躺在我家厨房地板上干什么？""那不是塑胶的，"我说道，接着便开始抽泣起来，"是我的。我被一个十八岁读希尔赛德高中的意大利姑娘传染上了梅毒，而现在，现在，我再也没有阴、阴、阴茎了!""他的小家伙,"我母亲尖叫道,"我曾经扶着它让他嘘出来——""不要碰它,谁也别动。"我父亲喊道。因为我母亲好像要冲向前去,往地板这头扑来,就像一个女人要冲向她丈夫的墓穴一样。"给——给动物保护协会——打电话——""因为有条得了狂犬病的狗吗?"她边哭边说。"索菲,不然你还能怎么办?把它放在某个抽屉里,之后再拿出来给他的孩子们看吗?他不会有什么孩子了!"她开始号啕大哭,真是可怜,好像一只哀悼中的母兽,而这时我的父亲……但是这个场面很快就消失了,因为在几秒钟之后我就会双目失明,而在一个小时之内,我的大脑就会像加热的麦片一样糊成一坨了。

吉拉迪家的厨台上方,有一张用图钉钉在墙上的照片。照片里的耶稣基督穿着粉红色睡衣飘向了天堂。人类竟能如此令人作呕!这些犹太人,我蔑视他们的狭隘头脑,他们的自以为是,和让这些野蛮人——也就是我的父母和我的亲戚——自以为高人一等的古怪观念;但是,提到庸俗与卑劣,提到即便是大猩猩也会感到相形见绌的信仰,谁也比不上那些异教徒。这些笨蛋到底有多卑劣多愚蠢,竟然会崇拜一个——第一,根本没存在过的人;第二,假设他存在过,长得跟那张照片里一样,那他无疑是个巴勒斯坦娘炮。留着娃娃头,高露洁广告模特一样的肤色,还穿着一身长袍,我今天才意识到那身衣服肯定来自好莱坞的弗雷德里克斯①！够了，关于上帝和其他那些狗屁废话！打倒宗教和人类的奴颜婢膝！弘扬社会主义和人的尊严！实际上，我会拜访吉拉迪家的原因不是为了搞他的女儿——上帝啊！——而是为了亨利·华莱士②和格伦·泰勒③的政见。这是当然的了！因为吉拉迪一家可是平头百姓啊，为了帮助他们，为了他们的权利、自由和尊严，我和我未来姐夫就每个星期天下午和那些长辈（把票投给民主党，思想又极度保守的人）——也就是我父亲和我伯父——争论不休，因为他们无知到了无可救药的地步。他们告诉我们，如果我们不喜欢这儿，我们为什么不回到俄罗斯去，既然那儿的一切都那么好？"你这样会让孩子更加信仰共产主义的。"我父亲警告莫蒂。这时候，我马上喊道："你们不懂！四海之内皆兄弟！"天啊，这种人对人类的友爱情谊竟然这么熟视无睹，我真想当场勒死他！

　　既然莫蒂要和我姐姐结婚了，他就帮我伯父开货车、去仓库送货卸货，说起来，我也差不多：一连三个星期六，天还没亮我就起床，和他一起把一箱箱的饮料送到偏远的杂货店去。那边是新泽西跟波科诺山相接的地带，一片穷乡僻壤。我已经写完了一

---

① Fredericks of Hollywood，美国性感内衣专卖店。
② Henry Wallace（1888—1965），美国政治家，曾任美国副总统。
③ Glen Taylor（1904—1984），美国政治家、商人。曾任爱达荷州参议员。

个广播剧剧本，灵感来自我的大师诺曼·科温①，以及他庆祝第二次世界大战欧战胜利纪念日所写的《胜利要诀》（莫蒂给我买了一本作为生日礼物）。就这样，敌人死在威廉大街后面的胡同里；鞠躬吧，美国大兵，鞠躬吧，小伙子……仅仅那种文字的韵律就能使我颤动，就像凯旋时红军歌舞团唱的行军曲，以及在战争时期我们从小学的、我们老师称之为中国国歌的曲子。"起来，不愿做奴隶的人们，把我们的血肉"——噢，那种反抗的旋律！我记得其中每一个英勇无畏的字眼！——"筑成我们新的长城！"接下去是我最喜欢的歌词，写出了我最喜欢的"愤怒"："我们万众一心，冒着敌人的炮火，前进！前进！前进，进！"

当我们坐上卡车出发时，我便打开我的剧本的第一页，开始向莫蒂朗读。卡车穿过了欧文顿、奥兰治，继续向西——伊利诺伊！印第安纳！艾奥瓦！哦，我的美国啊，你的平原、群山、山谷、河流和峡谷啊……在我把弹药都射进自己的袜子之后，我就是伴着这样的爱国主义咒语进入梦乡的。我的广播剧叫《让自由钟声长鸣》。这是一个道德剧（我现在知道了），它的两个主人公就叫"偏见"和"宽容"，是以一种我称之为"散文诗"的形式

---

① Norman Corwin (1910—2011)，美国作家、剧作家。

写成的。当车子在新泽西州多佛市的一家餐馆前停下时，"宽容"正打算为黑人身上的气味辩护。我自己的声音充满了人情味、同情意味和拉丁语感，既有声韵的和谐感又有煽动力，夸张到连罗热的《同义词词典》（我姐姐给我的生日礼物）也难以列出释意——加上我一大早就投身其中这个事实，加上餐馆里那位文身的老板（莫蒂管他叫"头儿"），加上我这辈子第一次吃香煎马铃薯做的早餐，加上我穿着李维斯牛仔裤、格子衫和鹿皮鞋信步回到卡车旁、登上驾驶室（这身打扮在高速公路上看起来似乎不像在学校走廊里那么显眼），加上太阳刚刚开始照亮新泽西为山丘所围绕的农田、我的故乡！我重生了！我自由了，我已经完全摆脱了那些令人羞耻的秘密！我感到如此清新，如此坚强而正直，就像美国人一样！莫蒂重新驶上高速公路，正是在彼时彼刻，我立下了我的誓言，我发誓，我这一生要致力于纠正谬误，使被践踏和压迫的人得到提升，使遭受不公的人得到解放。有莫蒂为我作证，这位富有男子气概的左翼分子是我刚获得的大哥，谁说不可能兼爱人类和棒球呢？他就是活生生的证明（而且他爱我姐，我现在也愿意爱我姐了，因为她提供给我们俩紧急逃生的舱口），他是通往美国退伍军人委员会的桥梁，将我和比尔·莫尔丁①联系

① Bill Mauldin（1921—2003），美国社论漫画家，曾两次获得普利策奖。其漫画尤以刻画二战美国士兵的心境闻名，在当时产生很大的影响。

在一起，这人和科温①或霍华德·法斯特②同为我心目中的英雄。我双眼噙着的泪水充满了爱（对他的爱，对我自己的爱），我向莫蒂起誓，我将用"笔的力量"，从不公正和剥削中，从屈辱、贫穷和无知中，把我现在认为（我兴奋得起了鸡皮疙瘩）是平民百姓的人民全部解放。

　　我由于恐惧而浑身冰冷。因为这个女人和她的梅毒！因为她的父亲和他的同伴们！因为她哥哥和他的拳头！（尽管斯莫尔卡极力要我相信我担心的那些事儿完全是无中生有，对那些异教徒根本用不着担心：因为她哥哥和父亲两人都知道，两人都不在乎，"泡泡"是个"妓女"。）我打算一听见楼梯上有脚步声，就马上从厨房的窗户跳出去，不过窗户底下装了一道尖尖的铁栅栏，我害怕被那道栅栏给刺穿了。当然，我脑中浮现的是莱昂大道上天主教孤儿院外围的那道栅栏，不过眼下，我就像饿了好几天肚子一样头晕眼花，处于幻觉和昏迷的状态之间。我看见登上《纽瓦克新闻报》的那张照片，上面有栅栏，还有我在人行道上留下的一摊黑色血水，以及让我的家人永远无法平复悲恸的大字标题：

---

① Norman Corwin（1910—2011），美国编剧。
② Howard Fast（1914—2003），美国编剧、导演。

保险代理人之子一跃而死。

当我在自己的冰屋里冻得半死的时候，曼德尔却大汗淋漓，满身臭汗。黑人的体味使我心生同情，充满了散文诗的情怀。但我对曼德尔比较刻薄："他让我恶心"（正像我母亲对他的评价），可这并不表明这家伙比斯莫尔卡更少吸引人注意，至少对我来说是这样。他和我一样十六岁，犹太人，但除此之外，我们没有任何相似的地方。他长长的两鬓朝后梳着，留着鸭屁股的发型，络腮胡一直绵延到颌骨，穿着单排单扣的西装外套，黑色尖头皮鞋，衬衫领子比比利·埃克斯坦①还要比利·埃克斯坦！犹太人？真令人无法相信！一个卫道老师曾向我们透露，说阿诺德·曼德尔明明有天才的智商，却宁愿在偷车、抽烟和喝酒喝到吐上面找乐子。你能相信这种事儿吗？一个犹太男孩？他还是斯莫尔卡"飞机团"的一员。他们放学后会在斯莫尔卡家集合，当斯莫尔卡的哥哥们在裁缝店里帮忙干活的时候，他们聚在客厅里，把窗帘拉下来。关于这种事情我已经听了不少，但是我依然（尽管我自己也会自慰，还嗜好裸露和偷窥，恋物就更不用说了）无法相信也不愿意相信，四五个男孩在地板上围坐一圈，等斯莫尔卡一声令下，所有人便开始打飞机，第一个打出来的人有奖，一次一

---

① Billy Eckstine（1914—1993），美国黑人流行歌手。

块钱。

简直是一群猪猡。

我对曼德尔这种行为唯一的解释就是，曼德尔的父亲去世了，那时他才只有十岁。而这当然是最令我着迷的地方：一个失去父亲的男孩。

关于斯莫尔卡和他的胆量，我该怎么解释呢？他有一个在外工作的母亲。而我的母亲，还记得吧，总会以游击队在自己国家的乡野巡查的方式，巡视我们公寓的六个房间。每一个衣柜或抽屉里放了什么，她都了如指掌，而且过目不忘。至于斯莫尔卡的母亲，她整天坐在他父亲的铺子里，挨着小灯缩在角落的一张小椅子上，在缝纫机上把布片移进移出，晚上回家了之后，已经没有力气再拿出她的盖格计数器，去搜寻那孩子收藏的情趣保险套，然后气得直冒火。要知道斯莫尔卡一家的家境不如我们家，最大的区别就在于此。一位要干活养家的母亲，一个没有百叶窗的公寓……是的，对于我来说，这理由就解释了一切，包括他到奥林匹克公园游泳，以及他总是抓别人下面的原因。他以纸杯蛋糕和自己的小聪明为生。我得以享用一顿热腾腾午餐，除此之外什么都不准吃。但是不要误会了（虽然是不大可能误会）：当冬天里暴风雪刮得比往常还凶时，在吃午饭的时候，在后门的台阶上跺掉脚上的融雪的时候，还有什么比得上听"珍妮姨妈"① 的声音从厨房收音机里传来，比得上炉子上飘来加热的番茄汤的奶油香气？有什么比得上一年四季中刚清洗好、熨烫整齐的睡衣和弥漫了整个卧室的家具擦拭剂的芬芳！我会喜欢我内衣的颜色一年到头都是灰突突的一片，始终皱巴巴地挤在我的抽屉里，就像斯莫尔卡的那样吗？不会。我会喜欢无趾袜，会希望我喉咙疼的时候，却没有人给我端一杯热气腾腾的蜂蜜柠檬水吗？

我会反过来希望"泡泡"吉拉迪下午到我家来给我口交，就像她在斯莫尔卡的床上给他做的那样吗？

有件有点讽刺的事儿。去年春天，我在沃斯街碰上一位提着满箱托臂、支架、固定器样品的人。你猜是谁？正是那前"飞机团"的曼德尔先生。你知道吗？他竟然还活着，这让我大吃一惊。真是难以置信，我到现在还无法相信。而且他还结婚了，成了一个恋家的男人，有一个老婆和两个小孩，再加上一座牧式住宅，就在新泽西的梅普尔伍德。曼德尔住在那边，庭院里放着长长的浇花水管，他告诉我，还有一个烤肉架和好多煤砖！曼德尔，这个高中休学后，出于对普皮·坎珀②和蒂托·瓦尔德斯的

---

① Aunt Jenny，广播剧《珍妮姨妈的日常》的主人公。
② Pupi Campo（1920—2011），古巴出生的美国乐手，是美国拉丁爵士乐史上的重要人物。

崇敬就跑到市政厅去的家伙，并且把他的名字从阿诺德正式改为巴-巴-鲁。曼德尔，这个能喝六连包啤酒的人！真够神的。不可能吧！到底为什么，他该得的报应难道只是跟他擦肩而过吗？那个一年到头活像个抱着邦戈鼓的拉美人，游手好闲、浑浑噩噩地站在总理大道和莱斯利街交叉的街角，鸭屁股发型翘上了天，没什么事也没什么人能打倒他！现在，他三十三岁了，像我一样。他岳父在纽瓦克的市场街开了一家外科手术器材供应店，他在那边做推销员。那么我怎么样，他问道，我靠干什么为生？他真的不知道吗？他不是在我父母的通讯名单上吗？难道不是人人都知道我现在是全纽约最讲道德的人，浑身上下只有最纯洁的动机、人道主义和悲悯的理想？难道他不知道我赖以为生的，就是我的善良？"在政府机关做事。"我回答说，一边指着对面的沃斯街三十号。一副道学先生的派头。

"你还常和那帮家伙见面吗？"巴-巴-鲁问道，"你结婚了吗？"

"没，没有。"

在那块新长出来的肥下巴里面，当年那个狡猾的拉美人又苏醒了。"那，嗯，你怎么解决生理需求？"

"我还是可以搞搞的，阿诺，而且自己打飞机也行吧。"

坏了，我立刻想到。坏了！要是他跟《每日新闻报》胡说八道怎么办？人类平等机会委员会助理委员爱手淫，还活在罪恶之中，据学生时代友人所报。

头版头条啊。我所有下流的秘密，永远是以头条新闻向这个令人震惊和不满的世界揭示。

"嘿，"巴-巴-鲁说道，"还记得丽塔·吉拉迪吗？就'泡泡'啊，当年把咱们吸到射的那个？"

"……她怎么样了？"小声点，巴-巴-鲁！"她怎么样了？"

"你没看《新闻报》？"

"——什么《新闻报》？"

"《纽瓦克新闻报》呗。"

"我现在根本不看纽瓦克的报纸了。她发生了什么事情？"

"她被谋杀了。在霍桑大道的一个酒吧里，就在辅楼的南面。她当时和某个奇葩一起，然后另一个奇葩走进来，朝他们俩的头上各开了一枪。这事你怎么看？那些他妈的奇葩。"

"哇！"我发自内心的惊叹道，接着，忽然之间，"喂，巴-巴-鲁，斯莫尔卡后来怎么样了？"

"不知道啊，"巴-巴-鲁说道，"他不是教授吗？我好像听说他是个教授。"

"一个教授？斯莫尔卡？"

"好像是什么大学老师之类的。"

"哦，不会吧。"我带着某种优越感，嗤之以鼻道。

"嗯。是有人这么说过。就在南面的普林斯顿。"

"普林斯顿?"

但是,怎么可能!是斯莫尔卡,那个在天寒地冻的午间连碗热腾腾的番茄汤都没得喝的人?那个睡觉时穿着臭得要命的睡衣的人?那些红色橡胶套儿的拥有者?他跟我们说,那些套儿上面张开的刺突能让女孩子们爽翻天。斯莫尔卡,这个曾到奥林匹克公园的游泳池游泳的家伙,他还活着?而且竟然还成了普林斯顿的教授?他是什么系的教授,古典语言还是天体物理学?巴-巴-鲁,你和我母亲说话都一个样子了。你要说的肯定是管子工或者电工吧。因为我才不信呢!我是说在我的内心深处,在我私密的情感和旧日的信念里,在我内心深处十分清楚,斯莫尔卡和曼德尔当然能和地球上所有人一样,取得继而享有他们的牧场式住宅和成为专业人士的机会,我只是不能接受他们竟然活了下来这个事实,更别提那两个坏小子所取得的中产阶级的成功。为什么,他们该被关进监狱啊,或是倒进水沟里。妈的,他们过去都不做家庭作业!斯莫尔卡的西班牙语考试都是抄我的才及格,而曼德尔连抄都嫌他妈的麻烦,至于饭前洗手……你不明白吗,那两个小子早该死了!就跟"泡泡"一样。至少她那条人生路有些道理可循,也符合事情的因果,证实了我对人类因果的想法没错!只要坏到家,烂到家,你这专吸肉棒的头就会被什么奇葩给轰掉。

这才是这个世界所运行的道理！

斯莫尔卡回到厨房里，告诉我们她不想做。

"可是你说我们有炮可打的啊！"曼德尔喊道，"你说有人会帮我们吹！使劲儿吹，吹得我们大汗淋漓，爽翻天——这都是你说的！"

"妈的，"我说，"她不想做就算了，谁稀罕，咱们走——"

"可是我已经为这事兴奋地憋一个礼拜了！我哪儿也不去！这是他妈的什么狗屁呀，斯莫尔卡？她居然连给我撸一下都不愿意？"

而我只是重复着说道："啊，那个，她不想做的话咱们就走吧——"

曼德尔说道："他妈的，她算什么人，居然连动动手都不愿意？只不过帮我打打飞机而已。这个要求很过分吗？除非她帮我吹、帮我打出来，二选一，不然我就不走了！随便她选，这个操蛋的臭婊子！"

于是，斯莫尔卡又回到客厅进行第二轮谈判。将近半个小时以后他回来了，带来的消息是"泡泡"改变主意了：她可以帮一个人打，不过他得穿着裤子，只能这样。我们抛硬币定生死，而我赢得了染上梅毒的权利！曼德尔说那枚硬币擦到了天花板，他真想把我给杀了，当我走进客厅去领奖时，他还在尖叫着说不公平。

客厅铺了一张亚麻油地毡，地毡边沿放着一张沙发，她就坐在沙发上，身上穿着衬裙，体重一百七十磅，上唇长着细细的茸毛。安东尼·佩鲁塔，万一她问我我的名字，我就这么回答。但是，她没有问。"听着，""泡泡"说道，"我跟你说清楚，我只帮你做。你，就你一个。"

"都听你的。"我彬彬有礼地说道。

"好，把那玩意从你的裤子里掏出来吧，但是不要把裤子脱掉。你听见我说的吧，我也跟他说过，我谁的蛋蛋都不碰。"

"好，好，你说什么都好。"

"你也别想碰我。"

"你瞧，要是你希望我走，我会走的。"

"把它掏出来就行了。"

"没问题，如果这是你想要的，来……在这儿。"这话说得太早了。"让、我、先、把、它、找、出、来——"那家伙到哪儿去了呢？在教室里的时候，通常我得故意让自己想到死亡、医院和恐怖的车祸，希望在下课铃响起而我不得不站起来之前，这些笼罩着死亡的想法会使我充血的大家伙退下阵来。那状况仿佛是假如它没有抬起头来，对在场的每个人说"嘿！我在这儿！"，我就无法走到黑板前面去，也无法下公交车。而现在，它却连个影儿都没有。

"在这儿！"我终于喊道。

"就、就这样吗？"

"这个——"我回答道，脸色愈发难看，"它越硬的话，就会越大……"

"好吧，不过我可没有一晚上的时间耗在这儿，你知道的。"

我温和地回复说："哦，我想它也不会一晚上都——"

"躺下！"

心不甘情不愿的"泡泡"躺到一把直背椅子上，这时候的我在沙发上，在她旁边张开四肢。突然之间，她把它握在手里，我的可怜的小家伙仿佛被某种机器给抓住了。说得委婉点，严峻的考验激烈地开始了。只是，给人的感觉像在给水母打飞机。

"怎么回事？"她终于问道，"你射不出来是不是？"

"一般来说，我都是行的。"

"那么你就别跟我憋着啊。"

"我没憋着。我也想射啊，'泡泡'——"

"接下来我会数到五十，如果到那个时候你还不射出来，那可不关我的事。"

五十？如果数到五十它还在我的身体里，那我可就谢天谢地了。放松，我想要叫出来。边边的地方不要那么用力，拜托！——"十一，十二，十三"——我暗自想到，感谢上帝，很快它就会结束了——加油，只要再坚持四十秒——但是伴随着这种释然的心情的，当然还有失望，强烈而锋利的失望：从十三岁以来，我一直日思夜想的，就是这个。在漫长的等待之后，不是一个去了核的苹果，不是一个抹上凡士林的空牛奶瓶，而是一个穿着衬裙的女孩，她有一对乳房、一个阴部，嘴唇上方还长了细细的茸毛，不过，我凭什么挑三拣四呢？这就是我一直梦寐以求的东西……

这使我想到接下来该怎么做。我要忘掉那个正将我撕裂的手就是"泡泡"的手，我要假装那是我自己的手！就这样，我全神贯注地盯着昏暗的天花板，一反平常打飞机时想着自己在上女人，我告诉自己，我现在就是在打飞机。

这样很快就见效了。然而不幸的是，当我就要到的时候，"泡泡"的数也到了。

"好了，结束，"她说道，"五十。"然后她就不动了！

"不！"我喊道，"再来！"

"你给我听好了，你们这帮家伙到我这里来之前，我已经熨了两个小时的衣服——"

"只要再一下就好了！求你了！再两下！求求你！"

"不、要！"

这时候，根本无法（一直以来都是如此！）忍受这种挫折——这种被剥夺和沮丧的感觉——我把手向下伸，紧紧抓住它，然后"噗"！

射中了我自己的眼睛。主人的手像鞭子似的一抖，那泡沫就从我身体里冒了出来。我问你，谁能像我自慰一样，熟练地帮我手淫？只不过像我这么躺着，那喷射而出的玩意儿水平地挣脱了我的肉棒之后，便往我的躯体回飞，然后那温热湿润的黏液不偏不倚地在我的一只眼里着陆。

"你这该死的犹太佬！""泡泡"尖叫道，"你弄得满沙发都是！还有墙上！还有灯上！"

"我弄到眼睛里了！还有，不许你叫我犹太佬，你！"

"你就是一个犹太佬，犹太佬！你弄得到处都是，你这滑稽的狗娘养的！你看这些小桌垫！"

就像我父母警告过我的，只要碰上分歧，无论多么微不足道的，那些异族女人只知道你唯一的名字，就是肮脏的犹太佬。多么可怕的发现——我父母从来错误不断……这次却让他们说对了！而我的眼睛，就像掉进了火里。现在我终于记起来为什么会这样了。斯莫尔卡曾经告诉过我们，恶魔岛的那些看守总是拿犯人寻开心，把精液抹进他们的眼睛里让他们瞎掉。我要瞎了！一个异族女人光手摸了我的家伙，而现在我将永不见天日！医生，我的心灵之眼，这简直像小学入门教材一样难以理解！谁还需要梦想呢，我问你？谁还需要弗洛伊德呢？《纽约邮报》的罗丝·弗朗茨伯劳[①]对蛋蛋的那些高论就足够分析像我这类人了！

"犹太佬！"她尖叫着，"希伯来佬！你非得自己动手，否则根本就射不出来，你这个下三滥的半男不女的犹太佬！"

喂，够了吧，她难道一点同情心都没有？"可是，我的眼睛！"我冲进厨房，而斯莫尔卡和曼德尔却乐不可支，靠着墙滚来滚去。"真的射进去了——"曼德尔大笑着跪倒在地板上，一边用他的拳头捶打着地毯，"就射到你他妈的眼睛里——"

"水呢，你们这帮混账，我都要瞎了！我身上在着火！"我一边说，一边全速从曼德尔的身边飞过，把我的脑袋伸到水龙头下面。水槽上方，耶稣依旧穿着粉红色的睡袍向上飞升。那个没用的狗东西！我一直以为他会使基督徒们心怀良善、充满同情心。我一直以为他要世人为他的痛苦感到难过、遗憾。全都是狗屁！我要是瞎了，就是他的错！是的，不知怎地，他让我觉得，这些痛苦、混乱，归根结底都是他一手造成的。哦，上帝，当那冰凉的水冲击着我的面孔的时候，我想的是我该怎么向我的父母来解

---

① Rose Franzblau（1905—1979），美国心理学家，为《纽约邮报》撰写专栏。

释我瞎眼的原因！我母亲实际上有一半的人生都花在了我的屁股上，检查我拉出的大便，我怎么可能掩藏得了我已经失去视力的事实呢？"砰砰砰，砰砰砰，是我啊，妈妈，这条听话的大狗把我带回家了，还有我的手杖。""狗？在咱们家？趁着它没有把到处都弄脏之前，把它从这儿弄走！杰克，家里有一条狗，我刚清洗完厨房的地板啊！""但是，妈妈，它得呆在这儿，它必须留下。它是只导盲犬。我的眼睛瞎了。"

"哦，我的上帝！杰克！"她朝厕所喊道，"杰克，亚历克斯带了条狗回家——他眼睛瞎了！""他，瞎了？"我父亲回答道。"他怎么会瞎了呢，他甚至连关灯是什么意思都不知道。""怎么回事？"我母亲尖叫着，"怎么回事儿？告诉我们这是怎么回事儿——"

母亲，怎么回事儿？还能是怎么回事呢？就是和一些基督徒姑娘搞上了呗。

曼德尔第二天告诉我，在我发狂似的离开之后半小时内，"泡泡"就跪下了她那操蛋的意大利膝盖，吸了他的家伙。

我眼珠子都要掉出来了，我问道："她吸了？"

"那个意大利小婊子就这么跪着，"曼德尔说道，"笨蛋，你回家去干什么？"

"她骂我是个犹太佬！"我替自己辩解道，"我当时以为我眼睛要瞎了。你听好，她是个反犹主义者，巴-巴-鲁。"

"嗯，不过那关我屁事。"曼德尔说道。说真的，我不认为他知道反犹主义是什么意思。"我只知道我打到炮了，两次。"

"你做了？有戴套儿吗？"

"妈的，我什么东西都没戴。"

"可是，她会怀孕的!"我喊道，大吃一惊，倒好像我是要被追究责任的人。

"我在乎什么呀？"曼德尔回答道。

那我干吗要操心啊！我干吗要花几个小时的时间在地下室里测试那些特洛伊保险套？我干吗独自生活在梅毒的死亡阴影下？我干吗带着我充血的眼睛跑回家，以为自己要永远瞎掉，而"泡泡"却在我走后不过半个小时，就含上别人的家伙! 回家——回家找我的妈咪! 找我的巧克力软曲奇和牛奶，回家找我舒适、干净的床! 哦，文明和克己的不满足感! 巴-巴-鲁，告诉我，跟我说，我要知道她干那事儿的时候，你有什么感觉! 我必须知道，还有细节——每一个细节! 她的乳房什么样儿？她的乳头什么样儿？大腿呢？她用她的大腿干了什么吗，巴-巴-鲁，她有没有像色情杂志里那样，用两条大腿缠住你的屁股，直到你想要尖叫，就像我幻想的那样？我想要知道细节! 细节! 实实在在的细节! 谁脱掉了她的胸罩，谁脱掉了她的内裤——她的*内裤*——是你还是她？她跪在那儿帮你舔的时候，巴-巴-鲁，她是不是一丝不挂？还有她屁股下面有放枕头吗，我父母那本结婚手册上说要塞一个枕头在女人屁股底下，你有吗？曼德尔，你讲清楚，我要弄明白这些事情——她有没有高潮？或者她只是一个劲儿地呻吟，还是怎么样？她是怎么高潮的！感觉怎么样！在我没有失去理智之前，我要知道那是什么感觉！

情欲生活中最普遍的堕落形式

我想我大概还没有说过猴子的笔迹曾严重影响了我的心理平衡吧。她的字简直无药可救！看上去根本就是一个八岁孩子写的——让人抓狂！该大写的地方不大写，该加标点的地方没有标点。整张纸面上尽是她那些大得过头、毫无章法的文字，一行一行往下歪斜，然后越写越稀疏，散成一片。至于她那些印刷体手写文字，就像我们小学一年级时用我们的小手画好然后带回家的画！还有她的错别字。像"清洁"这种根本不可能写错的字，在同一张纸上出现了三种不同的写法。没错，知道那个"清洁先生洗涤剂"吗？她三番两次都把"清"写成了"轻"。轻！"轻松"的"轻"。更别提信开头的那个"亲爱的"变成"亲受的"或者"辛爱的"。以及第一次写信的那次："新爱的"（这个我倒觉得还有点意思），就出现在某晚我们按原计划到格雷西大饭店吃饭之前。我的意思是，我不得不问问我自己，我这是在干什么，和一个年近三十的女人谈恋爱，而且这女人还当"亲爱的"就是写成"新爱的"！

自从与她在列克星敦大道相遇以来，已经过去了两个月，而我，瞧，仍一如既往地受情感潮水的左右：一方面是欲望，狂乱不止的欲望（这还是我第一次对一个女人这样沉迷、纵情!），而另一方面，是某种近乎蔑视的感觉。更正。我们是几天前才去了佛蒙特旅行，在那个周末里，我原本对她怀有的戒心——由她的模特光环、粗鄙出身，以及她草率的性态度（这点凌驾于其他所有之上）所引起的担忧——所有这些担心和不信任，都被柔情与钟爱的狂涛巨浪所吞噬了。

对目前的我来说，所思所想都被这篇《情欲生活中最普遍的堕落形式》所占据。你可能已经猜到，我买了一套《文选》，自我从欧洲回来之后，每天晚上把自己囚禁在没有女人的床上，手里一本弗洛伊德伴我入眠。有时手里是弗洛伊德，有时手里是小亚历克斯，经常是二者兼有。是的，我独自一人躺在床上，解开身上的睡衣扣子，一边像个陷入昏沉幻梦的小男孩，漫不经心地拨弄它、拉扯它、扭动它、摩擦它、揉捏它，一边潜心阅读着"爱情心理学"中令人着迷的句子、措辞和字眼，让它们把我从所谓的绮念和固恋中解脱。

在《堕》这篇文章中有这样一个短语："情感的潮流"。要保持"爱情中彻底健全的心态"（应该好好定义一下什么叫"彻底健全"，不过我们还是先继续好了），他说，要保持爱情中彻底健全的心态，就必须把以下两股情感的潮流结合起来：一种是温柔而深刻的情感，一种是官能上的情感。然而遗憾的是，在许多情况下，这是不可能发生的。"这一类男人对所爱的没有欲望，而对所欲的又没有爱。"

问题是：我应该把自己算进这个样本里吗？用简单、浅显的语言来说，亚历山大·波特诺伊的感官上的情感是否固着于他的乱伦想象？你怎么看，医生？对我爱欲的选择上是否有这么可悲的一条限制？除非我所欲的满足了我堕落的条件，感官的情感才能实现自主？我想请教一下，这可以用来解释我对异族女人的执念吗？

好，但即便如此，即便如此，在佛蒙特的那个周末又该怎么解释？因为那里囚着一头乱伦的母兽，至少看起来是这样。然后咻地一下，感官的情感与前所未有的最纯洁、最深沉的温情之流交汇在一起！我是说真的，这两股情感的合流无与伦比！和她融为一体也一样！甚至她也是这么说的！

或者，你觉得这一切只是那些缤纷的树叶、在伍德斯托克某个小旅馆餐厅里燃烧的炉火，才教葫芦变大①（约翰·济慈），也

---

① Swell the gourd，见济慈《秋颂》（*To Autumn*）。

为旅游业抹上了一层美好而单纯的生活的醉人的怀旧色彩？我们不过是另外两个色情狂，置身于历史中的新英格兰，在杂草丛生的土地上漂泊，穿着我们刷白的牛仔裤高潮，在租来的敞篷车里做着旧日农民的美梦。或者对我而言，在我和猴子在佛蒙特共度的那几天阳光灿烂的日子里，我所怀抱的也许就是爱情中那种彻底健全的心态？

这几天到底发生了什么？嗯，大多数时间我们都在开车。然后就是观景：河谷、群山，洒在原野上的阳光；当然还有草叶，一边欣赏一边啊啊啊地赞叹个没完。一次我们停下来眺望远方时，看到一个人正站在谷仓旁一架高高的梯子上，敲击着手里的锤子，这也是个有趣画面。哦，还有那辆租来的汽车。我们先飞到拉特兰，在那儿租了一辆敞篷车。一辆敞篷车，你能想象吗？当了三分之一个世纪的美国男孩，这还是我第一次自己开敞篷车。知道为什么吗？因为一个保险代理人的儿子比任何人更清楚，开着这样一辆车子跑来跑去有多危险。他知道那些可怕的细节！就敞篷车而言，只要在路上撞到哪个突起物，你就会从座位上弹起、飞到半空中（我们就别再绘声绘色地描述了），摔在公路上，头着地，然后如果你幸运的话，就会在轮椅上度过余生。如果敞篷车里的你随车翻了个个儿，那么你就只能和你的小命儿吻别了。这都是统计资料（我父亲这么告诉我），绝不是他为了找乐子编造出来的什么蹩脚故事。保险公司可不是开来赔钱的，亚历克斯，他们有几分把握说几分话！而现在，紧跟在我睿智老爹身后的睿智老妈说道："求你了，就听我的吧，好让我这四年晚上能睡个安稳觉，让你老妈如愿以偿，那她以后再也不会向你要求任何事情了。答应我，你到俄亥俄州的时候绝对不坐敞篷车。这样，我晚上躺在床上才能阖眼，亚历克斯，向我保证你绝对不会以某种疯狂的方式对待你的生命。"我父亲也来煽风点火："因为你就像颗李子，亚历克斯！"他带着哭腔说道。我即将离家的旅行让他伤透了脑筋。"我们不希望李子在成熟之前，就从树上掉到地上！"

第一，你保证，我的宝贝李子，永远不坐敞篷车。这么一件小事儿，答应了又有何妨？

第二，你顺道拜访一下西尔维亚的侄子霍华德·休格曼。他是个讨人喜欢的小伙子，也是希勒尔公司的总裁。他会带你到处看看。请务必拜访他。

第三，我的宝贝李子，我的希望之光，你还记得你的表兄海希吧，还记得他因为那个姑娘，给自己和家人带来的折磨吧。还记得你海米伯父为了把那孩子从疯狂中解救出来，经历的那些糟心事吧。想起来了吗？好了，我们还要再多说什么吗？我的话说得够清楚了吧，亚历克斯？不要自暴自弃。别把你光明的前程葬送在没有价值的事上。我想我们就说到这儿吧。还需要多说什么吗？你还是个孩子，十六岁，中学毕业，不过是个孩子，亚历克斯。你还不懂这世间的仇恨。所以我认为我们用不着再对你说什么了，对你这么机灵的孩子，已经不需要再多说一句了。但是你必须小心慎重别出差错！千万不要作茧自缚！你一定要听进去我们说的，别板着那张脸，要感恩，别理直气壮地顶嘴！我们都知道！我们都活到这把年纪了！我们什么没见识过！没用的，我的儿子！她们完全是另一类人！你会被伤得体无完肤！去跟霍华德谈谈吧，他会带你了解希勒尔！我拜托你，千万不要招惹金发女人！因为她会把你吃干抹净，再甩了你，留你在阴沟里淌血！像你这么出色而又单纯的小男孩，她会把你生吞活剥！

她会把我生吞活剥？

啊，但是，我们会复仇的，我们这些出色的小男孩，我们这些宝贝李子。你一定听过这个笑话。一个名叫米尔迪的美国大兵从日本打电话回家。"妈妈，"他说，"是我，米尔迪，我有好消息要告诉你！我认识了个很棒的日本女孩，然后我们今天结婚了。我想要一退伍就把她带回家，妈妈，让你们互相见个面。""这样啊，"那位母亲说道，"那当然要把她带来啊。""哦，太好了，妈妈。"米尔迪说道，"太好了——只是我在想，你那间小公寓有地方让我和明太睡吗？""有地方吗？"母亲反问道，"不就睡在床上吗？不然你和你的新娘子要睡哪儿？""但要是我们睡床上，那你睡哪儿呢？妈妈，你确定你的小公寓够睡吗？""米尔迪，宝贝儿，不用你操心，"那位母亲说道，"一切都好得很，我会把房间都空出来——只要我一上吊。我会自杀的。"

多么天真呀，我们的米尔迪！远在横滨的他听到母亲这样说，会有多震惊啊！温顺、被动的米尔迪，你连只苍蝇都不愿伤害，对不对，小宝贝儿？你痛恨杀戮，攻击别人这种事你连想都没想过，更不要说要一个人的命了。所以你让那位艺伎女孩代你出手！高明呀，米尔迪，高明！相信我，落在艺伎女孩手中的她，是不会很快醒过来的，落在艺伎女孩手中的她，是会崩溃的！哈哈！你办到了，米尔迪宝贝，连根手指都没动就办妥了！当然了！让异族女人为你干下这桩杀人的勾当吧！你，你只是一个无辜的旁观者！无辜受到战火的波及！一个受害者，对吗，小米尔迪？

所谓床第之欢，的确令人心旌摇曳，不是吗？

当我们到达位于多塞特的小旅馆时，我提醒她把她那六个戒指中的一个退下来，戴到恰当的手指上。"在公共生活中，人必须考虑周到。"我说道，并且告诉她，我已经以阿诺德·曼德尔夫妇的名义订了一个房间。"他曾经是纽瓦克的英雄。"我解释道。

当我在登记的时候，猴子（看起来有种新英格兰式的极致的情色意味）在大厅里闲晃，一边研究着那些兜售的佛蒙特小礼品。"阿诺德——"她叫道。我答应着："怎么了，亲爱的?""我们应该给曼德尔妈妈带回去一些枫糖浆。她是多么喜欢枫糖浆啊。"她一面说着，一面向那位疑惑的店员露出她在星期日《时代报》内衣广告上的那种微笑，神秘而诱人。

多么美妙的夜晚呀! 我指的并不是在那一夜，我和她身体扭动得比平时更剧烈、颈部因为抽送的动作而摇晃得更频繁，或是猴子的呻吟比以往更激情——不是的，我已经习惯了这种瓦格纳式高音的戏剧效果。真正新奇美妙的是我们之间情感的流动。"噢，你让我欲罢不能!"她喊着，"我是个色情狂吗，还是结婚戒指的缘故?""我在想也许因为这像某种'旅馆'私通。""噢，太棒了! 我感觉、我感觉自己好疯狂……又那么温柔，和你在一起的时候，我是那么疯狂地温柔! 噢，宝贝! 我一直觉得我要哭出来了，幸福得快要哭出来了!"

星期六，我们向北开往尚普兰湖，一路走走停停，好让猴子用她的美乐时照相机拍照。当天傍晚，我们抄近路直奔伍德斯托克，一路上目瞪口呆地看着沿途的风景，惊呼着、赞叹着，猴子舒适地蜷在我身上。那个早上我们展开一场性事大会（就在靠近湖岸的一片蔓生的原野上），然后那天下午，当车开在佛蒙特中部群山之间的某条烂泥路上时，她说道："噢，亚历克斯，车靠边停，快点——我要你射到我的嘴里。"于是她开始帮我吹，我有把车篷升起！

我还想和她沟通什么呢？正当我们开始感觉到什么的时候。感觉到了感觉！而且"性致"一点没有减少！

"我知道一首诗，"我用一种仿佛喝醉的语气，仿佛醉到去舔某个房间里全部的男人也无所谓的那种语气说道，"我现在要把它背出来。"

她正安卧在我的大腿上，双眼仍然闭着，我的那个正在变软的小亚历克斯则像只雏鸟一样贴着她的脸颊。"哎，别这样，"她抱怨了一声，"现在不要，我又不懂诗。"

"这首你一定懂。这是一首关于性交的。一只天鹅操了一个美丽的女子。"

她抬头看着我，挑逗地眨了眨那双戴了假睫毛的眼睛。"噢，那好。"

"但是，这是一首严肃的诗。"

"嗯哼，"她边说边舔着我的家伙，"这可是个严肃的冒犯。"

"哦，真让人无法抗拒啊，机智的南方美人，特别是当她们像你这么能干的时候。"

"少跟我来这套，波特诺伊。背你的下流诗吧。"

"是波特-诺瓦。"我纠正道，并且开始背了起来：

"猝然一攫：巨翼犹自拍动，

扇着欲坠的少女，他用黑蹼

摩挲她双股，含她的后颈在喙中，

且拥她捂住的乳房在他的胸脯。"

"你是——"她问道，"从哪里学到这种东西的?"

"嘘。还有呢：

惊骇而含糊的手指怎能推拒，

她松弛的股间，那羽化的宠幸?"

"嘿!"她喊道，"股间!"

"白热的冲刺下，那扑倒的凡躯

怎能不感到那跳动的神异的心!

腰际一阵颤抖，从此便种下

败壁颓垣、屋顶和城楼焚毁，

而阿伽门农死去。就这样被抓，

被从天而降的暴力所凌驾，

她可曾就神力汲神的智慧，

乘那冷漠之喙尚未将她放下？"①

"以上。"我说道。

一阵沉默。"这首诗是谁写的？"她嘲弄地问道，"是你吗？"

"威廉·巴特勒·叶芝写的。"我说道，同时意识到我的回答多么直来直去，原来我的迟钝已经放大了我们之间的分歧：我聪明，而你愚钝。这就是我向这个女人背诵这首诗的目的所在，它是我在三十三岁的时候能默背的三首诗中的一首。"他是位爱尔兰诗人。"我讪讪地补充道。

"是吗？"她说道，"你在哪儿学会这首诗的，躺在他膝盖上学的吗？我还不知道你当过爱尔兰人呢。"

"念大学时学的，宝贝儿。"念大学时我认识了一个女孩，这首诗就是她教我的。她还教我读了《通过绿色引线催开花朵的力量》②。但是，够了吧——为什么要拿她和另一个人相比较呢？为

---

① 见余光中译《丽达与天鹅》。
② *The Force That Through the Green Fuse Drives*，英国诗人迪伦·托马斯的诗作。

什么不让她保持本色呢？这么想就对了！就爱她这个人吧！包括她所有的缺陷，毕竟，她只是一个普通人！

"哦哦。"猴子说道，依然跟我玩着卡车司机的游戏。"我自己从来没有上过大学。"然后，这位愚钝的南方美人说，"在我芒兹维尔的老家，亲爱的，我们念过的诗就只有'我见过伦敦，我见过法国，我见过玛丽·珍的内裤'。不过我过去是不穿内裤的……知道我十五岁的时候干了什么好事吗？我剪了一撮阴毛，然后把它装在信封里寄给了马龙·白兰度。那孬种连告诉我东西收到了的礼貌都没有。"

沉默。我们都还在摸索，两个如此不同的人一起在佛蒙特——到目前为止——究竟有什么意义。

这时她说道："好了，阿伽门农是干什么的？"

于是，我竭尽所能，解释了一番。宙斯，阿伽门农，克吕泰涅斯特拉，海伦，帕里斯，特洛伊……哦，我觉得自己糟透了，就像个骗子。我知道我把其中一半的故事都搞错了。

但她真是不可思议。"很好，现在再把它整个说一遍。"

"你是说真的？"

"我是说真的！再来一遍！不过，看在上帝的分上，说慢一点儿。"

于是我又背诵了一遍，我的裤子还扔在车底板的下方。天色开始转暗，而我的车避开了往来的车群，犹如戏剧画面一般被笼罩在树叶之中。事实上，那些树叶正在落到车里来。猴子看上去就好像一个正试图解出乘法答案的孩子，但不像个不开窍的孩子——不，她的样子就像个反应灵敏的聪明的小姑娘！根本就不笨！这个姑娘真的很特别。即便我和她是在大街上勾搭上的！

你知道当我背完，她干了什么吗？她握住了我的手，拉着其中一根手指到她的腿间，就是玛丽·珍依然没有穿内裤的地方。"你瞧，这首诗把我搞得这么湿。"

"亲爱的！你听懂这首诗了呀！"

"我想我懂！"斯佳丽·奥哈拉喊着，然后说道，"嘿，我懂啦！我听懂一首诗啦！"

"以你的阴部为证，一点不错。"

"我的突破者宝贝！你把这个傻瓜变成了天才！噢，我的突破者，亲爱的，来吃我吧。"她喊叫着，一边把满手的手指头塞进我的嘴里——她拖着我的下巴把我拉到她的下体上方，喊着，"噢，吃我这受过教育的阴部吧！"

这简直是田园牧歌，不是吗？像这样置身在火红与金黄色的秋叶之下，难道不是吗？

在伍德斯托克的房间里，在我刮脸准备吃晚饭的时候，她把自己浸没在热水和萨尔多浴液里。在她那苗条的体形里，究竟储藏了多大的精力。当她吊在我那家伙的前端时，那又是多么令人叹为观止的特技表演！你以为她朝床沿向后弯身时，她的脊椎骨就要断裂了——就在她高潮的时候！啊！感谢上帝，她有定期去上那些体操课！多么绝妙的性交体验呀！我真是受益匪浅！然而事实证明，她也不过是个普通人而已——没错，她给出的每一个暗示，都指向了这种可能性！她是一个人！一个能够被爱的人！

但是，由我来爱吗？

为什么不呢？

真的吗？

为什么不！

"你知道吗，"她从澡盆里对我说道，"我的小洞洞疼得不能呼吸了。"

"可怜的洞洞。"

"嘿，咱们去吃一顿大餐，喝好多葡萄酒，吃好多巧克力慕斯，然后上来到这儿，爬到咱们这张有两百年历史的大床上，但是不要搞！"

"你觉得呢，阿诺？"她后来问道，这时灯都熄灭了。"这样很有趣，对不对？好像我们都八十岁了。"

"或者八岁，"我说道，"我有个东西想要给你看。"

"不要啦。阿诺德，不要。"

我晚上睡不着，便把她拉向我的怀里。

"哦，拜托，"她呻吟着，"我要把自己保留给我的丈夫。"

"一只天鹅才不管这些屁话，小姐。"

"哦求你，求你啦，你一边去——"

"摸摸我的羽毛。"

"啊啊啊——"当我把那东西塞进她的手里，她倒吸了一口气。"一只犹太天鹅！嘿！"她喊道，然后用她空出的那只手捏住我的鼻子。"这冷酷的喙！这首诗我又多懂了一些！……你说是吗？"

"老天呀，你真是不可思议！"

这句话让她乐翻了天。"噢，我是吗？"

"是的！"

"我是吗？"

"是的！是的！是的！现在我可以操你了吗？"

"噢，我的宝贝，甜心，"猴子喊道，"挑一个洞洞吧，随便哪个，我是你的！"

早饭之后，我们绕着伍德斯托克散步，猴子上了妆的脸颊紧贴着我臂膀上的夹克。"你知道吗，"她说道，"我想我一点也不讨厌你了。"

当天傍晚我们动身回家，一路驱车赶回纽约，这样我们共度的周末便会晚点结束。上路刚刚一个小时，她就转到WABC电台，然后开始在座位上跟着节目播放的摇滚乐摇晃着身子。突然之间她又说："啊，他妈的难听死了。"于是关掉了广播。

如果不用回去的话，她说，不是很好么？

如果有天能和你真正喜欢的人一起生活在乡间，不是很好么？

如果能一大清早就精神奕奕地起床，天黑了就拖着累得跟狗一样的身体去睡觉，不是很好么？

如果能整天为生活四处奔忙，却压根儿没发现这许许多多的责任就是责任，不是很好么？

如果能整天、整周、整月连续地忘我，不是很好么？穿着旧衣服，素面朝天，也不必故作坚强，不是很好么？

时间在流逝。她吹着口哨。"很棒吧，如果能那样的话。"

"然后呢？"

"就当个大人。你懂么？"

"不可思议。"我说道。

"什么不可思议？"

"我大概有快三天没有听见这种乡下佬的陈词滥调了，这种贝蒂小姐式的傻乎乎的陈词滥调，这种少女赶时髦的情怀——"

我这是在称赞她，她却感觉自己受到了侮辱。"喂，老兄，这可不是什么'陈词滥调',这是我!而且,如果对你来说我表现得不够好,那还真不好意思,委员大人。不要只因为我们快要回到那个认为你很了不起的城市,就糟蹋我好吗。"

"我只是说你比外头出来的那些娘儿们要聪明得多,仅此而已。"

"狗屁。这个世界上根本不可能有人会像你一样,把我想得那么蠢!"说到这儿,她突然向前探身,猛地转开了《好男孩》电台节目。这个周末发生的大小事情仿佛从此一笔勾销。她熟知每一首歌的每一句歌词,她拿定主意要让我知道这一点。"对啦对啦对啦对啦,对啦对啦对啦对啦。"多么出色的表演,证明她的小脑还能运作。

在天黑时,我把车停在了霍华德·约翰逊快餐店前面。"咱们吃点儿东西吧,"我说道,"吃点东西、补充下体力吧。"

"听着——"她说,"可能我连自己算什么都不知道,但是你也不知道你想要我成为什么样的人!你别忘了这点!"

"说得好,老兄。"

"妈的!你看不出我过的是什么生活吗?你以为我喜欢当个无名之辈吗?你以为我爱死了那种空虚的生活吗?我恨死了!我讨厌纽约!我永远也不想再回到那个阴沟里去!我想住在佛蒙特,委员大人!我想要和你一起住在佛蒙特,当一个大人,不管那要付出他妈的多大代价！我想要成为'让人尊敬的夫人''抬得起头的夫人''说话有人听的夫人'！"她大声喊着，"我想当个头脑清楚的人！噢，我想我爱你，亚历克斯。我想我真的爱你。哦，但是太多的东西在左右着我！"

换句话说：我觉得自己是爱着她的吗？回答是：不。我所想的（你会爱这个的），我所想的不是"我爱她吗？"甚或是"我能够爱她吗？"，而是：我应该爱她吗？

在那家餐馆里，我跟她说，我想要她和我一起去参加市长举行的正式晚宴，我最多也只能做到这样了。

"阿诺，咱们来谈一场恋爱吧？"

"——你是说？"

"哦，用不着那么胆战心惊的。我是说你觉得如何？谈恋爱而已。你只跟我上床我也只跟你上床。"

"就这样？"

"嗯，对的，大致如此。还有，白天我会打很多电话给你。那是我的毛病。连'毛病'也不能说吗？那好。那是我的强迫症。这样可以了吗？我的意思是，我克制不了自己。我的意思是，我会给你的办公室打很多电话。因为我希望所有人都知道我有对象了。这是我从那个我交了五万美元的精神医师那里学会的东西。我的意思是，只要我在工作的时候，我就会打电话给你——告诉你我爱你。这解释得还清楚吗?"

"很清楚。"

"因为我的愿望就是成为一个表述清晰的人。哦,我的突破者,我崇拜你。而现在,无论如何,嘿,"她耳语道,"想闻闻这个吗——会让你大吃一惊的。"她四下打量,看看附近有没有女服务生,然后向前探过身来,好像把手伸到桌子底下去拉她的长筒袜。片刻之后,她把指尖递到我的面前。我把它们压到我的嘴上。"这是我的原罪,宝贝。"猴子说道,"从我那发骚的洞里来的……给你的!只给你!"

去吧,去爱她吧!勇敢一点!眼下,这个绮念正恳求你将它实现!充满情色意味的绮念!这么放荡!这么让人心醉神迷!也许过于华丽夺目,但依然是这么美!我们所到之处,人们都注视着我们,男人们垂涎渴望,女人们窃窃私语。一天晚上,我们到市区的一家餐厅吃饭,我无意中听到有人说:"那不是那个谁吗,她叫什么名字来着?就是演《甜蜜的生活》的那个?"而当我回头去看——谁呀,阿努克·艾梅吗?——我才发现她们是在看我们,看这位站在我身边的猴子!虚荣吗?为什么不呢!抛弃脸红,埋葬羞耻心,你再也不是你母亲的淘气小男孩了!就欲望这一点来看,一个三十岁的男人无需对自己以外的任何人负责!这才是当个大人的好处吧!你想要什么吗?伸手去抓呀!放纵一点儿吧，看在上帝的分上！不要再否定你自己了！不要再否定事实了！

啊，但是还是有（让我们低下头来），还是有些事情必须考虑进去，比如"我的尊严"，我的名声，大众的观感，我的观感。医生，这个姑娘曾经为了钱和别人睡。钱！是的！我相信这就是别人口中的"卖淫"！一天晚上，为了要称赞她（我想，无论如何，那就是我的动机），我说："你应该把这拿到市场上去卖，单就一个男人来说有点大材小用了。"我这么说只是出于献殷勤，你知道……或者，单纯是出于直觉？然而，她回答道："我有啊。"我不让她就那么糊弄过去，直到她解释清了才善罢甘休。最初，她声称这么做只是自作聪明，但是面对我的反复盘问，她终于讲出了那个故事。我听完便认定那是一件发生过的真人真事，至少部分是真实的。在离开巴黎、离婚之后，她曾经飞到好莱坞（按照她的说法）去参加某部电影的角色试镜（但是她没能得到那个角色。我追问她那部电影的名字，但是她声称已经忘记了，还说它根本没有拍成）。在从加利福尼亚回纽约的途中，她和同行的姑娘（"这个姑娘又是谁？""就是一个姑娘。一个女性朋友。""你为什么和一个姑娘一块儿旅行？""哪有什么为什么呀！"）中途跑去拉斯维加斯玩。在那儿她和她碰见的一个小伙子上了床，上了床也保持着一派纯真的样子。然而，令她大吃一惊的是，第二天早晨，他问她："多少钱？"她说回答的话从她嘴里脱口而出——"你觉得值多少就给多少。"于是他给了她三张百元大钞。"你收下了？"我问道。"我当时二十岁。没错，我是拿了那钱。我想知道那是什么感觉，就这么回事。""所以，那是什么感觉呢，玛丽·珍？""我不记得了。什么感觉也没有。什么感觉都不像。"

好了，你怎么想？她声称这种事情只发生了那一次，就是在那十年前，而且即使在当时，也是纯属意外，是他误解了她古怪而荒诞的行为。但是你接受这种说法吗？我应该接受这种说法吗？难道认为这个姑娘曾经下海、当过一阵高级应召女郎是很异想天开的想法吗？噢天哪！接受她吧，我自忖到，我在进化的程度上并不比那些在巴拿马航空班机上挑选女人的暴徒和百万富翁更高级啊。在一般人眼里，她这种女人就只会在黑手党或者电影明星身边出现，这种女人是不会挽着威夸依克高中一九五〇年毕业生致辞代表的手臂的！是不会呆在一位《哥伦比亚法律评论》杂志编辑，或一位高智商的公民自由支持人士的身边的！我们就实话实说吧，甭管她是不是妓女，她就是一个十足的尤物，对不对？看见她和我在一起的人，无论谁都会马上明白我人生中汲汲追求的是什么。也就是我父亲过去所说的"小婊子"。完全正确！而我能带一个小婊子回家吗，医生？"妈妈，爸爸，这是我的妻子，这个小婊子，看起来就是一副性感的野样子吧。"你懂吗，只要我因为自己的欲望而接受了她，最终整个街坊都会知道我小小的肮脏的内心世界里最真实的一面。这位人人口中的天才，他的本心，将会由他所有猪猡般的癖好和下流的欲望而昭然若揭。浴室的那扇门会被砰地甩开（没有上锁！），接着——看呀，人类的救星就坐在那里，他的下巴上耷拉着一条口水，目光呆滞、口齿不清，而他的肉棒正对着电灯泡开火！结局是，一个笑柄！一个坏男孩！一个家庭的永远的耻辱！是的，是的，我可以预见这一切：由于我的丑行，有天早晨醒来时，我发现我自己，以及这个世界上其他小婊子皮条客，都被人用锁链拴在地狱的马桶上——强壮的人们！当我们拿到发放的全新纯白衬衫、苏尔卡领带，当我们穿上合身而时髦的全新丝质西装，撒旦会说："拥有长腿女人的各位大人物呀，欢迎光临。你们这些家伙，你们的人生真是成果辉煌啊。你们真是非同凡响，很好。特别是你——"他边说边朝我这个方向嘲讽地挑一下眉，"才十二岁就进了高中，成了纽瓦克犹太社区的门面——"啊哈，我就知道。撒旦只是一个隐喻，他真正的身份是胖沃肖，那位拉比先生。我那位粗壮而自负的精神领袖。有着做作的发音和波迈香烟烟臭的他！受、尊、崇拉比！在我的成年礼上，我怯生生地站在他的旁边，心满意足地享受着眼前这幅光景，同时因为自己被神圣化而显得有些高兴。来，听我一一道来。他左一句亚历山大·波特诺伊，右一句亚历山大·波特诺伊，为了要向你传达绝对的真理，他说话总会一个音节一个音节地说，然后那些文字便自己连成字串、字串又连接成完整的句子；坦白说，这似乎没有平常那样令我反感。当他一个音节一个音节地向齐聚一堂的亲友们历数我的种种美德和成就时，哦，那阳光灿烂的星期六上午时光轻转，缓慢而蜿蜒地流动。向他们宣讲吧，沃肖，向他们宣扬我的事迹吧，不要因为我的缘故而把自己搞得手忙脚乱的，求求你了。我还年轻，我可以整天站在这里，如果有必要的话。"……孝顺的好儿子，充满爱心的好兄弟，了不起的荣誉学生，贪婪的报刊阅读者（他紧跟时事，知道高等法院每位法官和内阁每名成员的全名，还知道众议院和参议院中多数党和少数党领袖的全名，也知道议会各重要委员会主席们的全名），这个男孩在十二岁就进入了威夸依克高中，他的智商高达一百五十八，一百——五——十——八，啊，那么，现在——"他告诉这些心怀敬畏、眉开眼笑的听众时，我感觉到他们的钦佩之情正高涨，最终包围了站在圣坛上的我。嘿，如果在他结束了讲演，他们却没有像抬经书围着犹太会堂绕行那样严肃地把我高举起来、带我穿过会堂的过道，让信众们争先恐后地用他们的嘴唇亲吻我在奥尔巴克百货公司买的崭新的蓝色西装，让老人们向前簇拥着，一边喊着"借过！借过！"，一边赶忙用他们的祈祷披肩接触到我闪亮的伦敦鞋，那会让我感到惊讶。我丝毫不会感到惊讶的是，当我名闻天下的时候，他们会对自己的孙子、孙女说："没错，那个时候我在场，我参加过大法官波特诺伊的成年礼。""犹太人的门面！"沃肖拉比说，"现在我们这位不同凡响的杰出青年——"只是他的语调已经变了！而且变化多么大！"现在，"他对我说，"却有了皮条客的心态！有了游戏于异族女人世界的人类价值观！对他来说，什么才称得上是所谓经验的高度呢？手臂上挽着一个长腿娼女，走进馆子吃饱饭就是！随随便便就进入穿紧身衣的女人身体里！""哦，行行好吧，受、尊、崇先生，我现在是一个大人物了，所以你那套拉比式的正义论调可以放一放了。这场游戏进行到现在，已经变得有点好笑了。比起那些丑陋和冷淡的女人，我就是宁肯选择美丽和性感的女人，这又有什么可悲的呢？为什么要给我扣上拉斯维加斯流氓阿飞的帽子？为什么要把我用铁链子永远拴在马桶上？就因为我爱上了一个浪荡的姑娘？""爱？你？你不配！那是自恋，我亲爱的孩子，我就是这么看的！这两个字会写吧，啊！你的心既空虚又冷漠，像个冰箱一样！你冷冻成冰的血在流！我感到惊讶，你走路的时候怎么会没人盯着你呢！那位放荡不羁的小姐，按你所说——我铁定是狂放不羁的呀！——无非是覆在你肉棒上的一片肥大羽毛，这就是她的全部意义，亚历山大·波特诺伊！你曾经许下的承诺，原来就是这么履行的！令人恶心！爱吗？你说的应该是色欲的'色'和自私的'自'！""但在霍华德·约翰逊快餐店里，我确实感到不安——""看你的肉棒！那是当然的！""才不是！""就是！你这一生，不就只是为了这个而一直感到不安吗！你这个牢骚鬼！你有满腔怨言、满腹仇恨！哦，因为你从一年级就开始抓着你那根肉棒不放，上帝啊！""我没有！""有，你有！这是最根本的事实，我的朋友！那些受苦受难的人类对你而言，连个屁都不算！你对他们熟视无睹啊，小兄弟，不要再自欺欺人了！瞧，你不是冲着你的兄弟们大喊，快瞧瞧我正把我的小弟弟插进哪里——快瞧，瞧我正在操谁，一个五十英尺高的时装模特①！我免费得到了别人至少要花三百美元才能得到的东西！哦，小子，这岂不是人类史上的巨大胜利吗，嗯？不要以为这三百块钱没有让你亢奋——它肯定让你亢奋得要命！不过，要是说到'看我正在爱的是哪种女人'呢？波特诺伊！""得了吧，你难道不读《纽约时报》吗？我整个成年时代都已经耗在保护那些没有自卫能力的人的权利上了！我在美国公民自由联盟呆了五年，为了信念而战，一点实际的好处也没捞到。而在那之前，我就呆在国会某个委员会里！要是在我自

---

① a fifty-foot fashion model，原文如此，疑为角色故作夸张。

己的律师事务所里，我能够挣到比这多两倍三倍的钱，但是我没有这么做！我没有！现在，我被任命为——你难道不读报纸吗！——人类平等机会委员会的助理委员！正就存在于建筑行业里的偏见与歧视，准备一份专题报告——""狗屁。就你？你就是个插洞委员会委员吧！人类投机委员会委员还差不多！噢，你这个手淫大师！你这个妨碍社会进步的害虫！万物皆为虚空，波特诺伊，可哪里比得上你呀！明明智商一百五十八，可惜所有聪明才智都直接进了下水沟！小学连跳两级又有什么用呢，你这个笨蛋！""什么？""还有到目前为止，你父亲花在安提奥克学院上的钱——这笔钱可是他最沉重的负担啊！所有的错误都是父母的错，对吗，亚历克斯？错事都是他们干的，好事都是你自己的成就！你怎么这么无知！你这个铁石心肠的家伙！你为什么会被锁在马桶上？我来告诉你为什么：你这是自食恶果！这样的话，你可以猛拉你的小弟弟直到地老天荒！永远拉扯你那珍贵的傻屌！来啊，开始吧，委员大人，说到底，那才是你一向真正上心的一切——你那根臭烘烘的阴茎！"

我穿着一身晚礼服到达的时候，她还在浴室冲澡。门没有上锁，显然让我能不打断她而直接进来。她住在东八十街一栋既高大又时髦的大楼顶层，而一想到任何碰巧穿过这条走廊的人都能够像我一样走进来，我就火大起来。我透过浴帘警告她这一点。她用她那湿淋淋的小脸儿碰了碰我的脸颊。"哪会有人想要干这种事？"她说道，"我的钱都在银行呢。"

"这可不是令人满意的回答。"我答道，接着便抽身回到客厅，努力压抑自己的怒气。我注意到咖啡桌上的纸条。有什么孩子刚来过这儿吗，我猜想。不，不，这不过是我第一次亲眼见识到猴子的笔迹。一张写给清扫阿姨的便条。虽然我第一眼看过去时，认定那是清扫阿姨留下的。

认定？为什么我会"认定"？因为她是"我的"女人吗？

辛爱的薇拉清给浴至旁的地板上光 & 不要忘计窗户的内面玛丽·珍·R.

我把这个句子从头到尾读了三遍，而随着某些文字的厘清，每读一次就会出现一些微妙的意义和暗示，每读一次就会有一种麻烦将接踵而至的预感。我为什么会放任这段"恋情"聚集起更多的发展势头？在佛蒙特的时候我究竟在想什么！哦，那个"清"，"请"竟会写成"清"——这是一个跟影院广告牌一样深度的头脑呀！还有"忘计"！对于一个妓女来说，要写对这两个词到底是有多困难！不过在写错"亲爱的"这点上，就另当别论了。原本饱含情感的温柔字形被拆解开来，溃散成取代前者的破败的"辛"，让我感到无比可悲。一段关系能有多怪异啊！这个女人既难调教，又不可能就此一刀两断。与她相比，我简直就是在波士顿的名门望族之中长大。我们俩在一起能闯出什么名堂？要猴吗！根本就是一事无成！

例如，那些电话——我简直无法容忍那些电话！当她预告说会一直、不断打给我的时候，她就像个迷人的少女——但是意想不到吧，她是认真的！我在我的办公室里，听着一对贫穷父母解释他们患有精神疾病的孩子正在某所市立医院，"有计划地"活活饿死。他们不去找卫生署，反而一而再再而三地要我们受理投诉，因为布朗克斯区的一个杰出律师告诉他们，他们的孩子显然是受到了歧视。我致电给医院的精神科主治医生，而从他那里收集到的情况就是，那个孩子拒绝咽下任何食物——他把食物含在嘴里好几个小时，但就是拒绝咽下去。这时我不得不告诉这些人，无论是他们的孩子还是他们自己，谁也没有在这方面或者像他们预设的那样受到迫害。他们觉得我在骗他们。我也觉得我在骗他们。我暗自想着："如果他有我那样的母亲，保证他会把食物咽下去。"不过同时，表面上却对他们的困境表示同情。然而现在，他们拒绝离开我的办公室，除非他们见到"市长"，正像他们早些时候拒绝离开社工人员的办公室，除非他们见到"委员会的领导"。那位父亲说，他会让我卷铺盖走人，而仅仅因为他是波多黎各人就把他那没有自卫能力的儿子给活活饿死的那些人，也得负起责任，也得卷铺盖走人！"歧视他人是违法的。"① 他对着我用西班牙语宣读 CCHO② 手册中的条文——而那正是我写的！就在这个当口，电话铃响了。这个波多黎各人对我吼着西班牙语，我的母亲站在孩提时期的我的身后挥舞着刀子，我的秘书则大声地说里德小姐在线上。这是当天打来的第三通电话。

"我想你，阿诺德。"猴子低语着。

"抱歉，我现在很忙。"

"我真的、真的爱你。"

"好，很好，我们可以晚一点再谈吗？"

"我好想被你那个又长又滑的家伙插——"

"先这样！"

我们在一块的时候，她还有别的什么状况？她阅读的时候嘴巴会动来动去。我太小题大做了？你这么认为？你曾经跟一个应该成为你恋爱对象的女人——一个二十九岁的女人——对坐在餐桌前，然后看着她边动着嘴，边低头读着电影专栏、寻找你们俩想看的片子？我甚至在她告诉我之前就知道哪部片子上映——读她的唇语就好了！至于我拿给她的那些书，都被她装在托特包

---

① 原文为西班牙文。
② Christian Children's Home of Ohio，俄亥俄基督教儿童之家。

里，随着她从一个工作奔向另一个工作，她是要读吗？才不是！
是为了给某个同性恋摄影师留下深刻印象，给街上的路人留下深
刻印象，以及陌生人，以此显示她有多样的个性！看那个翘臀女
人，还带着一本书！书里头还有字呢！我们从佛蒙特回来的隔
天，我买了一本《让我们现在赞美名人》，并且附上一张小卡片：
"致令人难以置信的女人"，将它包装成礼物的样子，准备当天晚
上送她。"告诉我应该读哪些书，好吗？"在我们回到这个城市的
那一晚，她提出了这项感人的要求，"因为，如果我像你说的那
么聪明，那么我为什么还要继续当个笨女人呢？"于是，一开始
我就选了安吉①这部作品，里面还有沃克·埃文斯拍摄的照片，
可以帮助她一路读下去。一本与过去的她对话的书，将开阔她对
于自己出身的视野（当然，比起她一个无产阶级的女人，出身对
一个优秀的左翼犹太男孩而言，具有更多的想象）。我曾多么热
心地编制阅读书单啊！哦，我就是下定决心，要提升她的头脑！
接在安吉后面的是我大学时读过的阿达米克的《炸药!》，书页都
已经泛黄了。我想象她会从我大学时期在书上画下的重点中受
益，进而了解重要与琐碎之间的区别，通则与例证的分野，诸如
此类。其次，这本书文字浅显，但愿没有我在旁督促，也能激励

---

① James Angee（1909—1956），美国作家，《让我们现在赞美名人》为其代
表作。

她去读我建议之外的那些章节，那些会直指她过去的章节（我是这么想的）——存在于煤田间的暴力，从莫莉·马奎尔分子[1]开始讲起；描写世界工业劳工的那一章，不过那整段残酷而恐怖的历史，就是美国劳工阶级的起义与牺牲，而她正是那些人的后裔。在这之前，她难道一点也不熟悉美国历史吗？莫蒂默·斯那德[2]说："哼，我什么也没读呢，伯根先生。"所以我为她选了现代文库出版的多斯·帕索斯精装版。要简单，我想，要简单好读，但是具有教育意义，能够发人深省。啊，你读出了书里的精髓。真的，还有哪些文本？W. E. B. 杜波依斯的《黑人的灵魂》。《愤怒的葡萄》。《美国的悲剧》。一部我喜欢的舍伍德·安德森的作品：《穷苦的白人》（这个书名我想可能会引起她的兴趣）。鲍德温的《土生子札记》。这门课的名称吗？哦，让我想想——波特诺伊教授的"受辱的少数族裔入门"，或"美国仇恨史及其功用"。课程目标吗？挽救这个愚蠢的异族女人；要使她摆脱她的种族的愚昧无知；要使这个冷酷无情的压迫者之女成为苦难和压迫的研究者；要教她有同情心，为这个世界的不幸而哀泣。懂了吧？我和她天造地设：她从犹太佬身上找回了身份，我

---

[1] The Molly Maguires，爱尔兰秘密组织，其成员多为矿工。
[2] Mortimer Snerd，是美国著名演员埃德加·伯根在电台节目中所塑造的人偶形象。

从异教徒身上回收了赞叹。

　　我在哪儿？这一身晚礼服的打扮。我衣冠楚楚，手中那张"辛爱的薇拉"快被我揉烂了，就在这时，猴子出现了，穿着专为那个场合而买的连衣裙。什么场合？她以为我们要去哪儿，去拍色情片吗？医生，那裙子只能勉强盖住她的臀部！那种用某种金色纱线织成的裙子，除了和她肤色一样的衬裙之外，什么都没遮住！而为了让礼服更显端庄，她在礼服上方，也就是自己的头上戴了一顶超大的黑色假发（定是受到小孤女安妮的启发），黑色的卷发在她头的周围形成一弧光环，而她那张粉饰的俗艳不堪的蠢相就从光环的中心突出出来。这让她那张小嘴显得更加刻薄！她真是从西弗吉尼亚来的女人！这个置身于遍地霓虹城市里的矿工之女！"就这身打扮——"我想着，"就这身打扮和我一起去市长家？看上去活像一个脱衣舞娘？'亲爱的'写成'辛爱的'！而且整整一个星期安吉的书还读不到两页！她看过书里的那些照片了吗？呵，大概率没有！哦，是我错了。"我一边想着，一边把她的便条作为纪念品塞进兜里，我明天可以花个二十五毛钱把它裱起来了。"错了啊！这是我在大街上勾搭的女人啊！连我姓甚名谁都不知道就把我吸光的女人啊！曾在拉斯维加斯——难说别的地方没有——出卖身体的女人啊！你看看她——是黑老大的女人吧！人类平等机会委员会助理委员的婊子！我是在做什么白日梦？和这样一个人在一起，对我来说完全是一个错误！毫、无、意、义！只是浪费大家的精力、名声和时间！"

"好了，"坐上出租车后，猴子说道，"你在烦什么，麦克斯？"

"没什么。"

"你讨厌我这副打扮。"

"胡说。"

"司机师傅——到派克兄弟百货！"

"闭嘴。格雷西大厦，师傅。"

"我都要被你释放的东西给毒害了，亚历克斯。"

"我他妈的什么都没放！我说了，没什么。"

"老兄，你那双犹太佬的黑色眼珠子都替你说了。挑剔鬼！"

"放轻松，猴子！"

"是你放轻松！"

"我够轻松的了！"但是我的男子气概只维持了一分多钟，"看在上帝的分上，"我对她说，"到时候不要对玛丽·林赛说什么洞不洞的！"

"什么？"

"你听得很清楚。我们到了之后，不管开门的是谁，不要一上来就跟人谈论你湿淋淋的下面！至少在那里呆足半小时之后，再伸手去抓我老大约翰的家伙，好吗？"

我刚说完，司机那头便发出了一阵气动刹车般的嘶嘶声，而猴子愤怒地将身子挪到车门旁。"我想说什么就说什么，想干什么就干什么，想穿什么就穿什么！这是一个自由的国家，你这个假惺惺的犹太混蛋！"

你应该看看我们的司机曼尼·夏皮罗先生在我们下车时给我们的脸色。"有钱的色狼！"他喊道，"纳粹贱货！"然后怒气冲冲地绝尘而去。

我们就坐在卡尔·舒尔茨公园里的一条长凳上，从那个角度，恰好能看见格雷西大厦里的灯光。眼睁睁看着新行政部门的其他成员纷纷到达，我却在这里上下抚弄着她的手臂、亲吻她的前额，告诉她没有什么好哭的，是我的错，是的是的，我是个假惺惺的犹太混蛋，然后道歉，道歉，再道歉。

"——一天到晚找我的碴儿——你一看到我，就找我的碴儿，亚历克斯！我会在晚上打开门，是因为我想你想得要死，我一整天不想别的就想着你，而在这个操蛋的世界上每一件事都跟我过不去！就好像我不够自信，好像除了缺乏安全感，我还有其他毛病，我只要一张嘴，你就摆出那种表情——我的意思是，就算你摆出那副表情，我也没办法对你不理不睬。你的表情就像在说：哦妈的，那个无脑的蠢货又说起蠢话来了。我说：'还差五分就

244

七点了。'而你想的是：'她真他妈的蠢！'是，我没念过他妈的哈佛，不代表我就没脑子，就是一个蠢货！然后，不要再跟我说在林赛一家面前要怎样怎样的屁话。他妈的林赛夫妇算什么东西？不过是个该死的市长和他的老婆！一个他妈的市长！可能你忘了，我十八岁的时候嫁的可是全法国最富有的男人之一，是阿里王子的座上宾，而那个时候的你在干什么？你还呆在你新泽西的纽瓦克，用手指头操你的那些犹太小女朋友！"

她痛心疾首地哭着问我，难道这就是我想要的恋爱吗？像对待麻风病患一样对待一个女人？

我想要说的是："这也许称不上一段恋情。或许这是人们所说的错误。我说了你别不高兴，也许我们应该各走各的路。"但是我没有这么说！因为担心她会自杀！五分钟前她不是就要打开出租汽车门跳出去吗？所以，假如我真说了："你瞧，猴子，我们到此为止了——"还有什么能制止她横冲直撞地穿过公园，跳到东河里寻死呢？你必须相信我，医生，这是真的有可能发生——所以我才什么也没说。但是这时她的双臂搂住了我的脖子，哦，她可说了不少。"我爱你，亚历克斯！我崇拜你、钦佩你！所以，拜托不要把我说得一无是处！我会受不了的！因为你是所有我认识的男人、女人、小孩里面，最优秀的一个！整个人类王国里，属你最棒！哦，我的突破者，你有了不起的头脑和了不起的屌，我爱你!"

　　然后，就在这条距离林赛夫妇的府邸不过两百英尺的长凳上，她把顶着假发的头埋进了我的大腿，打算帮我吸。"猴子，不要，"我请求着，"别这样。"而这时她兴奋地拉开我黑色裤子的拉链。"这边到处都有便衣警察!"我指的是格雷西大厦及其周围的警备护卫状态，"我们会因妨害公共秩序被他们传唤的——猴子，有警察——"但是她那殷勤的双唇从我敞开的拉链里抬起来，对我低语着："那只是你的想象。"（一个不算拙劣的反驳，如果她说得委婉的话）然后她向下挖掘，活脱脱一个要挖出一个安身之所的毛茸茸小动物。然后，在她的口中我动弹不得。

　　宴会上我无意间听到她告诉市长，她白天做模特，晚上则在亨特大学进修。到目前为止，我没有听到她说出任何一个跟洞有关的字眼。第二天她便到亨特大学，那天晚上，她为我准备了一个惊喜礼物：她给我看她从入学办理处拿来的申请单。为此，我表扬了她。这张表格她当然没有填写完，除了表格上的年龄那一栏填了一个"二十九"。

　　从猴子在芒兹维尔上高中，别人学习读写的时候，她就生活在白日梦中了。猴子的白日梦：

　　那些申请进入西点军校的西弗吉尼亚男孩们正襟危坐在一张

246

大会议桌边。桌子底下，一个人双手双膝着地，浑身赤裸，正在爬行，这就是我们举止笨拙、已经处于青春期的文盲玛丽·珍·里德。一位西点军校的上校拿着他的军官指挥棒，轻轻敲击着自己的后背，绕着桌子转了一圈又一圈，他正在观察这些男孩们的表情。因为就在此时，躲在桌子下面的玛丽·珍正在解开他们的裤子，然后依次为这些面试生口交。获准进入这所军事学校的男孩，必得是当他在射进玛丽·珍那张尚未开化、对武器一无所知的嘴巴里时，最能够维持军人严肃而庄重之气度的那一个。

十个月。难以置信。因为在那段时间里，没有一天——很可能没有一个小时——我不在反复地问自己这样的问题："为什么继续和这个人在一起？这个残酷的女人！这个粗俗、饱受折磨、自我厌恶的，这个手足无措、迷茫、失去自我以及等等的女人。"我无止境地在这一大串的形容词之间咀嚼回味。只要一想起来当初在大街上把她搞到手是那么轻而易举（属于我个人性史上的一大胜利！），唉，我就恶心得呻吟了出来。我怎么能没完没了地继续和这么一个人搞下去呢？一个就理智上而言也好，从判断力和行为上来说也罢，我都毫不尊重的人。这人每天都将我内心的反抗之声一次次地引爆开来，告诫之声每小时都如轰雷大作！还有那些讲不完的大道理！哦，好个好为人师的男人。例如，当她送给我一双意大利乐福鞋作为生日礼物时，我回赠她的却是一通说教。

"听着，"我们一走出那家店，我便说道，"一个小小的购物忠告：当你出去干一些像用金钱交换商品这样简单的事时，没必要向你面前的每个人暴露你的洞。明白吗？"

"暴露什么？谁暴露什么了？"

"你，玛丽·珍！暴露你该藏好的私处！"

"我没有！"

"得了吧。每次你一站起来、一坐下去的时候，我还以为你的下面要勾上那个店员的鼻子呢。"

"上帝呀，我总得坐下，站起来吧？"

"但是不用搞得像上马下马一样吧！"

"算了，我是不知道什么惹着你了，反正那店员是个同性恋。"

"惹着我的是你那两条腿张这么开，看见你裙底风光的人简直比收看亨特利和布林克利节目的人还要多！所以，夺冠的时候见好就收、下台鞠个躬不是挺好吗？"然而即使当我这般责难她的时候，我也在对自己说："哦，省省吧，忧郁的小男孩，如果你想要的是一位高雅的女人而不是一个贱货，那你就给自己找一个啊。干吗赖着不走？"因为这个城市，正像我们所知道的，是一个因女人而显得热闹、活跃的城市，到处是和玛丽·珍·里德小姐完全不同的年轻女子：她们前程似锦、意志坚定、纯洁无瑕，而且健康得就像在牧场挤牛奶的农家女孩。这些我都知道，因为这些女人都是她的"前辈"。不过，她们也不合格。她们也不是对的人。施皮尔福格尔，相信我，我曾经和她们交往，我试过了。我吃过她们做的炖菜，在她们家的厕所里刮过脸，她们曾经把她们的安全锁的备用钥匙给我，在她们的药品柜里，也有我放置日用品的小空间，我甚至和她们的猫交了朋友——那些叫什么斯宾诺莎、克吕泰涅斯特拉、坎迪德或者直接叫咪咪的猫。没错呀没错，那些聪明而博学的姑娘，刚从有口皆碑的常春藤联盟院校完成性事上的冒险和学术上的成就。她们精力充沛，悟性又高，她们自重，自信，而且品行端正，都是一些社会工作者、研究助理、老师或文字编辑，我从不曾因为她们的相伴而感到难堪、丢脸。那些姑娘，我不必当她们的父母，不必教育她们，不必当她们的救赎。可我和这些女孩也行不通！

凯·坎贝尔，我在安提奥克学院的女朋友，还有谁比她更堪称典范吗？纯真而不做作，温柔可爱，没有一丝病态或自私自利——一个完全值得赞美的高尚的人。而现在她在哪里，我的新大陆！哈喽，我的"南瓜"！你嫁去了美国中部的什么地方？是哪个走了狗屎运的异族男人得到了你这位贤妻？不然，她还有别的可能吗？当年她是文学杂志的编辑，不费吹灰之力就拿到英国文学学位，也曾经和我以及我那些义愤填膺的朋友们因为黄温泉镇某家理发店拒为黑人理发，而在店外聚集示威。一个身体强壮、和蔼可亲、心胸宽阔、臀围也宽的姑娘，她长着一张甜美的娃娃脸，有着金黄的头发，不过很遗憾胸部平平（顺便说一下，我生命中的女人都是平胸，这似乎是命中注定，还是有什么特殊原因吗？有关于这个问题的分析文章吗？这对我来说很重要吗？我还是继续说下去吧！）。啊，还有她那双乡下人一样的腿！还有那件从她背部松垮垮地垂落至裙身的衬衫。她随性的装扮曾深深打动了我！连她穿高跟鞋的样子也让我把持不住：她看上去就像一只困在树上的猫，不得其所、陷入了困境，完全不适合她。到了春天，她永远是安提奥克学院女学生中第一个光着脚丫去上课的人。我管她叫"南瓜"，为了纪念她天然的肤色和她硕大的屁股。也为了纪念她刚毅、可靠的性格：只要事关道德原则，她一概坚定有如瓜瓢，多么执着而美丽。在这方面，我只有嫉妒和羡慕的分。

她从不在与人争论的过程中提高自己的音量。你可以想见，这对十七岁的我造成了多大的冲击，全然有别于"杰克、索菲·波特诺伊辩论社"里的氛围！谁听说过这种辩论方式呢？她从不嘲弄她的对手！而且似乎从不因为对方的思想而心怀怨恨！啊哈，所以这就是身为异教徒后裔所代表的意义，这就是身为艾奥瓦——而不是新泽西——某所高中毕业生致辞代表所应有的表现；是的，这就是异教徒理应拥有、业已拥有的气度！不带骄横之气的威仪，不因自己的美德而沾沾自喜，既不趾高气扬也不屈尊俯就的自信之姿。哎，让我们公平地给予这些异教徒应得的评价吧，医生。如果她们叫人佩服，她们就是真的令人佩服得五体投地。就是这样！没错，多么令人着迷啊——那股诚恳、结实的品质。一言以蔽之，她那股"南瓜"性。我健美的异族女人，下围浑圆、不抹口红、光脚丫的异族女人啊，你在哪里呀，凯-凯？你是几个孩子的妈了？你后来真的胖起来了吗？啊，变胖又如何！假如你膨胀得像间房子——你需要一个展示你特色的舞台！美国中西部的奇女子呀，那么我当初为何要放手呢？哦，放心吧，晚点我会交代清楚的，所谓追忆聊自伤啊，这点我们现在都能体会了。在这个当下，让我们稍稍怀念下她的美好吧。那奶油般的肌肤！那未梳理的飘扬奔放的头发！而这可是在那种发型蔚为时尚之前的五十年代初期呀！那是浑然天成呀，医生。浑圆而丰润，有着太阳光泽般肤色的凯！我愿意打赌，现在有半打小孩正黏在她丰满宽厚的屁股（跟猴子那坚挺、巴掌大的模特屁股有着天壤之别）后面。我愿意打赌，你们吃的面包都是你自己烤的吧？（就像那个炎热的春夜，你在我黄温泉镇宿舍里烤面包的情景：你身上只穿着衬裤和胸罩，面粉都跑到你的耳朵里去了，发际也都汗津津的——记得吗？尽管天气那么热，还是让我尝尝真正的面包该是什么滋味？你大可拿我的心代替面团，我的心就是那么柔软！）我愿意打赌，现在的你一定呼吸着未受污染的清新空气，在夜不闭户的地方安居乐业，对金钱和财富依然这么置身事外。嘿，我也一样啊，"南瓜"，虽然身处中产阶级这个大池塘，我依旧出淤泥而不染！哦，身材比例毫不匀称的女人！与人体模型相差十万八千里的你！她是没什么胸，那又怎么样？她的上围和颈部如蝴蝶一般清瘦，但是下身结实得好像一头熊！她似乎在暗示，向下扎根！借助那养路工人般的双腿，和美国的大地相连！

在我们大二那年，我们为了阿德莱·史蒂文森①跑遍整个格林郡，按响每一家的门铃。你真该看看那时候的凯·坎贝尔。当面对共和党人那副居高临下的尊容、小肚鸡肠的个性让我心灰意冷时，"南瓜"却不为所动，维持一如既往的高贵风范。而我却像个野蛮人。无论一开始时我是多么冷静（或是一副屈尊俯就的架势，因为我表现出来的就是那么个样子），我最后总难免失控，汗流满面地大发雷霆，讥讽对方，侮辱、谴责对方，和这些被我

---

① A. E. Stevenson（1900—1961），伊利诺伊州州长，曾两度代表美国民主党竞选总统，皆败给共和党员艾森豪威尔，即艾克（Ike）。

们搞得灰头土脸的人针锋相对，称他们心爱的艾克是没文化的老粗，是政治和道德上的低能儿——可能我和其他人一样，得为阿德莱在俄亥俄州的惨败负责。而"南瓜"却无论情况如何都能耐心地聆听对立派的观点，态度好到堪称无可挑剔，我甚至以为她会随时转过身对我说："那个，亚历克斯，我觉得土包子先生说得有道理，我认为可能真的太退让了。"不过且慢，当对方从嘴里吐出了蠢话，发挥自己的幽默感，以"偏社会主义"和/或"带有左倾色彩"来抹黑我们候选人的政见，作为他最后一发谴责的子弹时，"南瓜"不失礼貌（太厉害了）且不带一丝讽刺地继续反击。她可能在烤馅饼比赛中当过裁判吧，庄重与幽默这样完美地结合在一起，开始纠正"土包子先生"那些事实和逻辑上的错误，甚至还点出对方道德上的吝啬。对方牵强附会的世界末日说或者毫无风度地不顾一切，口不择言，都无法动摇她。她的上唇绝不会凝满汗珠，她绝不会口干舌燥，也绝不会气到前额发红，她还可能扭转了该郡半数人的立场。上帝呀，是的，这位了不起的异族女人。我本来可以用我的余生向这样一个人讨教学习。是的，我本来可以——如果我能学习点什么就好了！如果我能够多少跳出这种对口交和私通的痴迷，从风流韵事、绮念和复仇中抽离——跳出宿怨的窠臼！跳出对梦想的追求！跳出这种毫无希望、毫无意义的对过往的忠诚！

一九五〇年。那两个半月里，刚满十七岁的我已经把纽瓦克抛在脑后。（嗯，也没有真正"抛在脑后"。有几个早晨，当我在宿舍中醒来时，我确实因为手中抓着的陌生毛毯，以及房间里少了一扇"我的"窗户而感到困惑；还因为我母亲突然改变我卧室里的摆设而感到心情沉重，心烦意乱了好一段时间。）于是我上演了人生中最公开、大胆的反抗行动：大学以来的第一个假期我没有回家，而是坐火车到艾奥瓦，和"南瓜"及她的父母一起过感恩节。九月份之前，我西向的活动范围就是到新泽西的霍帕康湖为止，现在却动身前往艾奥瓦！而且是和一个金发美女一起，那女人还是基督徒！对于这次的出走，谁会感到比较震惊呢，我的家人还是我？多么大胆啊！还是我并非大胆，我只是在梦游而已？

这栋安着白色护板的房子就是"南瓜"长大的地方。一瞧见它，我就觉得自己内心某种情愫释放了出来，我就觉得它简直是我的泰姬陵。或许巴尔沃亚①能够体会，当我第一眼看到从前廊顶部垂落而下的秋千时，心中作何感想。她是在这栋房子里长大的。这个让我解开她胸罩的姑娘，这个和我在宿舍门后磨蹭得火热的姑娘，就是在这栋房子里长大的。就在这些异教徒窗帘后

①　Vasco Núñez de Balboa（1475—1519），西班牙探险家，第一个发现太平洋的人。

面！看，那些百叶窗！

"爸爸，妈妈，""南瓜"说道，这时我们刚出达文波特火车站，"这是要和我们一起过周末的客人，他是我学校里的朋友，我信里提到过的——"

我就是所谓的"一起过周末的客人"吗？我就是所谓的"学校里的朋友"吗？她在说哪国语啊？我是个土匪、臭虫，我是保险代理人的儿子。我是沃肖的大使！"初次见面，你好，亚历克斯。"对此我当然回答："谢谢。"我到艾奥瓦的第一天，在这二十四小时里，无论谁跟我说了什么，我的回答都是"谢谢"。甚至对毫无生命的物品也是如此。我走向一把椅子、坐上去，很快对它说了句："不好意思，谢谢。"餐巾掉到地板上，我俯下身去，脸一红，把它捡起来，然后我听见自己对那块餐巾道了声"谢谢"。又或者，我道谢的对象是地板？母亲会为她的小绅士感到万分骄傲的！连对家具也这么彬彬有礼！

英语中喜欢说"早上好"，至少有人是这么告诉我的。对以往的我而言，这句话从来没有什么特殊用途。这是为什么呢？事实上，在我家吃早餐时，别的房客都叫我"坏脾气先生"和"挑剔鬼"。但是在艾奥瓦，为了效仿当地的居民，转眼间一个个"早上好"从我口中如喷泉般喷射而出。这是这个地方所有人都会说的话。他们感受阳光照在脸上，然后那光便触发了某种化学反应：早上好！早上好！早上好！音调不一的早上好！然后，他们会开始问候彼此是否"睡得好"。而且他们也问了我！我昨晚睡得好吗？我不太清楚，我得想想——这个问题问得有些唐突，出乎我的意料。我、昨、晚、睡、得、好、吗？啊，是的！我想我睡得很好！那——你呢？"睡得像根木头那么沉。"坎贝尔先生回答道。这是我这辈子第一次感受到比喻的力量。这个男人，这个不动产中介、达文波特镇议会委员，说他睡得像根木头那么沉，而我真的懂得那"木头"之"沉"啊。我懂他的意思了！一动不动，沉得很，像一根木头！"早上好。"他说，而我突然领会过来，他之所以用了"早"这个字，是要特指早上八点到中午十二点之间那几个小时。在此之前，我都不曾这么想过。他想要在八点到十二点之间的这几个小时里"好"，也就是说，去享受这几个令人愉悦的小时，并且从中受益！所有人都互祝彼此在四个小时里身心愉悦、有所成就。啊，真是好极了！嘿，真棒对不对！早上好！"下午好"也是一样的道理！还有"晚上好"！以及睡前的"晚安"！我的上帝！英语是一种交流形式！交谈不仅仅是枪林弹雨、你发动和受到攻击的武器，让你为了保命而不得不躲藏和瞄准射击！词语不仅仅是炮弹和子弹——不，它们是小小的礼物，包含着意义的小礼物！

　　等等，我还没说完，仿佛呆在那些异教徒窗帘里而不是外的

256

体验还不够令我感动，仿佛一小时接一小时快乐地面对一屋子异教徒的美梦终于成真，而这种令人难以置信的体验还不足以使人头脑发晕，坎贝尔家所在的街道名称更加剧了这种迷惘的狂喜。我的女朋友就是在这条街上长大的！她在这条街上跳绳、溜冰、跳房子、滑雪橇！彼时的我遥想她在一千五百英里之外的国度，后来我才知道，原来我们就生活在同一片土地上。那条街道的名字吗？不叫"世外桃源"，不，甚至比"世外桃源"更让人心向往之，哦，更加、更加不同寻常：榆树。榆树！你看，这就好像我已经穿越进了我们家那台旧天顶牌电视机，在一片橘影纷呈的车站中步行，然后直接进入《那一家子》①的房子里。榆树街。长满树的街道，而那树必定是榆树！

要讲真话，我必须承认，当我在星期三的晚上下了坎贝尔家的车时，我没能即刻理出这样的结论。毕竟，我花了十七年的时间来认识橡树，而且只要那树上没有橡果，我就以为它不是橡树了。我在那片景色中首先看到的不是植物，相信我，而是与人类相对的动物，正在操或者被操的动物。绿色植物就留给鸟儿和蜜蜂，它们有它们该烦恼的烦恼，我有我的。在我家，天晓得那些从我们家房前路面上抽出来的东西叫什么？那是一棵树，仅此而

---

① *One Man's Family*，美国 1940 年代家喻户晓的广播剧。

已。至于树的种类，那一点也不重要，没人在乎它是哪种树，只要它不倒下、不砸在你的头上就行。在秋天（或者是春天？你知道这种事吗？反正不是冬天，这我可以肯定）会有长长的新月形豆荚从它的枝头落下，豆荚里包着坚硬的小颗粒。好了。然后就有了我们对于树的科学认知，来自索菲·林奈乌斯——也就是我的母亲——的见解：如果你把这些颗粒放在吸管里，然后对着谁用力一吹，那个人的眼珠子就会掉出来，他的眼睛就废了。（所以千万不要干这种事儿！就算开玩笑也不行！如果有人对你干这种事，马上告诉我！）这就是我被灌输的所有植物学知识，直到我们离开坎贝尔家、要出发去火车站的那个星期天下午，我才拥有了自己的阿基米德体验：榆树街……然后……榆树！多么简单啊！我的意思是，你根本不需要一百五十八的智商，根本不需要是什么天才才能理解这个世界。一切都再简单不过了！

　　人生中如此值得铭记的一个周末，对我来说，就相当于人类跨越了整个石器时代的那段历史。每次坎贝尔先生叫他的妻子"玛丽"时，我的体温就激增到华氏几百度。我坐在那儿把盘子里的菜一扫而光，那些菜都是一个叫玛丽的女人做的。（我这么抗拒用猴子的本名称呼她，除了想惩罚她外，原因就在这里，不是吗？）拜托拜托，我在西行的火车上祈祷着，但愿坎贝尔家里没有任何一幅耶稣基督的画像。但愿这整个周末我都不会看到他那张悲天悯人的面容。拜托了，他们中千万不要有反犹主义者！因为，如果有人上来就说什么"强势的犹太人""犹太佬"，或是什么"犹他去啦"，那么我就会毫不客气地"犹"他们去，会揍他们一顿，"犹"他们吞下自己的门牙和血！不，反对任何暴力手段（说得好像我这人生来就喜欢暴力），让他们搞暴力吧，那是他们的专长。不，我要从座位上站起来，然后（不然？）用演说堵住他们的嘴！因为他们执迷不悟的心灵，我要羞辱他们，让他们无地自容！我要引用《独立宣言》中的名言，让他们盘中的糖渍番薯也失去甘甜的口感！我会问他们以为自己有多他妈的了不起，以为自己拥有这个他妈的感恩节！

　　然而在火车站时，她父亲说道："初次见面，你好，年轻人。"我当然回答说："谢谢。"可是他为什么对我表现得那么彬彬有礼呢？因为有人事先已经告诉过他（我究竟该把这看作是羞辱还是好事呢？），或者是因为他对事实还一无所知？那时候，我是不是早该在上车之前就把话说清楚？是的，我必须说！我不能继续生活在谎言里！"嗯，在达文波特的这几天我一定会很尽兴的——以我犹太人的身份。"也许这还不够明确。"嗯，坎贝尔先生、坎贝尔太太，身为凯的朋友，以及一个犹太人，我十分感激你们邀请我——"别再模棱两可了！那么接下来要怎样呢？讲意第绪语？可我会吗？我的意第绪语词汇量只有二十五个——一半是脏字，另一半我连音都发不准！妈的，闭上嘴滚上车吧。"谢谢，谢谢。"我一边道谢，一边提起自己的行李，和他们一起走向旅行车。

凯和我爬上车的后座，跟狗坐在一起。凯的狗！她对那条狗说话，好像他是个人！哇，她真是个典型的异教徒啊。跟条狗说话，真是蠢到家了，不过凯一点也不蠢！事实上，我觉得其实她真的比我聪明多了。可是——对狗说话？"就狗这点来看，坎贝尔先生、太太，我们犹太人总的来说——"噢，算了吧。没这个必要。你还有那个能说会道、名为"鼻子"的附属品呢，不管你说什么、做什么，也只是在转移自己（或是费尽心思地想要忽视）对它的注意力罢了。更别提非裔犹太人的假发了。他们当然都知道呀。真抱歉呀，小兄弟，不过命运是逃不开也躲不掉的，一个人的成败得失，靠的就是鼻子里那根软骨。但是我没有想过逃避！好，那敢情好——因为你无法逃避。哦，不，我能——如果我想要逃避的话！但是你说过你不想。我是说如果我想逃的话！

我一走进那栋房子，鼻子就开始（偷偷摸摸地，对此我多少感到惊讶）嗅来嗅去。这气味像什么呢？土豆泥？老太太的衣服？刚和好的水泥？我嗅来嗅去，试图捕捉那股气味。在那儿！就是它吗，我闻到的是基督教，还是只是狗的味道？我所看到、闻到和触碰到的一切，都使我发出"是异教徒的呀！"这种感叹。我在凯家度过的第一个早晨，不是直接将白速得牙膏挤到我的牙刷上，而是先将牙膏往排水孔里挤了半英寸，因为它可能碰过凯的母亲或父亲用来清理自己异教徒臼齿的牙刷刷毛。一点没错！洗手槽上的肥皂也因为被什么人搓洗过而覆盖了一层细密的泡沫。是谁呢？玛丽？我应该拿起它来就洗还是应该用水先冲一冲，以防万一。但是到底要防范什么呢？傻啊，你难道还想拿一块肥皂来洗这块肥皂吗！我踮着脚尖走向马桶，往马桶里看："呵，所谓的异教徒马桶，就是长这个样子。货真价实的异教徒马桶。你女朋友的父亲就在这上面拉出他的异教徒大便。你觉得如何，嗯？挺不赖的吧。"着迷了么？都看得出神了吧！

接下来我必须决定要或不要在马桶座上铺好一层卫生纸。这与卫生无关。整个马桶座光滑清洁，以它特有的异教徒消毒法做到了纤尘不染，令我困惑的是，如果它因为某个坎贝尔家的屁股而留有余温——说不定那屁股就是她母亲的，玛丽的呢！也就是圣母马利亚的屁股呢！为了我的家庭，也许我至少也应该在马桶座的边缘铺上一些厕纸；这么做又不会损失什么，而且，谁会知道呢？

我会呀！我会发现！于是我坐了下去。它还有些温度！噫，都十七岁了，我却还和我的敌人"相濡以屁股"！自从九月以来，我在这场旅途中究竟走了多远啊！我们曾在巴比伦的河边坐下，一追想锡安就哭了！① 是的，一点不错！被疑惑和悔恨围困在这间厕所里的我，突然满心煎熬，渴望回家……在我父亲开车到尤宁县路边的农贸市场买"真正的苹果汁"时，我却没和他在一起！在感恩节的上午，当汉娜和莫蒂去看威夸依克对希尔赛德的比赛时，没有我在他们身边逗得他们开怀大笑。上帝呀，我希望我们能赢得那场比赛（也就是说，不要输超过二十一分）。打败希尔赛德，你们这些狗杂种！威、夸、依、克！伯尼，希尼，里昂，"尤西"，上啊，守住啊，冲啊！

是啊，我们是帮犹、太、佬，

没人喜欢我们，

我们是威夸依克高中生——

是啊，我们是群犹、太、仔，

来亲我的屁股吧，

我们是威夸依克高中生！

上啊——守住最后的防线，进球得分，踢他们的肚子，冲呀

---

① 出自《圣经·旧约·诗篇》第 137 章第 1 节。

威夸依克加油！

　　瞧，我正在错失在看台上表现聪明与机智的机会！错失表现我所擅长的讽刺、挖苦的场合！并且在那场比赛之后，我还会错失由我母亲——脸上长着雀斑、红头发的波兰犹太后裔——所准备的具有历史渊源的感恩节大餐！哦，当她举起那只巨大的火鸡腿，喊着："火鸡腿！给那个谁！"却发现"那个谁"擅离职守时，他们的脸上将顿时失去血色，整个房间将沉浸在死寂中。我为什么要抛下我的家人？或许在餐桌上的我们没有诺曼·洛克威尔^①画中所呈现的光景，但是别担心，我们也有属于自己的愉快时光！我们是不会回普利茅斯洛克^②去的，而且据我们所知，当时也没有任何印第安人将玉米送给我们家族里任何一个人。但是，你闻闻那些馅料的香味！看看盛着蔓越莓酱汁的圆筒壶，就放在餐桌的两侧！连火鸡都有名字——"汤姆！"我又是为什么不愿相信自己正在美国吃着晚餐，不愿相信我就在美国，而把它当成某天我将出去旅行的异地他乡，就像我和父亲每到十一月都要开着车去一趟新泽西的尤宁县，向那位乡巴佬和他的太太购买真正的感恩节苹果汁。

　　"我要去艾奥瓦。"我从我这层楼的公共电话打给他们。"去

---

① Norman Rockwell（1894—1978），20世纪初美国画家、插画家。
② Plymouth Rock，据说是第一批美国移民到达美洲登岸的地方。

哪儿？""艾奥瓦，去达文波特。""就在你上大学的第一个假期?!""——我知道，但这是一个绝佳的机会，而且我无法拒绝——""机会？什么机会？""对，和比尔·坎贝尔还有他的家人一起过感恩节的机会——""谁?""坎贝尔。坎贝尔罐装汤的那个坎贝尔。他跟我住同一栋宿舍——"但是他们正盼着我回去。所有人都盼着我回去。莫蒂连球赛的票都准备好了。机会？我在说什么机会？"怎么突然之间冒出个叫坎贝尔的？他是什么人?""我的朋友！比尔!""但是——"我父亲说道，"苹果汁……"噢，我的天，我发誓绝不允许它发生的事，还是发生了！我不由得热泪盈眶，而"苹果汁"这无关紧要的三个字，就是启动我泪闸的按键。这男人是个天生好手啊——他可以上格劳乔·马克斯的节目，猜中密语后赢一笔奖金回家。至少他猜中了我的——百发百中！而从我这儿赢走的头奖，就是我的愧疚！"我不能出尔反尔，对不起，我已经答应他了——我们会去!""去？亚历克斯，我怎么完全不懂你说的这个计划——"我母亲打断了他："别嫌我烦，不过你要怎么去，去哪里？而且，是坐敞篷车去的吧？那也太——""不是!""而且公路都结冰了，亚历克斯——""我们要去，妈妈，会坐谢尔曼坦克去！行了吧？行了吧?""亚历克斯，"她严厉地说道，"我听得出来，知道你没有把全部实话告诉我，你们是要在路边找辆敞篷车搭便车吧，或是用别的疯狂

264

的方式去——一个十七岁的人，两个月没回家就野成这样！"

　　我十六年前打了这通电话。那时大概比我现在岁数的一半再大一点。一九五〇年十一月——这里，它就文在我的手腕上，这是我个人《解放宣言》的宣布日期。从我第一次打电话给我的父母，告诉他们不回家过感恩节到现在，那些当时还没有出生的孩子现在已经成为大学新生了吧，而时至今日，我还得打电话给我的父母，交代一声我不回家！我还在极力摆脱我的家人！小学连跳两级有什么用，比所有人优秀有什么用，我最后还不是落后他们一大截？众所周知，小时候的我最被看好：每学期的戏剧演出我都是主角！才十二岁就敢于和整个美国革命女儿会较量！为什么到了现在，我仍是只身一人、无儿无女？这个问题并非错谬的推论！从专业领域上来说，我确有所成，一点不差，但是私底下——我有什么能引以为傲的东西？有着我的五官的孩子应该在这个地球上玩耍呀！那些孩子呢？为什么每个拥有自己的观景窗和车库的臭家伙都有自己的后代，而我却没有？这讲不通！你想想，比赛都进行一半了，而我还站在这里，站在起跑线上。我，这个最先走出襁褓、穿上比赛服的人！智商高达一百五十八的人，仍旧为了各种原则和规定，与权威部门据理力争的人！不停地质疑这场赛事！质疑它的合法性！是的，我就是"挑剔鬼"，母亲！说我是"坏脾气先生"一点也没错，真是一语中的！"歇斯底里大发作先生"——就是我！

我回望整个童年，寻找所有词里最能与"犹太人"划上等号的那个词，就是歇斯底里。"你接着来呀，发作你的歇斯底里吧，"我母亲常常说，"看看那能不能改变什么，我出类拔萃的儿子。"我再三尝试！我曾一股脑儿重重地把自己甩在厨房的墙上！满腔怒火先生！暴跳如雷先生！失控先生！这些就是我为自己挣来的名号！不要让人斜眼瞧不起你，亚历克斯，他们的命连二分钱都不值！永远正确且从不错误先生！孩子他爸，七个小矮人里的"爱生气"来拜访我们了。啊，汉娜，你那会使整个家蓬荜生辉的弟弟今晚会大驾光临。能邀请你来真是我们的荣幸啊。"哎呀，小银①，"当我冲进我的卧室、用牙齿狠狠地撕咬床单时，她叹息着，"这个爱发脾气的孩子又来劲儿了。"

在我们大三下学期快要结束的时候，凯有一个月例假没来，于是我们开始热切而快乐地——真有趣，我们竟然一点也不慌——计划结婚的事。我们计划跟一对很喜欢我们的年轻教授夫妇提议，我们愿意寄宿在他们家帮他们带小孩，作为回报只要把他们家宽敞的阁楼让给我们住，把冰箱一层的空间给我们用就

---

① Silver，电影《独行侠》（*The Lone Ranger*）中主人公所骑的白马。

好。我们会穿着旧衣服吃意大利面。凯会把怀孕的心情写成诗句，还可以，她说，帮别人打论文报告赚点外快。我们都是拿奖学金的，我们还需要什么呢？（除了一个床垫、一些能够充当书架的砖头和板子、凯的迪伦·托马斯唱片，以及到时候——一个婴儿床。）我们将自己视作一对冒险家。

我说："那么你会改变信仰，对吧？"

我原以为这个问题在凯听来会是一句揶揄的玩笑，至少这是我的初衷。但是凯很认真地对待这个问题。请注意，不是严肃，而是认真。

这位艾奥瓦达文波特的凯·坎贝尔问道："我为什么会想做那样的事？"

了不起的女人！不可思议、坦率、直言不讳的女人！你瞧，她是这么知足！男人苦苦追求女人究竟是为了什么——我现在体会到了！我为什么会想做那样的事？她的语气中没有丝毫迟钝、戒备、愤怒，或是傲慢。就只是像说着常识一样，平铺直叙。

只不过这却点燃了我们波特诺伊的火气，激怒了这个爱发脾气的孩子。什么叫为什么会想做那样的事？你觉得是什么呢，你这个头脑简单的异教徒！去跟你的狗说话去吧，去问问他呀。问问"点点"，看他怎么想，那个四条腿儿的天才。"想要凯-凯变成一个犹太人吗，点点——嗯，你这家伙，说话啊？"你他妈的到底有什么好得意的？因为你能和狗聊天？因为你一看见榆树，就知道那是榆树？因为你父亲开的旅行车上面镶了板？你人生中最出彩的成就呢，宝贝，难道就是那个多丽丝·黛①的长鼻子吗？

所幸当时我被自己的愤怒而震慑得开始说不出话来。对于这种根本不痛不痒的情况，怎么会让我感受到痛楚呢？我和凯最不在乎的就是第一，金钱；第二，信仰了。我们最欣赏的哲学家是伯特兰·罗素，我们奉迪伦·托马斯所信仰的真理和快乐为圭臬！我们的孩子将成为无神论者。方才那阵怒气，也只是玩笑罢了！

不过，要我原谅她似乎并不简单，这点倒是出乎我的意料。在那次虚惊一场之后的好几个星期，在我看来，和她的对话变得无趣，而在床上，她那身肥油也开始让我倒尽胃口。当我最后不得不告诉她，我对她好像不再有感觉时，她是那么受伤，使我大为吃惊。我实话实说吧，你知道，就是遵从伯特兰·罗素的教诲。"我不想再见到你了，凯。对不起，我没有办法假装。"她可怜巴巴地哭泣着，红肿着眼，眼睛下面现出了可怕的小眼袋，就那样在校园里行走，吃饭时间她没露面，她也没来上课……我真的很吃惊。因为一直以来，我都以为是我爱着她，而不是她爱着

① Doris Day（1922—2019），美国女歌手、演员。

我。当发现真实的情况截然相反时，我真的很惊讶。

啊，年方二十就一脚踢开了自己的爱人——这是我第一次享受到折磨女人的纯粹快感！而且对于那些未来的女人，我也是怀抱着这种梦想。那年六月我带着自己的"力量"荣归新泽西，不断想着自己当初怎么会被一个如此普通、如此肥胖的女人迷得神魂颠倒。

另一颗为我而破碎的温柔心属于一位清教徒，萨拉·阿博特·莫尔斯比。她上新迦南中学、福克斯克罗夫特女子学校、瓦萨学院（她有位住在波基普西马厩里的亚麻色美人：她的帕洛米诺马）。她身形修长，个性温柔，二十二岁，刚从大学毕业。我第一次见到她的时候，她在那位从康涅狄格州来的参议员办公室当接待。一九五九年的秋天，我们开始交往。

当时我是议院里调查电视益智节目丑闻案的小组委员。对于一个像我自己这样隐蔽的社会主义者来说，这个差使简直再适合不过了：全国规模的商业骗局、对无知公众的盘剥、精心策划的法人诈骗——简而言之，就是老资本主义素来的贪婪。至于这位查尔斯·范多伦①，则当然是我们的意外收获。如此人物，有如

① Van Doren（1926— ），美国作家、编辑，曾卷入1950年代益智节目的丑闻事件。

此头脑和教养，流露出一种诚实的气质和学生模样的魅力，称他为有钱有势的纯种盎格鲁-撒克逊，应该不为过吧？而事实证明，他只是个江湖骗子。满是异教徒的美国对此又了解多少呢？那位超级异教徒是个贼！他会偷钱。渴望着金钱，要得到金钱，为了这个什么事情都愿意干。哎呀我的上帝，简直跟犹太人一样恶劣——你们这些道貌岸然的死盎格鲁-撒克逊！

是的，我是一个生活在华盛顿的快乐的小犹太佬，我有属于自己的小小斯特恩帮①，一边忙着打破小查尔斯尊贵和正直的假面，一边和那位祖先在十七世纪时漂洋过海而来的漂亮高贵的美国佬谈情说爱。这个现象就叫"仇恨你们这些异教徒并且还要吃掉你们的女人"。

为什么我没和这个美丽动人的女人结婚呢？我记得她坐在旁听席里，身上的海军蓝套装上镶着金色纽扣，将她的肤色衬托得白皙而迷人。那个下午是我首次进行公开审讯，当我开始交叉询问一个老奸巨猾的电视公关时，她看着我的眼神是多么地骄傲，充满了爱意……而我第一次的出庭表现，也让人留下了深刻印象：冷静沉着、言简意赅、百折不挠，只略微有些紧张——那时的我只有二十六岁。噢，没错，当我手握所有的道德王牌时，你

---

① Stern gang，犹太复国极端组织，由亚伯拉罕·斯特恩于 1940 年在巴勒斯坦所创建。

们这些坑蒙拐骗的窃贼给我当心了！当我有百分之四百的把握时，我绝不会在次要问题上浪费光阴。

我为什么没和这女人结婚？这个嘛，首先，她总爱装腔作势、忸怩作态地说些她寄宿学校的流行用语。我忍受不了。说什么"呕喽"是"呕吐"，"发飙"是"生气"，"笑死"表示"好笑"，"爆"表示"发疯"，"豆丁"表示"小"。噢，还有"太神了"（也就是玛丽·珍·里德口中的"赞咩"，我总是用我那新泽西五百字词汇表没日没夜地教这些女人正常说话）。其次，还有她那些朋友的外号；还有那些朋友本身！"狗狗""小乖""小石头""小虾""阿鲁""拉拉""溜溜""宝宝""芭芭"。我告诉她，她听起来就像和唐老鸭的侄子侄女到瓦萨学院读书一样……不过后来，我的用词也给她造成不少困扰。我第一次当着她的面儿说"他妈的"（她的那位"小石头"也在场，穿着麻花样的羊毛开衫，里头衬衫上的彼得潘式小圆领往外翻了出来，皮肤黝黑得像是在塞维·切司俱乐部打了上百场网球的印第安人）的时候，这位清教徒脸上瞬间闪过一抹痛苦的表情，你会以为我刚把这几个字烙进了她的肉里。有一次，我们俩单独呆在一起的时候，她万分哀戚地问我，为什么，为什么我非得这么"不顾体面"？这么"粗鲁"的言行，会为我带来任何快乐吗？我到底能够"证明"什么？"你为什么非得这么'冲'？那样说话真的很不礼貌啊。"

"冲"对她这样初涉世事的上流名媛来说就代表着不合时宜。

在床上呢？毫无想象力，没有花招，没有大胆的技巧和动作。我们既然已经做了一次，有了第二次、第三次也无可厚非吧。我展开攻势、她举手投降，而我们在她那张四柱桃花心木床（是她莫尔斯比家族的传家宝）上，迸发了十分可观的激情。浴室门后的全身镜为我们提供了额外的快乐。我们腿贴着腿站着时，我会对她耳语道："看，萨拉，你看。"最初她很害羞，我只看见镜子映照出我自己的脸，她的羞怯和屈服只为了讨好我，但是最后，她也对那面镜子产生了某种激情：看着镜中我们结合的模样，她的眼神流露出强烈的惊骇。我们看见的是同样的东西吗？女士们先生们，来自新泽西纽瓦克，我们的大鼻子亚历山大·波特诺伊！而与他演对手戏的，则是这位长着金色茸毛、有着优雅且光滑的四肢和波提切利画作中娴静少女的脸庞，我们园中快乐的源泉、永远的宠儿，体重一百一十四磅的共和党精英，有对全新英格兰地区最小巧玲珑的双乳，来自康涅狄格州新迦南的萨拉·阿博特·莫尔斯比。

医生，我想表达的只是，和用我的家伙抽插这些女人相比，我仿佛更沉醉、执着于她们的家庭背景与来历，好像通过跟她们上床，我就能发现美国，或者说是征服美国，听起来倒更像这么回事。哥伦布、史密斯船长、温斯罗普总督、华盛顿将军，而此时此刻：波特诺伊。仿佛我最大的使命，就是去诱惑四十八个州的四十八个女人。至于阿拉斯加和夏威夷的女人，我对这两个州的女人真的一点感觉都没有，没有任何宿怨需要了结，没有任何配给券需要兑现，没有任何梦想需要平息。对我来说，她们是什么人？一帮因纽特人和东方人吗？不，我是四〇年代的孩子，在无线电广播网和第二次世界大战中成长，是职业棒球联盟八支队伍和由四十八个州组成的美国之子。我熟知《海军陆战队赞歌》以及《美国野战炮兵进行曲》的每一句歌词，还有《美国空军军歌》。我知道美国海军航空队的歌曲："天空下起锚/我们是翱翔于天空的水手/于四海扬帆——"连海蜂队的歌我也会唱。来，告诉我你服役的兵种，施皮尔福格尔，我唱你们的歌给你听！请允许我这么做吧，反正付钱的人是我啊。我们还记得在那些日子里，我们会把外套铺在水泥地板上，然后一屁股坐下去；我们的后背靠着小学地下室走廊坚实的墙壁，在解除警报的信号传来之前，为了提振士气而齐声高唱着——"大英雄强尼""赞美上帝，传递弹药""随军牧师既已开口/你必须信任他/因为他也是个作战好手！"任凭你点歌，只要它是赞美星条旗的，我就知道它的每一句！没错，我就是在空袭演习中长大的孩子，医生，我记得科雷希多岛战役和电视剧《美国骑兵录》，还有那面在旗杆上飘扬的旗帜，以多么令人心痛的角度飘扬在浴血的硫磺岛上空。科林·凯利①在战火中倒下的时候我刚刚八岁，刚满十二岁的一个礼拜后，广岛和长崎便炸成一片云海。在我童年的岁月里，我有四年都对东条英机、希特勒还有墨索里尼恨得牙痒痒，而热爱这个勇敢而有决断的共和政体！我幼小的犹太心灵，拥戴着我们美国式的民主精神！嗯，我们获胜了，敌军在柏林威廉大街的后巷倒毙，因为我祈祷他们灭亡，而现在，我的愿望都将一一成真。我的美国军人权利法案，真是地道的美式狗屁！汝兮吾国，汝兮蠢货，吾对吾国臭阴誓死不移，对共和之地誓死效忠：艾奥瓦达文波特！俄亥俄代顿！纽约斯克内克塔迪，与其邻特洛伊！佛罗里达迈尔斯堡！康涅狄格新迦南！伊利诺伊芝加哥！明尼苏达艾伯特利！缅因波特兰！西弗吉尼亚芒兹维尔！盈满异族女阴的甜蜜之地，我为你歌唱！

从漫漫群山，

到浩浩草原，

滔滔大洋，都因为我的沫液而一片白茫茫！

上帝赐福美——利——坚！

我的家园，我甜蜜的家——乡！

---

① Colin Kelly（1915—1941），二战中牺牲的美国空军英雄。

想象一下，当我知道一代代的莫尔斯比长眠于马萨诸塞纽伯里波特的墓地，当我知道一代代的阿博特沉睡在塞勒姆的棺材里，我会作何感想。这片我的先人葬身其中的土地，这片清教徒为之骄傲的土地……此言不虚。噢，还不止于此。有个女人，她的母亲只要一听到"埃莉诺·罗斯福"这几个字，就会直起鸡皮疙瘩。一九四二年，这位母亲就在佛罗里达的霍布桑德，坐在温德尔·威尔基①的膝盖上撒娇（当时我父亲正在希伯来赎罪日里为罗斯福祈祷，而我母亲则在星期五晚上的安息烛光前为他祝福）。从康涅狄格来的那位参议员是她父亲念哈佛时的室友，她的哥哥"大肚腩"是耶鲁的毕业生，在纽约证券交易所占有一席之地，星期天下午（我能有多幸运？）就像他整个大学时期一样，在韦斯特切斯特县的某个地方打马球（对，就是骑在马上打的那种球！）。看出来了吗，要成为林达伯里家族的一员，她可是绰绰有余？她大可当我父亲老板的女儿！这个女人知道如何驾船航行，知道怎样用银叉匙吃餐后甜点（就是一块你能用手拿起来的蛋糕，你该看看她是怎么操作手中的叉子和匙子的，好像拿筷子的中国人！她在遥远的康涅狄格学会了什么样的技巧呀！）。这种具有异国情调，甚至为人诟病的就餐方式，她做得如此得心应

---

① Wendell Willkie (1892—1944)，美国律师，共和党员。1940 年曾代表共和党与罗斯福角逐总统之职，最终落选。

手，仿佛这是一件再自然不过的事情，而对此我却像苔丝狄蒙娜听到食人族的故事时那样大惊小怪、啧啧称奇（其实也不尽然）。我偶然在她的剪贴簿里翻到一篇剪报，专栏的题目叫"本日新秀"，文章开头如下："萨拉·阿博特·莫尔斯比——今年秋天，新迦南一带的'鸭子、鹌鹑和雉鸡跑得更快了'，因为萨拉，也就是格林里路的爱德华·亨·莫尔斯比夫妇的女儿，正在为狩猎季的小小活动做准备工作。射击——"用步枪哦，医生，"射击只是萨拉热衷的户外活动之一。她也喜爱骑马，还期待今年夏天能试试钓竿，钓上几条在她夏日别墅中嬉戏的鳟鱼。"

萨拉办不到的，就是为我口交。用一支步枪射击一只嘎嘎叫的小鸭子倒是无妨，但要吸我的下面可就难于登天了。我要是觉得这样难以接受，那她很抱歉，她说，因为她连试都不愿试。我不必表现得好像那是一种对我个人的侮辱，因为那根本和我个人无关……哦，是这样吗？狗屁，臭女人！没错，使我这么愤怒的原因恰恰是我相信自己受到歧视。我父亲在波士顿与东北人寿保险公司无法升迁，和萨拉·莫尔斯比不愿意屈尊俯就舔我的家伙如出一辙！圣约之子反诽谤联盟何在——！"可是我有帮你。"我说。这位清教徒耸了耸肩，体贴地说道："可是，你不需要那么做啊。你知道的。如果你不想……""啊，但是我想，这不是什么'需要'或'不需要'做的事，是我想这么做啊。""啊——"她回答道,"可我不想这么做。""但是为什么不想?""因为,我就是不想。""'因为'!妈的,别用三岁小孩回答问题的方式敷衍我,萨拉!给我说清楚!""我——我,就是不会那么做啊,就这样。""你的回答只是把我们又带回到问题的本身——为什么呢?""亚历克斯,我没办法。我就是没办法那么做。""给我一个像样的理由!""求求你——"这个知道自己有何权利的女人答道,"我不认为我需要那么做。"

对,她不需要那么做,因为对我来说,这个回答已经足够清楚明白了:因为你不懂得怎么乘胜追击,也不晓得什么叫原地踏步;因为你长这么大,也从来没参加过什么社交舞会,没有一件晚礼服……是的,先生,如果我是个金发碧眼的大个子非犹太后裔,身上穿着粉红色骑装、套着价值上百美元的猎靴,你等着吧,她准会低下头来舔我,绝对!

我错了。那三个月以来,我不断地压她的后脑勺(却意外地出现一股反作用力;这股令人感到惊奇甚至令人感动的倔强反抗,竟然来自这么个温顺而不爱争执的人)。那三个月以来,我不断地对她进行口头攻击,并且夜夜拽她的耳朵。然后有一天晚上,她邀请我到国会图书馆听布达佩斯弦乐四重奏演奏莫扎特。当单簧管五重奏的最后一个乐章响起时,她握住了我的手,双颊开始焕发出光泽,后来我们回到她的公寓、上了床,萨拉说道:

"亚历克斯……我同意了。""同意什么？"但是她消失了，缩到被子底下不见了：她在吹！也就是说，她把我的那家伙放进了她的嘴里，含着它数到六十，医生，像含着体温计一样含着我那根受惊的小东西。我把毯子掀开——我得亲眼瞧瞧！感觉吗，其实并没有多大的快感，但是，哦，眼前这个画面！只不过萨拉已经停下了。现在，她已将它挪到她的脸边，就好像它是她那台老爷车里的变速杆。眼泪从她的脸颊滑落。

"我做了。"她说道。

"萨拉，哦，萨拉，不要哭。"

"但是我真的做了，亚历克斯。"

"……你的意思是，"我问道，"这样就结束了？"

"你的意思是——"她喘息着，"你还要？"

"嗯，坦白讲，再一下下就好——我只是想坦诚，它不会不领情的——"

"但是它正在变大。我都要窒息了。"

犹太男子噎死社交名媛，乔治城瓦萨学院毕业生窒息身亡；犹太佬律师遭到拘留。

"不会的，只要你呼吸，你就不会窒息。"

"我会的，我会噎死的——"

"萨拉，防止窒息的最好方法就是呼吸。只要呼吸，就这么简单。多少会有帮助。"

上帝保佑，她在努力。结果还是噎着了。"跟你说了吧。"她呻吟着说。

"但是你刚才没有呼吸。"

"那东西在我嘴里我没法呼吸。"

"通过你的鼻子。假装你在游泳。"

"但是我没在游啊。"

"假装嘛！"我建议道。虽然她再次进行勇敢的尝试，但是仅仅几秒钟之后，痛苦的咳嗽和奔流的热泪又上来了。于是，我把她搂进了我的怀里（这个敢于尝试的可爱女人！被莫扎特说服，终于愿意帮亚历克斯舔的女人！哦，她就像《战争与和平》中的娜塔莎一样甜美！一个温柔的伯爵小姐！），我摇晃着她，戏弄着她，使她大笑起来。这是我第一次告诉她："我也爱你，我的宝贝。"不过当然，尽管她多才多艺、富有魅力——她的献身精神，她的美丽，她像小鹿一般的斯文优雅，她在美国历史中的身份地位——但我自己十分清楚，我对这位清教徒毫无"爱情"可言。我不能容忍她性格上的弱点。我嫉妒她的成就。我憎恨她的家庭。没错，在我心中已经没有足够的空间存放对她的爱情了。

不，萨拉·莫尔斯比只是身为人子的我为父抱屈的工具。这只是为了杰克·波特诺伊在有色人种住宅区收保单而付出的所有

279

那些夜晚和星期天，而对林达伯里先生实施的一个小小报复。这只是为了这些年以来的服务、剥削，从波士顿与东北人寿保险公司领到的一点小小红利。

放　逐

　　星期天上午天气够暖的话，街坊的二十个男人会打上一轮七局的垒球比赛（当时中外野距离较短），从上午九点钟打到大约下午一点。每局赌注是一个人一美元。裁判员是我们的牙医老沃尔芬博格，他是从我们邻里学院毕业的——对我们来说，这所大街上的夜校，足以媲美牛津。球队里有我们的肉贩子，他的双胞胎兄弟、我们的管子工，以及杂货商，和那位我父亲会去他服务站买汽油的老板——这些人的年龄都在三十岁到五十岁之间，不过我不会以年龄之差来看他们，而是一概将他们视为"男人"。在候击球区，甚至在场上的时候，他们嘴边都叼着软乎乎的烟屁股。你就知道，他们这帮人不是毛头小子，而是男人。他们大腹便便！肌肉发达！前臂长满黑色的手毛！秃顶！还有，当他们说起话来，即使你走了一个街区、站在我家前门台阶上，你还能听见这些加农炮似的巨响。在我的想象里，他们的声带有晾衣绳那么粗，他们的肺如齐柏林飞艇一般大小！没有人需要叫他们停止嘟囔、讲话大声点，从来没有！至于他们所说的，都是些无法无天的事情！他们在内野时的闲聊根本不是闲聊，而是胡说八道，而且（对这个小男孩来说，这就是他踏上嘲弄之路的起点）那些胡侃令人捧腹，特别是由比德曼原创的那些谩骂。比德曼是街角糖果店的老板（也卖赛马赌券），我父亲称他为"疯狂的俄国佬"。他有一手"磨磨唧唧"的侧身投球，不仅好笑而且很有效。他会大念"看招"，然后奋力一投。他总会对着沃尔芬博格医生大吼："瞎判！真够可以的，你当牙医也瞎呀？"接着就用手套敲了下自己的前额。"打球吧，小丑。"沃尔芬博格医生一身康尼·马克①式装扮，脚上一双穿孔双色鞋，头上一顶巴拿马帽，喊道："快开球，比德曼，除非你想因为侮辱裁判而被罚下场！""哎呀，医生，他们在牙医学院是怎么教你的呀，医生，是用盲文吗？"

与此同时，从大老远的外野传来一阵对农贸市场王子阿利·索科洛夫的揶揄，与其说他是人类，倒不如说他长得像台水泥搅拌器还比较贴切。看他那张着的大嘴巴！（我母亲大概会这么形容。）因为打一开赛，大约半局的时间里，他那骂人的话就源源不断地从他中外野的位置朝本垒这头蔓延，然后，当轮到他的队

---

① Connie Mack（1862—1956），美国职棒球员、经理、球队老板。

打击时，他便驻扎在一垒附近的指导区上，而他的叫骂又不断从反方向传进我们的耳朵。一般在场上是不会有任何龃龉的，完全是和乐融融。只要我父亲星期天上午不出去跑业务，他就会过来和我一起看上几局比赛。他认识阿利·索科洛夫（他也认识那其中不少球员），在遇见我母亲、搬到泽西城之前，他小时候就是和他们这群人一起在纽瓦克西区长大的。他说阿利从小就是这副德性，是个"十足爱出风头的人"。当阿利一边冲向二垒，一边朝本垒方向扯开嗓门胡言乱语、不知所云（当时本垒那头甚至连个打击都没有——只有沃尔芬博格医生用他带来的刷帚掸本垒板上的尘土），看台上的人被逗得乐不可支。他们大笑着，鼓着掌，叫喊着："阿利，你好好说说他！给他个下马威，索科洛夫！"而眼前这位普普通通的非职业裁判沃尔芬博格医生（还是个德系犹太人）却好不严肃，一本正经地像往常一样举起张开的手掌，暂停这场早就被索科洛夫打断的比赛，并对比德曼说："烦请你把那个神经病赶回外野好吗？"

我告诉你，他们都是一帮可爱的人！我坐在一垒旁边的木制看台上，呼吸着从我外野手手套里散发出来、带着酸腐气息的春日芬芳——汗味、皮革味、凡士林油味，头都快笑掉了。我无法想象，除了这个地方，还有哪里是我的归宿。假如这个地方应有尽有，能够满足我过去、现在、未来一切的渴望，我为什么要离开，为什么要走？这些嘲弄、戏谑、捣蛋、装模作样，都是为了好玩，为了博君一笑！我太喜欢这些了！而且他们本质上就是要引人发笑，全心全意地要引人发笑。你真该看看比完第七局之后，那一美元要易手时的情景。别跟我说他们不是刻意逗乐大家的！毕竟输赢可不是开玩笑的……但是，它就是个玩笑！而这正是这一切当中最令我着迷的部分。这么激烈的一场比赛，但是他们仍忍不住插科打诨、管不住爱乱说话的嘴。那是一场表演，一场秀！我是如此满心期待着自己成为一个犹太男人！永远住在威夸依克区里，每个星期日从早上九点到下午一点，在总理大道和争强好胜的小丑、爱耍小聪明的话痨以及能打长打的危险人士打垒球，多么完美的组合。

我是在什么情况下记得这一切发生的地点、时间呢？就是在迈耶森机长在特拉维夫机场进行最后一次低速盘旋的时候。我的脸轻贴着窗户。是的，我能够消失不见，我想，更名改姓，从此销声匿迹——这时迈耶森降低了我这一侧的机翼。这是我第一次从距离以色列土地两千英尺的上空，俯视着整片亚洲大陆，陆地上的犹太人民头一次成为活灵活现的生命体，而我却想起了那些星期日上午纽瓦克的垒球比赛，被回忆贯穿。

一对上了年纪的夫妇（埃德娜和费利克斯·所罗门）坐在我旁边，飞机起飞后，他们花了一个小时向我讲述他们在辛辛那提的儿孙（当然，还用了他们整副皮夹里的视觉辅助教材），现在的他们在互相碰碰对方的胳膊肘后，无言而心满意足地点点头；他们甚至探过身子，隔着走道向他们刚认识的来自芒特弗农的珀尔夫妇（西尔维亚和伯尼·珀尔）搭话，而这两对夫妇看见一个个子高高的、相貌英俊的年轻犹太律师（而且是个单身汉！正好配谁家的女儿！），因为飞机降落在了以色列的土地上而潜然泪下，也为此感到激动。然而，事实上，诱发这些眼泪的缘由并不是像所罗门夫妇和珀尔夫妇所想象的那样，是因为第一次看到犹太故土，或者经历背井离乡后的收获，而是因为我耳边响起了自己九岁时的稚嫩童音——我是说，我自己的声音，九岁时的嗓音。九岁大的我理所当然是个性情乖戾、成天顶着张臭脸、爱顶嘴和抱怨的小鬼，毫无疑问，我的尖叫声无时无刻不隐藏着令人恼怒的牢骚声线，永远悬吊在失望和不满的边沿。（"就好像——"我母亲总说，"全世界都欠他的一样——九岁就这脾气。"）但是，我也会肆无忌惮地笑、肆无忌惮地开玩笑，不要忘掉这一点，而且不乏激情！也不乏浪漫！善于模仿！一个热爱生命的九岁男孩！激昂地怀抱着各种邻里和睦的单纯梦想！"我要去球场。"我对着厨房喊道。粉红色的熏三文鱼丝像发酸的牙线一样塞在我的牙缝里。"我要去球场，妈，"我边喊边用那充斥着鱼腥臭的小拳头捶打着手套，"大概一点回来——""等等。几点？你要去哪儿？""去球场上——"我大喊着，一想到因为大叫而被听见，我就激动得情绪高涨，那声音听起来和生气没两样，"去看那些男人！"

当我们降落在以色列土地上时，触动我情感的那组词语，就是：去看那些男人。

因为我爱那些男人！我希望自己长大之后，也能成为他们其中的一员！希望星期天下午一点回家吃饭时，因为打了二十一局垒球而汗津津的袜子发出刺鼻的气味，内衣裤就像运动员的一样充满野性气味，为了压制对手跑垒而投了一个上午漂亮低飞球的手臂正一阵一阵轻微地抽动。是的，我的头发乱蓬蓬的，牙齿进了沙子，双腿失去了气力，肚子都笑疼了，换句话说，我感觉棒极了，一个强壮的犹太男人耗尽了身上每一分气力，现在光荣而返。是的，我回家去重整旗鼓……回到谁的身边呢？回到我的妻子和我的孩子们身边，回到我自己的家，就在威夸依克的家！我刮脸、淋浴——任水流冲去我头皮上肮脏的污垢，啊，感觉真好，啊，是的，一种站在那儿任热水几乎把我烫死的日常性满足。这让我觉得自己多么充满男子气概。我把疼痛都转化成了快乐，然后穿上一条时髦的运动裤和一件刚干洗好的牧人式的衬衫——完美！我用口哨吹着流行歌曲，我欣赏我的二头肌，我将抹布啪地一下丢到鞋子后面，而我的孩子们这时正翻着星期天的报纸（用瞳孔颜色和我一样的眼睛浏览着报上的内容），在客厅的地毯上咯咯笑个不停；我的妻子——亚历山大·波特诺伊太太——则在饭厅里摆放餐具，因为我的母亲、父亲就要过来吃饭了，他们随时会走进来，这是他们每个星期天的例行公事。看，这就是未来的愿景！一个简单却又令人心满意足的未来！我在让人筋疲力尽、令人兴奋的垒球运动中耗尽了我的体能。上午就这样过去了。然后是下午，在家常的丰盛炖菜中度过。到了晚上，是三小时雷打不动的这世上最精彩的广播娱乐节目：没错，那位杰克·本尼曾不止一次屈尊到我父亲公司，他在那有一个自己的金库——这让我开心极了，还有弗雷德·艾伦[①]和努斯鲍姆太太的对谈，菲尔·哈里斯和弗兰基·雷姆雷[②]的对谈，我的孩子们会和我一起享受这些节目，世世代代延续下去。等肯尼·贝克[③]的时段结束，我一一给前门和后门上两道锁，关掉屋内所有的灯（检查再检查——像我父亲那样——燃气开关，这样可以确保我们的安危）。我亲亲我那困倦的漂亮女儿和聪明儿子，和他们道晚安，然后躺进亚历山大·波特诺伊太太的怀里。这善良而

[①] Fred Allen（1894—1956），美国广播黄金时期最受欢迎的节目主持人之一。
[②] Frankie Remley（1901—1967），美国喜剧演员，和前文提及的哈里斯一起上过本尼的节目。
[③] Kenny Baker（1912—1985），美国歌手、演员，从《杰克·本尼秀》中崭露头角。

温柔的女人（在我甜蜜而克制的想象里，她并没有确切的面孔），我炽烈的愉悦之火因她而燃烧。次日早晨，我就动身到纽瓦克城闹市区，到埃塞克斯郡法院展开为穷人和被压迫者寻求正义的工作。

八年级时，我们的校外学习是到法院参访，去观察它的建筑。晚上回到家，我在我的房间里打开刚拿到手的毕业纪念册，在"你喜欢的座右铭"一栏写道："不落井下石。"在"你梦想的职业"一栏写道："律师。"在"你欣赏的英雄"一栏写道："汤姆·潘恩和亚伯拉罕·林肯。"林肯（格曾·鲍格勒姆设计的青铜雕像）端坐在法院之外，面容悲悯而慈祥。他心系天下苍生，你一看便知。华盛顿的雕像威风凛凛地矗立在他的战马前，眺望着宽街；这是约翰·马西·莱因德的作品（没听说过这位雕塑家，因此我们都在笔记本上写下他的姓名）。我们的美术教师说这两尊雕像是"这座城市的骄傲"，而后我们便排成两列，前往纽瓦克博物馆参观绘画作品。我得承认，华盛顿让我脊背发凉。也许是因为那匹马，也许是因为他靠那匹马身上。无论如何，他显然是个异教徒。但是林肯！他让我激动得想哭！你看，坐在那里的他如此疲惫不堪，为那些受到压迫、蹂躏的人劳心劳力——未来的我也会如此！

一个优秀的犹太男孩？拜托，我是前所未见、最优秀的犹太男孩啊！看看我这些幼年幻梦吧，它们是多么美好，洋溢着救世主精神！对父母感念，对族人忠诚，为了正义的事业献身！

结果呢？究竟是哪里出了错？在符合理想的职业中奋斗，谢绝盲目狂热和使用暴力手段的竞争游戏，与志同道合的人协作竞技，并从中收获快乐；还有家族的宽恕和爱。相信这一切有错吗？我在九岁、十岁、十一岁时所怀的美好抱负，发生了什么变化？我怎么会变成自己的敌人和咒骂者？而且如此孤独！哦，如此孤独！除了自己之外一无所有！被我所禁锢！是的，我不得不问我自己（当那架飞机载着我——我相信——离开使我痛苦的一切时），我人生的目标，那些体面、值得奋斗的目标变成了什么？家？我没有家。家人？也没有！我只要打个响指，就能拥有一切……那就打个响指吧，把握当下，好好过活？不，我并没有给我的孩子们盖好被子，没有躺在对我忠贞不移的妻子身边（对她我也忠心无二），反而曾在两个晚上，把一个矮胖的意大利妓女和一个不识字、神经质的美国模特带上床——左右开弓，在妓院里，大家是这么说的。而我想象中的美好时光，根本不是这个样子啊，可恶！不然是什么？我不是说过了吗！而且我是说真的——和我的孩子们一起坐在家里听杰克·本尼的节目！抚养那些聪明、可爱、健康的孩子！保护某个好女人！尊严！健康！爱！勤奋！智慧！信任！正派！高尚的情操！同情！我他妈的那么在乎肉体性爱到底为什么？我怎么会被女人的下面，这种既简单又愚蠢的东西困住，变得不知所措、进退维谷？要是最后我还染上了性病，那该有多可笑！就我这把年龄！因为我已经很确信了：那个丽娜肯定把她身上什么劳什子传给了我！看着吧，下疳这玩意儿的出现是早晚的事。但是我不愿意等待，我不能等待：到特拉维夫之后，当务之急就是去找一个医生，要赶在下疳或失明发病之前解决！

只是，之前在酒店那个该死的女人怎么样了？我想到了现在，她该做的应该都做了吧。她穿着三角裤跳下阳台，穿着世上最小号的比基尼走进大海中央，自溺身亡。不对，她会在雅典卫城的月影之中服下毒芹——穿着她巴黎世家的晚礼服！这个头脑空空，有裸露癖和自杀倾向的蠢货！不要担心，当她干这件事的时候，还是可以拍照的——拍出来就好像是一张女性时尚的广告照！她会像往常一样，在星期日杂志的推荐版面里现身——只是死了而已！趁这个荒唐的自杀事件在我的道德良心上留下永远无法抹去的痕迹之前，我必须回头！我早该打电话给哈珀的！当时的我，甚至连想都没想到，只顾着自己逃命。让她坐在电话前，跟她的医生好好谈谈。但是他会开口说话吗？对此我表示怀疑！那个哑巴混账，他必须开口啊，在她采取不可逆转的报复行动之前！模特于圆形竞技场割喉自杀；《美狄亚》演出被迫中断……

而且他们极有可能发现她的阴部塞了一个瓶子，瓶子里有一张便条："亚历山大·波特诺伊要对我的死负责。他强迫我和妓女上床，又不让我做个正派女人。玛丽·珍·里德。"感谢上帝，那个白痴女人连字都写不好！对那些希腊人来说，这些字就像鬼画符一样无解！但愿如此！

逃吧！坐上飞机，再一次逃跑——要逃离什么呢？逃离那些逼我成为圣人的人！我不是圣人！而且我不想也不打算成为那种人！不，我所犯下的罪行都是喜剧的！我不会听到那种结局的！如果她自杀了——但她当初并没有自杀的打算啊。不，她真正要干的事比自杀还可怕：她要给市长打电话！而那才是我为什么要跑的原因！不过，她不会打的。不，她会。她一定会！这种可能性极大。记得吗？我要揭发你，亚历克斯。我要给约翰·林赛打长途。我要打给杰米·布雷斯林。而她已经疯狂到了足以干出这种事的程度！布雷斯林，就是那个警察！那个管区警局的天才！哦，上帝啊，让她死了算了！跳啊，你这愚昧无知、专搞破坏的贱人——你死总比我死好！当然，我是没看到她开始到处打电话给报社，但我已经看到我父亲晚饭后出门到街角，拿起一份《纽瓦克新闻报》——终于，"丑闻"这两个大大的粗体字就印在他宝贝儿子的照片上方！或者打开电视机看七点钟的新闻时，看到哥伦比亚广播公司雅典特派记者在医院病床边采访猴子。"波特诺伊，没错，就是他。对，P-o-r——哦，我记不得他名字怎么拼了，但是我以我湿湿的小穴起誓，拉德先生，他强迫我和妓女上床!"不，不，我并没有在夸大其词：你想想这个人，就算她死了也一样。记得拉斯维加斯吗？记得她的绝望吗？那么你就明白，这不只是我的良心在谴责我，不是的。我能想象出来的报复手段，她也想得出来。而且还愿意去想! 相信我，我们没有确认玛丽·珍·里德的最新消息。那时的我本该拉她一把，可我非但没有，还叫她和妓女上床! 所以不要以为我们已经听过她的遗言了!

而在那儿，使我愈发后悔、自责的，是我身下的一片蔚蓝——爱琴海。"南瓜"的爱琴海! 我富有诗人气质的美国姑娘! 我的索福克勒斯! 都过这么久了! 哦，"南瓜"——我的宝贝，来，再说一遍吧，为什么我要干那样的事？她知道自己是什么人! 她的心态稳健，不需要由我来救赎。不需要改变信仰而跟随我光芒四射的信仰! 在安提奥克学院时，她曾向我朗读的那些诗篇，以全新的视角、一种对艺术和艺术形式的洞悉，带我认识文学、进入文学……哦，我当初为什么要放她走! 我简直无法相信——就因为她不愿改信犹太教吗？"那永恒的悲哀之音——""那人类不幸的潮涨潮落紊乱交行——"

不过，这只是人类的不幸吗？我以为它会更崇高才对! 它使痛苦变得庄重！意味深长的苦难——或许在某种意义上，也与亚伯拉罕·林肯一脉相承。是悲剧，而不是闹剧！我心中所呈现的，是某种更贴近索福克勒斯精神的东西。伟大的解放者，诸如此类。我得奋力挣脱的束缚不是别的，而是我自己对肉体的欲求，这的确出乎我的意料。让我的阴茎重归自由！瞧，这才是波特诺伊的口号。这才是我人生故事的白描，一切都能以这九个壮烈而下流的字作结。真是扭曲之极！我的那些把戏，统统臣服于我的小老弟之下，为肉欲所用。集结吧，全世界的手淫者！除了理智之外，其他一样也不会少！我这个畸形的怪物！世间的一切，我都不屑一顾！眼看我这个人就要变成约翰·林赛的普罗富莫①。

这时候，应该已经飞离雅典一个小时了。

特拉维夫、雅法、耶路撒冷、贝尔谢巴、死海、索多玛、恩盖迪，然后向北到凯撒利亚、海法、阿卡、太巴列、采法特，上加利利……这些地方永远是梦幻多于真实。我这么说，也并不是想追求感官上的体验。在希腊和罗马，我和我的同伴已经受够了那些奇闻逸事。不，不要再出于冲动而追求什么感官上的体验

---

① John Profumo（1915—2006），英国政治家，因与一名应召女郎有染，即"普罗富莫事件"而闻名。

了，之所以一开始就跳上以色列航空公司的航班，不正是为了要把迷茫的我，从逃亡者再一次变成真正的男人吗？我要支配自己的意志、看破自己的企图，按照我的希望去行事，而不是情非得已。出发到了这个国家，我要四处旅行，就好像此次旅行经过了精心的策划，计划周详、有所期待，从保守角度来看，我是为了某些值得称赞的理由才来到此地。没错，我会得到（既然我都莫名其妙地到了这里）所谓有教育意义的体验。我将改进、提升我自己，毕竟，这就是我的行事方法。或者曾经是，难道不是吗？否则我为什么到了现在，仍会握着铅笔细细阅读呢？为了学习？为了变得更好？（是要和谁比？）就这样，我在床上研究地图，买来一些历史和考古方面的书籍，边吃饭边读，还雇了向导，租了车——在这令人发昏的炎热中顽强地挺进，寻找、看着眼前所有的一切：坟墓、犹太会堂、堡垒、清真寺、圣殿、海港、遗迹，有新有旧。我参观了卡梅尔洞窟、夏加尔之窗（和来自底特律哈达莎学院的一百多位女士一起）、希伯来大学、贝特谢安的出土文物，游历了绿地中的基布兹、烤人的荒漠、群山中高低不平的哨所，甚至在炎炎烈日之下沿山路一路上爬到梅察达。我发现我能将看到的一切内化，进而知晓它们承载的意义。那是历史，那是自然，那是艺术。即便到了内盖夫，我也能将那片海市蜃楼视作世上有形之物。一片荒漠。不，让我感到不可思议，觉得奇

294

怪，觉得比死海更新奇甚至更激动人心的，是我在白炽的强光下于旷野间漫步；在那神秘的一个小时中，我和那些在旷野间流浪了漫长岁月的以色列部族（这是我从旅游指南中读到的）一样穿行于那些白岩之间。（我还捡了一块小石子当作纪念——事实上我还带着它，瞧，就在我的口袋里。按照我的向导所说，西坡拉①就是用这样一块石头为摩西的儿子行了割礼。）为我旅居在以色列的整个期间赋予一股荒谬色彩的，是一件简单却令人（对我来说）难以置信的事实：我身在一个犹太国家。在这个国家里，每个人都是犹太人。

我一下飞机，我的幻梦就开始了。这是我第一回踏入这座机场，而我看见的每一个人——旅客、空姐、地勤、行李员、飞行员、出租车司机——都是犹太人。这和你那些多梦患者所讲述的梦境，差别真有那么大吗？难道这和一般人睡觉时所经历的梦境，真的大不相同吗？但是我是醒着的，谁听见过这样的事情？写在墙上的文字都是犹太人的语言——犹太人的涂鸦！竖的是犹太旗子。他们的面孔，就是总理大道上那些人的面孔！跟我邻居、叔伯、老师、儿时玩伴的父母们一模一样的面孔。跟我自己

---

① Zipporah，摩西的妻子。

长得几乎一模一样的面孔！只不过这些面孔以白墙、炽烈的阳光、会将人刺穿的热带簇叶为背景走来走去。不，这也不是迈阿密海滩。不，这些是东欧人的面孔，但与非洲仅一箭之遥！那些穿着短裤的男人将我带回大学时，曾在暑假期间到犹太夏令营打工的记忆。他们就像夏令营里那些领队——不过，这也不是夏令营。这是我的家乡！这些人不是夹着写字板、挂着口哨，在学校放假期间到新泽西霍帕康湖边山区度过两个月的纽瓦克高中老师。这些人是当地人（没有比这更贴切的措辞了！）。回归祖国的怀抱！这是一切开始的地方！先前的他们只是暂时离开，去度了一段漫长的假期，就是这样子！嘿，在这个地方，我们就是**盎格鲁-撒克逊**！我搭乘出租车穿过一个大型广场，广场周围满是路边咖啡馆，就像人们在巴黎或罗马常看到的那幅景象。只不过这些咖啡馆挤满了犹太人。出租车赶上一辆公交车时，我看见那些车窗里是更多的犹太人。连司机也是。连在前面指挥交通的警察也是！到了饭店，我请前台给我一间房。他留着稀疏的小胡子，操着英语，一副罗纳德·科尔曼①的派头。然而，他也是犹太人。

接下来，这场梦境的戏剧性开始加剧、丰富：

---

① Ronald Colman（1891—1958），英国演员，曾获奥斯卡和金球奖。

时间是午夜过后。在晚间早些时候，一群快乐而精力充沛的犹太人将海边的散步长廊挤得水泄不通——吃着冰激凌的犹太人、喝着汽水的犹太人、交头接耳的犹太人，他们开怀大笑着、勾肩搭背地走着。但当我动身回饭店的时候，我却发现自己实际上是孤独一人。当我走到这条长廊的尽头（那是我回饭店的必经之途），我看见五个叼着香烟聊天的年轻人。犹太年轻人，当然是。当我走近他们时，我才意识到他们一直在等着我。他们当中的一个向前走来，并且和我说起英语。"现在几点?"我看看我的手表，然后意识到，他们是不会放我过去的。他们打算袭击我！但是，这怎么可能呢？如果他们是犹太人而我也是犹太人，他们还会有什么伤害我的动机呢？

　　我必须告诉他们，他们搞错了。他们当然不会真的像一群反犹太黑帮那样解决我。"不好意思，借过。"我说道，接着带着肃穆而坚定的苍白脸色，侧身从他们中间穿过。他们之中有人喊道："先生，几点了——?"这时我加快了脚步，继续快步向饭店走去，我无法理解他们为什么想要这么吓唬我，明明我们都是犹太人啊。

　　简直无法解释，你也会这么觉得吧？

回到房间后，我迅速脱掉我的裤子和裤衩，就着阅读灯检查着我的阴茎。我发现这个器官仍旧完美无瑕，没有任何明显的得病迹象，但我还是放心不下。说不定它可能属于某种（也许还是实际上最严重的那种）没有任何外显症状的感染病例。其实那些使人虚弱的病症只在体内发作，肉眼看不见也察觉不了，直到这个病终于发展到回天乏术的阶段，直到这个病人天数已尽。

第二天早晨，我被窗外的吵闹声搅醒。不过刚刚七点钟，然而当我向窗外望去时，却看见海滩上已经挤满了人。在这样早的时刻，眼前的场面真是令人惊讶，特别是因为这天是星期六，我原来预料会笼罩着一片虔诚而庄严的安息日氛围。但是这些成群的犹太人——再一次地——这么高兴、欢乐。我在早上的烈日下检查着我的大家伙，发现——再一次地——它看起来仍处于完好、健康的状态。

我离开房间，和那些幸福的犹太人一起踏着海浪。我泡在人群最稠密的海水之中。我在一个满是犹太人的大海里玩耍！欢乐的、又跑又跳的犹太人！看看他们在犹太海水里晃动着犹太肢体！看看这些放声大笑的犹太孩子，就好像整片海都归他们所有……而他们也确实拥有这片海！还有那个救生员，又是一个犹太人！这片海滩的前后左右，只要是我目力所及的地方，都是犹太人——而且，在这个美丽的早晨里，还有更多的犹太人仿佛从聚宝盆中不断涌出，再不断涌入这片海滩。我在海滩上伸展了四肢，闭上了眼睛。我听到头顶上有引擎的声音：不用担心，那是一架犹太飞机。我身下的沙子很温暖：那是犹太沙子。我从犹太小贩那里买了一只犹太冰激凌。"这不是很了不得吗？"我自言自语着，"一个犹太国度！"但表达这个概念比理解它要来得容易；我还是一知半解。一切有如亚历克斯梦游仙境。

下午时，我和一个年轻女人交上了朋友。她有一双绿色眼珠，黄褐色皮肤，是位犹太陆军中尉。中尉小姐晚上带我去了海港区的一个酒吧。酒吧里的顾客，她说，绝大多数都是码头装卸工。犹太码头装卸工？是的。我大笑起来，她问我为什么这么好笑。我因为她那娇小却丰腴的身材、腰间系着宽卡其皮带的装扮而兴奋了起来。真是个坚毅果决、毫无幽默感却泰然自若的小东西呀！我不知道即使我用犹太话帮她点饮料，她会不会觉得我冒犯了她。"你比较喜欢哪个？"在我俩各喝光一瓶犹太啤酒后，她问我，"是拖拉机、推土机，还是坦克?"我又大笑了起来。

　　我请她跟我一起回饭店。在房间里，我们跌跌撞撞地移动着，我们接吻，我们开始脱衣服，好巧不巧，这个时候我软了下来。"看吧，"中尉小姐的口气，就好像现在的状况证实了她的怀疑，"你并不喜欢我。根本不喜欢。""不对，哦，我喜欢的。"我回答说，"自从我在大海里看见你的第一眼，我就喜欢上你了，我喜欢你，你就像一只小海豹那样光滑、油亮——"但是随后，由于肉体的退缩而感到挫败、欠缺的我，在羞愧之中脱口而出："但是，你知道吗，我可能染上了什么病。太不公平了。""你认为这很有趣吗?"她厉声说道，然后便怒气冲冲地套上她的军服离我而去。

这些都是梦吗? 要是这些都是梦该有多好! 但是我不需要梦，医生，这就是为什么我几乎不做梦的原因——因为我有这样的生活。这些一件件全在太阳底下发生了! 这些比例失衡、感情用事的梦，就是我每天的面包! 千篇一律的梦，种种的象征，种种极为可笑的情况，种种奇怪而不祥的陈腐老套，种种的意外和屈辱，种种突如其来的幸运或不幸——别人都是闭着眼睛体验，而我却睁着双眼接受这一切! 在你知道的其他所有人里头，有谁的母亲会真的用可怕的刀子威胁他？还有谁如此幸运，有个如此直截了当作出阉割威胁的母亲？除了有这么个母亲外，还有谁有颗在哪儿悬着都好、就是不垂下阴囊的睾丸？一对得对它好声好气，溺爱它、劝诱它，为它开药方的蛋蛋！就为了要让它往下移到阴囊里，像个正常男人的那样！你知道还有谁追求异族女人追到腿断？或者第一次出去搞就射到眼睛里？或是在纽约的大街上找到一个真正活蹦乱跳的猴子，一个对"大香蕉"充满激情的女人？医生，也许别的患者会做梦——但在我的世界里，所有的一切都是真实的。我的生活没有隐含的意义。属于梦中的，全都会发生！医生：在吾国以色列我硬不起来，从象征主义层面来看，这作何解释？让我们瞧瞧会不会有人相信这件怪事，这种显而易见的宣泄行为！在应许之地却无法顺利勃起！至少在我需要它勃起的时候、在我希望它勃起的时候、当我更渴望用某种东西而不是借我自己的手去捅的时候，它就给我软趴趴地吊在那里。但是，正像事实所表明的那样，一碗西米露又能捅什么、插什么？而我摆在那个姑娘面前的就是碗西米露。湿答答的海绵蛋糕！有什么东西正一点一滴地流走。而与此同时，那位充满自信的娇小中尉，如此自豪地抛甩着那对以色列乳房，正准备被某位坦克指挥官攻破！

　　之后又来了一次，不过结果更糟。这是我完败和受辱人生的最终章——内奥米，犹太版的"南瓜"、女英雄，那个吃苦耐劳、一头红发、脸上长有雀斑，意识形态坚定的大块头姑娘！我当时驾车开往海法，她则到靠近黎巴嫩边境的基布兹探望她的父母，然后在路上搭了我的便车。她二十一岁，将近六英尺高，一副自己还会再长高的样子。她的父母是在第二次世界大战即将爆发前，从费城来到巴勒斯坦的犹太复国主义者。退伍之后，内奥米决定离开那个她在那里出生和长大的基布兹，加入由一些土生土长的年轻以色列人集结而成的社群，在与叙利亚接壤的高耸群山间，他们呆在一个荒芜的定居点清理附近黑色的火山岩巨砾。这是项严峻的工作，那里的生活环境很原始，而且经常伴随着叙利亚渗透人士夜里潜入营地的危险，那些人可都带着手榴弹和地雷。然而她却热爱这种生活。一个令人钦佩的勇敢的姑娘！没错，她是犹太版的"南瓜"！上帝赐予我第二个机会。

真有趣。我立即把她和我失去的那个"南瓜"联系在了一起，不过当然了，若从外形上看，她和我母亲属于同一类。肤色、身材，甚至脾气，一再表明——她是个喜欢吹毛求疵的刺儿头，是对我品头论足的专家。要成为她的男人，得处处臻于完美。但我当时却没看出这些：我连这女人与我母亲高中年鉴上那张照片之相似，都没有看出来。

以下便是我在以色列时，失常、可笑至极的例证。在让她搭上车的短短几分钟后，我就很认真地问我自己："我为什么不娶她为妻，然后就留在这边？上那座山去，开始一段崭新的人生？"

我们立马展开对人类这个话题的严肃探讨。她的谈话充满了激情、亢奋的口号，与青春时期我的那些说辞没太大不同。一个公正的社会。共克时艰。个体自由。体恤民生。但是从她身上表现出的理想主义多么自然，我这么想着。没错，这就是我的同道中人——天真、善良、身材丰满、涉世未深，尚有希望。当然！我不要电影明星或时装模特和妓女，或是她们其中的两两混合或三者合一。我不要在肉欲的解放中了却终生，也不要像到目前为止一样，持续为爱所虐。不，我想要的是简单、健康，我想要的是她！

她英文说得非常流利，只有一点老学究的味道——就是少许那种常见的欧洲口音。我不断在她身上寻找美国女性的符号，假如她的父母从来没有离开过费城，想必她就会是一个真正的美国人。这女人可能就会像我的姐姐，我自忖道，像另一个有着崇高理想的女人。我甚至能想象汉娜移居到以色列，假如她没有遇上莫蒂，那位拯救了她人生的男人。但是，谁会来拯救我呢？难道是我的那些异族女人？不，不，是我拯救了她们。不，还用说吗，这位内奥米就是我的救赎！她那两绺长长的辫子就像孩子的发型——当然，那是一种伎俩，一种解梦的技巧（如果这种东西真的存在的话），为的是让我彻底遗忘那张索菲·金斯基的高中照片，那位男孩们口中的"红"，那位将以她褐色的大眼睛、聪明的头脑振翅高飞的我的母亲。在花了一整天时间（依我所要求）带我到阿拉伯古城阿卡四处参观后，晚上，内奥米把她的两条辫子缠起来盘在头上，就像一个老祖母，我记得当时我是这么想的："和我的模特朋友多么不一样啊"，"那些假发、发片、耗在肯尼斯饭店里的时间……我的生活会发生怎样的变化！成为一个全新的男人！和这个女人在一起！"

她自己是打算夜里在外面搭个帐篷，睡在睡袋里。她有一周的假，所以已经离开定居点，靠着家人作为生日礼物送给她的几英镑四处走走。她告诉我，她的那些更激进的伙伴们是绝对不会接受这种礼物的，而且可能还会因为她没有断然拒绝而颇有微词。她又帮我开启了另一个话题。当她还小的时候，有一件事在她父母的基布兹里闹得很大：有些人有手表，而有些人没有手表。在召开了几次群情激昂的集体会议之后，大家最终决定，每三个月轮替一回戴手表的人。

在白天、在吃晚饭时，以及随后在我们沿着阿卡城浪漫的海港墙漫步的夜里，我向她交代我的一生。我问她是否愿意和我一起回海法的饭店，在饭店里喝一杯。她说她愿意，对于我的那些故事，她有不少想法。那个时候，我就想要吻她了，但一想到，要是我确实有某种会传染的性病怎么办？我还没有去看过医生，部分原因是我抗拒将曾和妓女有染的事说给一个陌生人听，但更主要的原因则是我身上没出现任何性病的任何症状。显然，我是完全没问题的，我根本不需要医生。然而，当我转而请她一起回饭店的时候，我仍然硬是把自己想将嘴唇贴紧在她那纯洁的社会主义嘴唇的冲动给压了下去。

"美国社会——"她一边把她的背包和铺盖卷扔在地板上，一边继续发表着她的长篇大论，从我们开车绕过海湾到海法的路上，讲演就开始了，"不仅认可人们之间粗鄙和不正当关系，还对此煽风点火、助长其势。好，关于这点，有人能否定得了吗？没有。敌对、竞争、嫉妒、猜疑，所有这些人性中的恶全都因为这个制度得到滋养。财富、金钱、资产，这些就是你们用来衡量幸福和成功的标杆，竟然堕落到如此地步。与此同时——"她稍微坐上了床，盘着腿说，"在你的国家里，绝大多数人连最基本的生存条件都被剥夺了，更遑论要过什么像样的生活。难道这不是事实吗？因为基本上，你们的制度就是以剥削为目的，本质就是低劣不义的。因此，亚历克斯——"她像位严师般直呼我的名字，语气中带有一股忠告力量，"在这样的环境里，根本不会有任何类似真正平等的事物。这点毋庸置疑，就连你也不得不同意，如果你还有一点真诚的话。"

"例如，那个益智节目丑闻听证会有收到什么成效吗？完全没有，恕我直言。你只是将他们的堕落与腐败摊在太阳底下罢了，而'他们'代表的也只是某些意志薄弱的个体而已。至于那个把他们带上腐败之路的制度，你却连最轻微的影响都施加不了。它依然稳固如山，没有受到一丝动摇。这是为什么呢？这是因为，亚历克斯——"嗯哼，重点来了，"连你本人都被制度给玷污了，你跟那个查尔斯·范多伦一样。"（天啊，我还是不完美！该死！）"你无法与制度抗争。你根本不是它的对手，你根本不如你自认的那样有足够的对抗能力。你只是它其中的一个警察，一个受雇的下属，一个共犯。请原谅我，但是我必须说出事实：你自认为你服务于正义，但是说穿了，你只是资产阶级的走狗。你活在一个制度之中，这个制度本身就是剥削、就是不义，既残酷又不人道，完全无视人的价值，而你的工作就是使得这个制度显得合乎法律和道德标准。你发挥你精湛的演技，让正义、人权和人类的尊严在这个社会中貌似真实，但是很显然，这类事物根本不可能出现。"

"你知道吗，亚历克斯——"现在还想说什么？"你知道为什么我不会因为谁该或不该戴手表，或是从我那'手头宽裕的'父母手里接受五英镑的礼物而烦恼吗？你知道为什么这样的争论无聊又愚蠢，而我根本没有耐心和他们争论吗？因为我本身就知道这一点——你懂吗，本身！"是，我懂！说来奇怪，但是英语碰巧是，我的母语！"而我所置身其中的制度（而且是我心甘情愿的，这一点非常重要——心甘情愿！），本身既人道又公正。只要这个社会拥有生产工具，只要这个社会能满足所有的需要，只要没有人有积累财富的机会，或者无法依靠别人劳动所得的剩余价值过活，那么基布兹最根本的特色就能维持下去。人人都活得有尊严。广义上，在这种制度下，才有平等可言。而这才是最重要的。"

"内奥米，我爱你。"

她眯起那对睁得大大的、理想主义者的褐色眼睛。"你怎么会'爱'我呢？你在胡说什么？"

"我想和你结婚。"

她咚的一声跳了起来，站稳双脚。那个妄想袭击她的叙利亚恐怖分子啊，我同情你！"你这人出了什么毛病？你以为这是玩笑吗？"

"做我的妻子吧。成为我孩子的母亲吧。每个拥有观景大窗的臭男人都有自己的孩子。我为什么不能有？我可是担着传承家族姓氏的重大责任啊！"

"你晚饭时啤酒喝得太多了。是这样没错。我想我该走了。"

"别走！"于是我再次对这个我几乎不了解，甚至根本不清楚我喜不喜欢的女人诉说自己的深情厚谊。"爱"——哦，它使我颤抖！——"爱爱爱爱"，好像只需要这个字，我的情感就能倾泻而出。

当她试图离开的时候，我在门前挡住了她的去路。我请求她别离开，别睡在外面什么冰冷潮湿的海滩上，这里明明就有张这么舒适宽大的希尔顿床，可以睡得下我们两个人。"我并不是要把你变成一个资产阶级，内奥米。如果这张床对你来说太过奢侈，我们可以在地板上做。"

"做？性交？"她回答道，"和你？"

"对！和我！和这个刚脱离那本身即不义制度的我！我，这个共犯！是的！还不完美的波特诺伊！"

"波特诺伊先生，请原谅，但我从你这些愚蠢的玩笑里头——如果这也是其中一个玩笑——"

接着我朝她冲过去、将她按在床边，这时候引发了一场小小的战斗。我伸手探向她一边的胸部，而她猛地一抬头，撞上了我的下巴。

"见鬼，你从哪儿学的这一招，"我喊道，"在军队里吗？"

"是的。"

我跌落在椅子上。"好个女人训练用的招数。"

"你知道吗，"她语气中不带一点仁慈与宽容，"你身上有很大的问题。"

"我的舌头在流血，就是其——！"

"你是我所认识的人里头，最不幸的一个。你就像个婴儿一样。"

"不！不是这样的。"但是她手一挥，把我可能做出的任何解释都打到一边去，并且开始对我说教，数落着她自白天以来观察到的我的种种缺点。

"你就是用这种方式表达对自己生活的不满呀！你为什么要那么干？像你这样否定自己人生的男人，根本没有任何价值。你用自己独特的幽默感自我嘲讽，然后似乎能从中得到某种特殊的乐趣，某种自豪感。我不相信你真的想要改善你的生活。你说的一切多少都很反常，无论如何，都是为了显得'幽默'。一整天都是这样子。用某种小小的或别样的方式，轻蔑也好，批判也好，你说的一切都是在讽刺，或是自我贬低。你是在自我贬低吗？"

"自我贬低。自我嘲讽。"

"对极了！而你又是个极为聪明的人，这让你的所作所为更加引人反感。你是能有所作为的，却如此愚蠢地自我贬低！多么令人讨厌！"

"哦，这个我不知道，"我说，"毕竟，自我贬低是犹太人呈现幽默的经典方式。"

"那不是犹太式的幽默！不是！那是贫民窟的幽默！"

让我告诉你，她那句话说得多不留情面。天将亮时，她已经使我明白，我就是整个"犹太人流散文化"中的最可耻的代表。经历了多少世纪无根漂泊的犹太民族，却从中造就了一些像我自己这样令人作呕的男人——胆小怕事、自我防备、自我贬低，没有男子气魄，并且被这个异教徒世界里的花花绿绿腐化堕落了。正是像我这种流散的犹太人，成百万计地走进毒气室，却不曾举起手来反抗那些残害他们的人，不曾想到要以血捍卫自己的生命。这群流散的犹太人！她激愤不已。

当她说完了之后，我说道："太精彩了。咱们现在开始吧。"

"你真恶心！"

"不错！你总算开窍了，英勇的以色列之女！你尽管在你的山间不卑不亢好了，你尽管当你的人类楷模，他妈的希伯来圣人！"

"波特诺伊先生，"她边说边从地上拿起她的背包，"你什么都不是，只是一个自我厌恶的犹太人。"

"啊，但是，内奥米，也许这种犹太人，才是最好的那种。"

"懦夫！"

"男人婆。"

"无能者！"

她向门口走去。只见我从她身后一跃而起，飞身一抱，然后把这个红头发的大个子、好说教的漂亮女人和我一起摔到了地板上。我要让她看看谁才是无能者！谁才是婴儿！但如果我有性病怎么办？那可就妙了！简直绝妙！就让她在毫不知情下，循流着染上性病的血液回到那崇山峻岭中吧！就让她去散播性病，把那些英勇而又正直的犹太男人和女人都染成一丘之貉吧！一场性病会对他们所有人都大有好处的！这就是它与流散犹太人的相近之处，你们这些像圣人般高尚的小鬼头，这就是它与流亡他乡、四海为家的相近之处！诱惑和耻辱！堕落和自我嘲讽！自我贬低——但其中也有自我排遣！哀诉、歇斯底里、妥协、混乱、疾病！是的，内奥米，我是很肮脏，哦，我是个不洁之身——而且对于永远也无法优秀到成为上帝的选民，亲爱的，我已经他妈的厌倦到了极点！

但是，她让我领教到了什么叫一场激战，这个大个子的农妇！这个退伍女兵！这个我母亲的替身！你看，事情怎么会发展成这样？哦，拜托，这事不可能单纯成这样！那不符合我！或者说，对于像我这样的情况，其实再单纯也不过了！难道就因为她留了一头红发、长了一脸雀斑，就让她——按我满脑子都是男女交欢的潜意识来看——成了我的母亲？仅仅因为她和我过去那位女主人同样都是肤色苍白的波兰犹太后裔？于是这就成了这个恋母情结剧的最高潮了，是吧，医生？更滑稽的还在后头呢，我的朋友！恐怕多得让你应接不暇呢！《俄狄浦斯王》是一个著名的悲剧，白痴，它不是另一个笑话！你是一个性虐待狂，一个骗子，一个讨人厌的丑角式人物！我的意思是，这个笑话未免开过头了，施皮尔福格尔医生，弗洛伊德医生，克伦凯特医生！对"人类的尊严"致以小小的敬意如何，你们这些混蛋！《俄狄浦斯王》是文学史上最可怕、最严肃的戏剧——它才不是插科打诨！

无论如何，还是感谢上帝吧，因为海希的那些哑铃。海希死后，它们就变成我的了。十四五岁时，我常常提着它们到后院，站在阳光底下举呀举、举呀举。"又弄那些东西给自己找事啦，"我母亲常常从她卧室的窗户里警告我，"就穿着一件泳裤在外面会着凉的。"我寄出信件去要一些健美先生查尔斯·阿特拉斯与乔·伯诺莫的小册子。我站在卧室的镜子前，看着镜子里自己的身躯正日渐鼓胀而感动不已。在学校时，我将制服下面的肌肉绷紧。走到了街角，我察看自己前臂上隆起的肌肉。在公交车上，我欣赏着从皮肤下面凸起的血管。要是哪天谁的拳头撞上了我的三角肌，这个人绝对会后悔一辈子的！但是感谢上帝，没人朝我挥过拳头。

除了眼前这位内奥米！这样，我一边气喘吁吁、颤抖着四肢举动哑铃，一边被我母亲不满地注视着，这所有的一切，都是为了内奥米啊。不过这并不表示她没有在小腿肚和大腿的较量上胜过我，但是在肩膀和胸膛上我占了优势，进而迫使她被我的身体压在下方。我把舌头伸到她的耳朵里，品尝着我们白天旅行被风吹进去的沙砾，那些都是神圣的尘土啊。"噢，我这就来上你，犹太女人。"我邪恶地耳语着。

"你疯了！"她用尽全部力量把我顶开，"你这个失心疯！"

"不，哦，不不，"我扯着喉咙对她咆哮，"哦，不，你好好学着吧，内奥米。"然后向下压，使劲向下压，我要好好教训她一番。哦，你这个品德高尚的犹太娘儿们，现在局势扭转过来了吧，亲爱的小宝贝！现在你处于守势，内奥米——向你整个基布兹解释一下从你的那里流出来的淫水吧！你以为他们因为手表闹得不可开交吗？再稍等片刻，他们就会闻到你发出的味道！当你以玷污了锡安的骄傲和未来之罪名被传讯，我是不会出席审判集会的！到那时，也许你就会对我们这些堕落的、有神经官能症的犹太男人起敬吧！社会主义存在着没错，不过螺旋菌也一样存在着，我的爱人！所以，你的入门课就要开始了，亲爱的，关于湿湿黏黏那一类事情的入门课。躺下吧，跟你身上这条忠于国家的短衬裤一起躺下吧。来吧，张开嘴，你我本是同根生，解禁你那要塞似的大腿吧，掰开你那弥赛亚的犹太小穴吧！请就位，内奥米，我就要荼毒你用以繁衍后代的器官了！我就要改变这个种族的未来了！

但是，当然，我无法做到。我舔她的耳孔、吸她那还未清洁的脖子、把牙齿埋进她那盘起来的发辫……然而随后，当她的抵抗在我的进攻之下实际上已经开始减弱下来时，我却从她的身上下来，靠着墙休息，我被打败了。"真是差劲，"我说道，"在这个地方我就是硬不起来。"

她站起来。站起来俯视着我。她的呼吸平缓。低头看着。我忽然想到，她就要用她凉鞋的后跟踹我的胸口了。或许还会把我踹个半死。我回想起读小学的时候，我总会将护贴贴在三孔笔记活页本的孔周围。事情怎么会变成这个样子的？

我用《波特兰摇篮曲》的调子哼唱了起来："在以、色列、我、阳、痿，哒，哒，哒哒哒。"

"这又是一个笑话吗？"

"接下来还有。一个接一个的笑话。为什么要放我一马？"

然后，她说了句充满温情的话。当然，她是有资格说这种话的，她现在高高在上："你该回家去了。"

"没错，我需要的就是，重新流亡、四海为家。"

如此、如此高高在上的她露齿而笑。这个健壮、高大的以色列之女！那劳动造就的粗壮双腿，以实用为目的的短裤，那因为战斗而显得破烂、没了扣子的军上衣，那慈爱的、胜利的微笑！而倒在她穿着凉鞋、坚硬结实的双脚前的，是这个……这个什么呢？这个儿子！这个男孩！这个婴儿！亚历山大·波特噪音！波特鼻子！波特诺伊哦伊哦伊哦伊哦伊！

"看看你，"我说，"一副高高在上的样子。多么伟大又伟大的女人！看看你——多么充满爱国情怀！你真的喜欢赢，对吧，亲爱的？你总是知道如何从容制胜！噢，你果然是清白无疵之身啊！好极了，真的——遇见你真是三生有幸。瞧，带我一起走吧，我的女英雄！带我到那座山上去吧。我要去清理那些火山岩巨砾，直到我倒下为止，如果这就是改善人生的代价。因为，为什么不去改善呢，让人生变得好上加好呢——对吧？只按照原则生活！决不妥协！把恶人留给别的家伙去当，对吧？任那些异教徒去破坏、去制造混乱吧，让责任完全落在他们头上。如果我生而应该严于律己，那我就严于律己！一种充满了自我牺牲、充满了情欲克制，劳作不休却令人满足的道德生活！啊，听起来很不错。啊，就让我去舔舔那些石头吧！你觉得呢，带我一起走吧——带我进入波特诺伊纯洁的人生去吧！"

"你该回家去了。"

"恰恰相反！我应该留下来。是的，留下！我应该去买一条这种卡其短裤——变成一个男子汉！"

"你想怎么做就怎么做好了，"她说道，"我要走了。"

"不，女英雄，不要走，"我喊道——因为我实际上开始有点喜欢上她了，"哦，太浪费了。"

她喜欢这样。她用胜券在握的眼神看着我，好像我终于看清了自己，承认了我的本质。上她。"我是说，那样我就没办法上一个像你这样健壮的女人了。"

她厌恶得直打哆嗦。"请你告诉我，为什么你一天到晚非讲这个字不可？"

"难道你们山上的小伙子不说'上'吗？"

"从不，"她居高临下地回答道，"不像你那么说。"

"是吗，"我说道，"我想那是因为他们不像我这么充满暴怒，还带着蔑视。"我猛地扑向她的腿。因为光是这样不够。远远不够！我必须占有。

但是占有什么呢？

"不要！"她低头向我吼着。

"要！"

"不要！"

"那么——"我恳求着，因为她开始用她那强有力的腿，拖着我径直向房门移动，"至少让我舔舔你的下面吧。这个我知道我还办得到。"

"猪猡!"

飞脚一踢。中了!用她那拓荒者的全部腿力,给了我一记窝心脚。难道我一直孜孜以求的,就是这种打击吗?谁知道我图的是什么?也许我什么也不想要。也许我只是在做我自己。也许我就是这么个人,一个舔女人私处的人,为某个女人的洞洞无条件张开嘴巴的人。吃吧!就这样吧!对我来说,最明智的解决之道或许就是用我的四肢爬完一生!爬呀爬,爬完尽情享受着小穴的人生,把纠正错误和抚育家人的责任留给那些挺身直立的人!既然有满大街的狂欢,以自己名字设立的纪念碑又有什么好稀罕的?

就这么爬完我的余生吧,如果我还有余生可言!我开始感到晕眩,嗓子眼儿里冒出最恶心的酸水。噢,我的心脏!而且是在以色列!在别的犹太人找到庇护所、圣殿与和平的地方,波特诺伊却要气绝身亡!在别的犹太人活得欣欣向荣、蒸蒸日上的地方,波特诺伊却要就此凋敝!而我想做的,只是为别人制造一点点快乐,然后为我自己制造一点点快乐。为什么,为什么我不能有一些快乐就好,为什么紧随快乐而来的,总是挂在货车尾部、守车般的报应?猪猡?谁啊,在说我吗?突然之间,昨日重现,我再次被"很久以前"贯穿:以前的我不是,未来的我也永远不会是!房门被甩上,她走了,那个我的救赎,我的亲人走了!而我躺在地板上，与我的回忆一起哀鸣！我那没有尽头的童年！我是绝不会背弃它的，或许应该说，它是绝不会背弃我的！就是这样！我想起那些樱桃萝卜，那些我在我的战时菜园里种的可爱的樱桃萝卜，就在我们地下室门旁边的小院子里。我的基布兹。樱桃萝卜、欧芹、胡萝卜——是的，你看，我也是个爱国者，只是表现的方式不同！（不过在那个地方，我也感到不自在！）但是我有收集过银箔，你觉得如何？我会拉着小车，把报纸拉到学校去！我把小册子里的国防邮票一列一列贴得整整齐齐，这样我们就能粉碎轴心国了！我的那些飞机模型——我的派柏轻型机，我的鹞式飓风战斗机，我的喷火战斗机！当年我是个多么乖巧的孩子啊，我崇拜英国皇家空军和四大自由①，然而这种事竟然发生在我身上！我对雅尔塔会议和敦巴顿橡树园会议寄予厚望！我为联合国组织诚心祈祷！死，为什么？惩罚，我做错了什么？阳痿，有什么拿得出手的理由？

这是猴子的报复。当然了。

"亚历山大·波特诺伊，你因连续两晚在罗马践踏玛丽·珍·里德生而为人的尊严，并因其他多不胜数、涉嫌滥用她的阴户的罪行，被判以可怕的阳痿刑。你好自为之吧。""但是，法官

---

① Four Freedoms，罗斯福于1941年发表的关于言论、信仰、免于匮乏、免于恐惧的自由之声明。

大人，她已经达到法定年龄了，她毕竟是个能够自主的成年人——""少跟我扯狗屁法律术语，波特诺伊。你知道是非对错。你知道当时你糟蹋了另一个人。因此，鉴于你的所作所为和你的手段方法，你被公正地处以一根软趴趴的阴茎。好好寻思别的害人法吧。""但是法官大人，请容我辩解，在我遇见她之前，她可能就是个堕落的家伙了。除了'拉斯维加斯'之外，我还需要交代别的吗？""哦，精彩的辩解，真是精彩。包管会减轻法庭的裁决。我们就是这么对待不幸的人的，是吗，助理委员？按照你的解释，这就是让一个人挽回尊严和再度为人的机会吗？狗娘养的！""法官大人，我请求你，请让我走近法官席——毕竟，我做的这些无非都只是想……嗯，什么呢……想稍微享受一下而已，就只是这样。""哦，你这个狗娘养的！"哎，为什么呢，该死，为什么我就不能稍微享受一下！为什么我为了快乐而干的最不起眼的小事，都会立刻被视为不法，而这世上的其他人却在泥沼里笑得满地打滚！猪猡？她应该到我的办公室去看看，看看光是一个上午就堆了多少指控和抱怨。出于贪婪和仇恨，人们相互之间都干了什么！为了金钱！为了权势！为了泄愤！甚至什么都不为！他们为了得到对房子的抵押，让一个黑鬼经历了多少痛苦与折磨！每个男人都想要得到某种，以我父亲过去的说法，"为了应付雨天而准备的伞"——你真该看看那些猪猡是怎么对他的！

我指的是那些真正的猪猡，真正的专家！你以为在这个城市里，是谁让一家家银行开始招聘黑人和波多黎各人，派职员去哈莱姆找申请人谈话，去做简单的事情？是这个猪猡，女士——是波特诺伊！你想要和猪猡谈话，请在周一到周五任何一个上午，屈尊到在下的办公室一趟，看看我放在"受理中"抽屉里的文件，里头有满满的猪猡！看看其他男人干了什么——却还能因此逍遥法外！而且是不假思索地干！加害于一个毫无戒备的人会使他们发笑，哦饶了我吧，让他们的日子得到一点提升！撒谎、密谋、贿赂、偷窃——盗窃啊，医生，他们干起来连眼睛都不眨。如此冷酷！道德上的全然冷酷！他们永远不会被自己犯下的罪行搞臭，就好像得了消化不良症！可是我呢，我只是去度了个假，我只是度假的时候放肆了一点，偷偷摸摸地跟不认识的女人打炮——而现在的我，却无法硬起来！我的意思是，最好我的床垫上就不要贴着"于法不得移动此标签"，否则我必定将它撕得稀巴烂——他们会为此判我什么刑呢，上电椅吗？这使我想要尖叫，这种荒诞不经、罚不当罪的罪名！我可以尖叫吗？那样会不会让呆在等候室的他们惊恐万状？因为这也许是我最需要做的事：放声号叫。除了我、号叫，没有多余的言语！"我是警察。你被包围了，波特诺伊。你最好现在出来，把你欠社会的债务都还清。""去他妈的社会，死警察！""我数到三之后，你就把手给我举起来，乖乖走出来，你这条疯狗，不然我们就进去逮捕你，我们要开枪了。一。""开枪吧，你这个混账警察，你以为我他妈的在乎吗？我已经把床垫上的标签撕下来了——""二。""——但至少在我活着的时候，我活得很过瘾！"

啊啊啊！！！！

笑　点

那么（医生说道），现在也许可以开始了。请吧。

Philip Roth
PORTNOY'S COMPLAINT
Copyright © 1967，1968，1969，1994，Philip Roth
Simplified Chinese Edition Copyright © 2022
SHANGHAI TRANSLATION PUBLISHING HOUSE (STPH)
All Rights Reserved.

图字：09 - 2018 - 727 号

图书在版编目(CIP)数据

波特诺伊的怨诉／（美）菲利普·罗斯
(Philip Roth) 著；邹海仑译. —上海：上海译文出
版社，2022.6
　（菲利普·罗斯全集）
　书名原文：Portnoy's Complaint
　ISBN　978 - 7 - 5327 - 8945 - 0

　Ⅰ.①波…　Ⅱ.①菲…　②邹…　Ⅲ.①长篇小说—美
国—现代　Ⅳ.①I712.45

中国版本图书馆 CIP 数据核字(2022)第 070453 号

波特诺伊的怨诉
［美］菲利普·罗斯　著　邹海仑　译
策划/赵武平　责任编辑/王　源　装帧设计/COMPUS·汐和

上海译文出版社有限公司出版、发行
网址：www.yiwen.com.cn
201101　上海市闵行区号景路 159 弄 B 座
杭州宏雅印刷有限公司印刷

开本 890×1240　1/32　印张 10.25　插页 5　字数 158,000
2022 年 9 月第 1 版　2022 年 9 月第 1 次印刷
印数：0,001—5,000 册

ISBN 978 - 7 - 5327 - 8945 - 0/I·5547
定价：78.00 元